日月的容曜

壹·诺言

小春 作品

RIYUE DERONGYAO

北京联合出版公司
Beijing United Publishing Co.,Ltd.

图书在版编目（CIP）数据

日月的容曜 . 壹，诺言 / 小春著 . — 北京：北京联合出版公司，2018.8

ISBN 978-7-5596-2247-1

Ⅰ . ①日… Ⅱ . ①小… Ⅲ . ①长篇小说–中国–当代 Ⅳ . ① I247.5

中国版本图书馆 CIP 数据核字（2018）第 123804 号

日月的容曜 . 壹，诺言

作　　者：小　春
出版监制：柯利明　吴　铭
总 策 划：张应娜
责任编辑：楼淑敏
特约编辑：灰　禾
封面设计：VIOLET
版式设计：张志浩

北京联合出版公司出版
（北京市西城区德外大街 83 号楼 9 层 100088）
三河龙林印刷有限公司印刷　新华书店经销
字数 250 千字　635 毫米 × 910 毫米　1/16　20 印张
2018 年 8 月第 1 版　2018 年 8 月第 1 次印刷
ISBN 978-7-5596-2247-1
定价：42.80 元

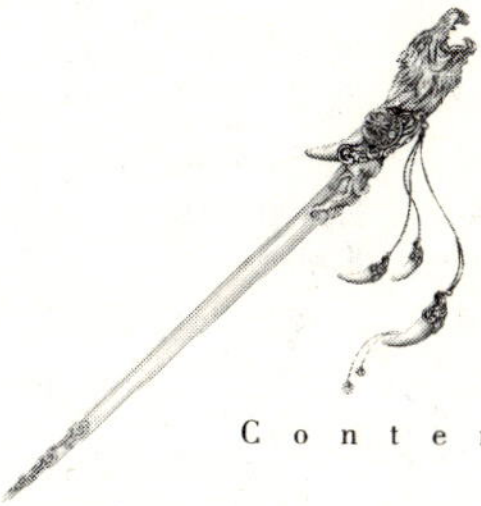

目 录

Contents

001 第一章 | 好戏开场了

009 第二章 | 初 遇

017 第三章 | 羊大小姐的求亲者们

028 第四章 | 往 事

039 第五章 | 白羽舞团

050 第六章 | 演 出

060 第七章 | 光 明

071 第八章 | 羊老师的准备工作

080 第九章 | “柳公子”的第一次应酬

091 第十章 | 兄 弟

102 第十一章 | 羊大小姐的战斗力

113 第十二章 | 寻 衅

124 第十三章 | 金 沟

135 第十四章 | 准备行动
146 第十五章 | 遇　险
156 第十六章 | 梦境与现实
167 第十七章 | 日出有曜
178 第十八章 | 月容阁
189 第十九章 | 谁是沈锦绣
200 第二十章 | 眼　睛
212 第二十一章 | 誓　言
222 第二十二章 | 父　亲
232 第二十三章 | 表　白
242 第二十四章 | 求　亲
253 第二十五章 | 纨　绔
264 第二十六章 | 收　网
274 第二十七章 | 谋　逆
284 第二十八章 | 真　名
295 第二十九章 | 单　于
306 第三十章 | 逃　离

第一章

好戏开场了

话音未落，车身猛地一震，车外传来马的嘶鸣声和车夫惊恐的喊声："什么人?!"

公元300年，西晋永康元年。

正是宜人的初夏时节。阳光和煦，暖风拂面，午后阳光晒得人慵懒犯困。

国都洛阳城外，有座郁山。山不高，林木倒也长得葱郁。山顶有座小小的尼姑庵，素雅宁静的建筑掩映在葱翠的林木间。

一处小山包，能将郁山脚下的车道看得一清二楚。两男一女凝神站立，俯视着空无一人的山路。

这两男一女都很年轻，端看长相，让人眼前一亮。

女子头戴一支长长的白羽，身穿亮眼的玫红长裙，金色束腰衬出紧致腰身，胸口更是曲线撩人。高鼻深目，白皙肌肤，波斯猫一般的碧色眼眸，一看便知来自异域。

站在异域女子身边的年轻男人身高腿长，一身青色儒衫，文质彬彬，衣料包裹下却有着敏捷身姿。五官似是鬼斧凿刻而成，帅气逼人。只是人虽俊俏，却时常绷着脸，少有笑容。

站在他身侧的另一名男子与他年龄相仿，二十上下，额头缠一条黑色抹额，皮肤略显粗糙，一头深栗色卷发，五官虽不及青衫男子夺目，却极具英豪之气，浑身如弦在弓，一袭短装黑衣将健硕的肌肉绷出令人血脉偾张的线条。

此刻，三人正盯着山脚蜿蜒的车道。一辆精巧的马车缓缓驶来，车身上镶嵌一只铜羊，光灿灿的，老远便能看到。

西域女子娇笑："羊儿来了！"

青衫男子面无表情，眼神复杂，俯视着山路上的马车。

黑衣人仍是心存疑惑："这么老套的手段，能成功吗？"

西域女子吃吃笑道："别嫌老套，这可是千百年来屡试不爽的招数，少有女人能躲得过。"

黑衣人看向青衫男子，再问一次以作最后确认："真要下手？"

青衫男子始终盯着马车，面色沉沉，缓缓点头。黑衣人从怀中掏出两块黑布，一块将自己颇具特色的深栗色卷发包住，另一块蒙住头脸，只露出两只眼睛，抽刀向山下冲去。

眼见得山坡下黑色身形远去，西域女子咯咯笑着，拍了拍身边人的肩头："好戏马上要开始了。"

青衫男子将搭在他肩上的手甩开，两眼盯着那缓缓行进的马车，看不出深浅的眸子里，闪过一丝沉沉的阴郁。

马车外表并不奢华，却处处透出精致典雅。细看，连驾车的仆役身上都是寻常人买不起的丝缎衣料。只要熟知洛阳城内的世家谱系，便能从马车上装饰的铜羊与仆役袖口缝的山羊标志认出，这辆马车属于泰安羊家。

自前朝魏文帝曹丕时代起制定了九品中正制，朝廷选拔官员完全以家世来评定品级。上品无寒门，下品无士族，士庶之别、嫡庶之分极为严格，分毫都错不得。

这是个真正拼爹的时代。

南朝范缜曾说过，人的出生如同树上的花同时开放，随风四散飘落，有的花瓣由于风拂帘帷而落在厅室内，留在茵席上；有的花瓣则因篱笆的遮挡而掉进粪坑中。出身好坏全凭运气，就看你托生在哪个娘的肚子里。

羊献容很幸运，她母亲是山东孙家嫡次女，父亲是朝中肱股之臣，尚书郎羊玄之。身为深受父母宠爱的嫡长女，她在羊家的地位可想而知。而提起泰安羊家，当世之人无一不晓，那可是声名赫赫的晋朝七大世家之一。

人说三代才出一个贵族，这话一点都不假。羊家就是标准的贵族之家、名门望族。自东汉到魏晋，代代都有二千石以上的高官，且均以清廉有德闻名。与羊家联姻光凭富贵可不行，还得有才学。名儒蔡邕的小女儿就是羊家媳妇。

提起这位蔡氏，不得不另书上一笔。她不光有个大名鼎鼎的姐姐蔡文姬，其一儿一女也是史上赫赫有名的人物——女儿羊徽瑜嫁给了司马懿的长子司马师，后来司马炎受禅称帝，追封司马师为景皇帝，羊徽瑜也被追谥为景献皇太后；儿子羊祜更是一代名将，极富才干，被晋武帝司马炎视为肱股，他最为人所熟知的当属那句“天下不如意，恒十居七八”，后来被化作更常用的“天下不如意事，十之八九”。这话让许多人感慨，连大帅哥加大将军加大才子的羊祜都这么不如意，俺们这些庸人还咋活啊。

羊祜就是羊献容父亲羊玄之的亲伯父，皇太后羊徽瑜则是羊献容的姑祖母。有这么显赫的先祖，加上羊家出产才貌双全的帅哥美女的优良基因，羊献容真可谓是含着金钥匙出生了。可谁都不知道，这位身娇肉贵的世家大小姐，却正在一辆马车中向贴身侍女春儿吐槽这该死的拼爹制度。

“琅琊王不过是来府里探望老爷，小姐何必非要在这个时候来拜访无住师太？”春儿当然知道，琅琊王三天两头往羊府里跑，绝不是为了跟满口纲常伦理的羊玄之坐而论道。

羊献容闪着灵动的眸子说道：“不想让他抱着希望罢了。那些王孙公子、世家大族，都不是我心中良配。”

春儿撇了撇嘴：“羊家本就是高门士族。小姐这辈子除了王孙公子和世家大族，谁都嫁不了啊。”

自家小姐今年都十七岁了，议亲之事已是刻不容缓。寻常世家小姐在十二三岁便会定下亲事，十五六岁已嫁为人妇。可羊家情况特殊，羊献容的亲事因着各种原因一直悬而未决。不过眼下再也拖不得了，瞧羊玄之近来与各大士族甚至几家司马宗亲联络渐多，便知老爷正在挑选乘龙快婿。只是，谁也不知羊玄之到底属意哪家公子。

这段时日，羊献容最讨厌听到关于自己亲事的议论。尽管母亲答应她，定会依着她的心意，父亲也并非全然不顾女儿意见的人，可她羊献容作为嫡长女，能选择的余地实在不多。

想到那些令人作呕的公子哥儿，为富不仁的司马宗亲们，献容拍额做头痛状：“这该死的士庶之分——”

春儿急忙捂住她的嘴：“小姐，怎么又用这些不雅之语了！”她一眼瞥见献容的坐姿，无奈地摇头，“还有，这坐态也得改一改。”

献容此时正盘腿坐着。

这个时代都是席地而坐，高腿的座椅板凳尚未普及到中原，只在北方胡人部落里使用。世家大族只能有两种坐姿：臀部放于脚踝，双手规矩地放在膝上，身体端庄，目不斜视，这是日常坐姿；要不就将臀部抬起，上身挺直，这是准备起身或迎客。

献容哭丧着脸："可是，长时间跪坐，腿脚会酸麻啊。"

春儿板起脸来："那也只能忍着！"

献容眼珠子转了转，突然将两腿伸直，坐得随意又放松。

春儿吓了一跳："怎可将腿伸开呢，这箕踞比蹲着还不雅，只有粗人才这样！"

别说不能蹲，不能伸直腿坐，连抱着膝盖坐都是粗人的行径。

献容笑着将腿缩回，看着春儿那标准的坐姿，吐了吐舌："不知道的，还以为你是小姐。"

作为世家大族的一等婢女，不看那身婢女服饰，春儿的言行举止倒是更像个世家小姐。这都是因为，嗯，经常扮自家小姐练出来的。

春儿拿她没辙，长叹道："小姐啊——"

话音未落，车身猛地一震，车外传来马的嘶鸣声和车夫惊恐的喊声："什么人？！"

马车又剧烈震动几下，停了下来。车内的献容与春儿惊魂未定，便听车外传来打斗声和车夫凄惨的叫声。羊献容的第一反应是：遭劫了吗？

春儿缩在角落里不敢动弹，羊献容却不是个坐以待毙的主儿。她稳了稳呼吸，拔下头上的银簪子，鼓起勇气想要掀开帘子。刚探了半个身子出去，车帘就被一只大手掀开，一位蒙面的黑衣男子执刀探身进来。

就这么在极近的距离照面，献容与那黑衣男子皆是猝不及防。黑衣人微愣，对角落里发抖的春儿扫了一眼，目光再次落到衣裳更为考究的献容身上，他确定面前与他大眼瞪小眼的俏丽女子正是今日的目标。

趁着黑衣人目光犹疑的瞬间，羊献容抓住时机，将银簪向他眼睛狠命刺去。这点子偷袭手段当然不可能奏效，黑衣人微微侧身避开。献容收势不住，面朝下向车外跌去。

想到自己的脸会被摔成猪头状，献容满心绝望，早知道就该好好坐着扮小绵羊啊。眼见得马上要跟地面亲密接触，突然衣领被大力抓住，一股强力将她拉了回来。

献容刚起了“这盗贼倒不是个十恶不赦的大坏蛋”的念头，已是一阵呼吸艰难。她的喉咙被衣领所勒，双手拉着领子，喉咙里发出阵阵怪声。黑衣人惊得一愣，急忙放开她。献容一边大口喘气，一边咳嗽。眼光扫过，看到车夫羊秀瘫倒在一旁的车道上，额头上有大块血迹，已然昏厥。

献容挥着簪子大喝："你是什么人，胆敢劫持羊府的车驾？！"

她气势虽强，无奈实力对比悬殊。黑衣人只是轻蔑地笑了笑，迅速向献容伸手。献容还未反应过来，那支银簪不知怎的已到了他手中。

献容刚开口说了个“你”字，突然看向黑衣人身后，大喜过望："羊秀，你怎么现在才来！"

黑衣人回头，身后却空无一人，献容趁机跳下车。黑衣人扭头看到逃跑的献容，无奈地摇了摇头，轻声自语："滑不溜秋的小狐狸……"

献容拎着裙裾在山路上撒开腿拼命跑，哪还顾得上世家小姐的行为规范。可惜她如同一只短腿兔子，步频虽快，奈何腿就那么长。她一边跑一边回头看，不提防前方突然撞上一个人的胸口。硬邦邦的肌肉让献容鼻子撞得生疼，她停脚揉着鼻子，往上一看，顿时傻眼——

那高大的黑衣人正双手抱胸看着她。

没见他在身后追，啥时候跑到她前面去了？献容心里不由冒出个念头：这么厉害的功夫，当盗贼真是可惜了。

虽蒙着脸看不到表情，但献容从他微微眯起的眼里猜出，他一定在笑。献容急忙后退两步，讪笑道："这位英雄，我身上的金银首饰都给你，放我们走好吗？"硬的不行就来软的，暂时屈就不算丢人，这一点，羊献容一向看得明白。

黑衣人仍是不答话。献容索性自己动手，手忙脚乱地脱耳环拔手镯，再蹲下将首饰放在地上。首饰虽不多，但每一件都是洛阳的首饰名家钱氏所造，光是镶嵌的珠宝就能换不少钱。若是寻常打劫的贼人，拿了这些也该心满意足了。可黑衣人却仍是摆着酷酷的造型纹丝未动，只把眼睛往地上瞅了两下，眼角还甩出个鄙视的眼神。

等的就是这时机！

趁黑衣人眼睛看向地上的首饰，献容偷偷从身后抓起一把泥土扬向他面部。黑衣人早有防备，扭开了头。就这一错眼的瞬间，献容再度扭头逃跑。

看着那本该行止端庄的世家小姐不顾形象地狂奔，黑衣人有些无奈，从腰间扯出长鞭，发足奔出几步，抖腕甩出。那长鞭如灵蛇般缠住献容的左脚踝，她被用力一扯，重重跌倒在地。

看到献容摔了个狗啃泥，黑衣人有些后悔，下意识想去搀扶，却又生生刹住。

倒在地上的献容不顾脸上还沾着泥灰，扑腾着想要站起，脚却崴到了。她脸上现出一丝痛楚，只得坐在地上忍着疼痛。黑衣人在献容面前蹲下，两眼在她脸上打量，像是看着自己囊中的猎物。

献容心里害怕，却仍是瞪着眼，竭力镇定："别再玩猫捉老鼠的游戏了，你到底要什么？”

这人始终一声不吭，这可不利于谈判。献容一心想诱他说点什么，好判断眼下局势。可出乎意料的是，那人不言不语间，竟缓缓伸手向献容的脸摸来。非是劫财而是劫色，这可是最糟糕的！

献容又羞又气，急忙扭头："你若是……若是……"献容说不出那最害怕的字眼，只得强调她的决定，"我就咬舌自尽，决不让你得逞！"

黑衣人看向献容决绝的脸，她神色坚毅强韧，眼里有着必死的决心。她之前一直像只狡猾的狐狸，武力值太弱，只能用上层出不穷的小把戏。可看她眼下的神情，只怕不是口头说说，真到了绝境，她会宁愿选择自毁。

献容绝望地闭眼，等待命运宣判。作为羊家小姐，若真是被这黑衣人羞辱了，她只剩下自尽一条路来保全名节，保全整个羊家的声誉。即便她自己不愿意，也会有人将她强行挂上房梁。这就是这个时代身为女子的悲哀。

一声大喝传来："放开她！"

这是献容这辈子听过的最好听的一句话。清朗的男声仿如天籁之音，在心中播撒下希望。献容猛地睁眼，与黑衣人一起看过去。一名英气逼人的年轻男子站在路中央，手按长剑，雅致的青衫被风微微拂起，俊逸洒脱。阳光笼罩在他身上，一片光明。

第二章

初　遇

“你别玩过头了。”他看向山下渐渐远去的羊献容，目光冷冽如霜，“我的目标不是她。”

小山包上，那名艳丽无双的西域女子站立着，微风轻轻吹拂着她头上的白羽，她整个人仿佛舞动的精灵，如风一般不羁。

黑衣人走来，将蒙头蒙面的巾子扯下，蹙眉揉着肩膀，小声嘀咕：“还真下狠手，以为自己真的英雄救美啊。”

“打得像模像样才能取信于人，他倒是学得快。”西域女子瞥了他一眼，有些不快，“阿乐，你竟两次让那小丫头片子逃开，也太失水准了。”

阿乐放下揉肩膀的手，语气平淡：“演戏而已，怎可能真下狠手？”

“怜香惜玉了？”

阿乐望向山路上的两人，此时那青衫男子正单膝跪地，跟坐在地上的献容说话。阿乐耸了耸肩，一脸的无所谓：“不过是为了阿曜。”

西域女子顺着他的目光看去，嘴角露出一丝媚笑，眼底却是毫无笑意："你说，日后当羊献容知道真相，会是什么反应？"

阿乐不语，定睛看着山路上的两人。女子明媚隽丽，纯真又不失娇憨，男子器宇轩昂，姿容尽显光华，看上去真是一道赏心悦目的风景。

只是，羊献容要到许久之后才知道，一切都是从此刻开始。

此刻，献容跌坐在路边，正皱眉忍痛。青衫男子将不远处地上的一堆首饰捡起还给她，蹲在她面前关切地问："姑娘，能站起来吗？"

献容试着转动脚腕，却是痛得"嘶"了一声。

情况特殊，当然顾不得男女授受不亲。青衫男子握住献容的手臂想要搀扶她，却被献容着急忙慌地推开："别别，我现在不能站起来。"

青衫男子心里鄙夷了一下。刚刚看她想方设法逃避阿乐的追捕，以为她不会那么迂腐，没想到骨子里还是个装模作样的世家小姐。他想了想，蹲下将背朝向献容，磊落大方地说道："姑娘不介意的话，我来背你吧。"

古丽说过，要打动女孩子的心，就得时不时玩些小暧昧。但玩暧昧的技巧很重要，必须是自然而然发生，绝不能刻意为之。否则，就会被打上登徒浪子的标签。而眼下这情形，一切暧昧都有再好不过的理由。

献容愣了一下，脸蓦地红了，急忙摇头："不用不用，我坐在这里等家人来就可以了。"

他转过身来，继续将暧昧进行到底。只见他仍是一脸的磊落大方，低头查看献容的脚："那……姑娘，得罪了。"

没等献容反应过来，青衫男子已经小心握住了献容的脚，上下左右轻轻扭动。绝对只是治疗，绝对只是不得已而为之。可就算羊献容胆子再肥，也知道男人握住女人的脚那是多亲密的举动。若是被人撞见，她若不嫁给他，就得一头撞死。

就算这男子面容俊俏，就算是救命恩人，献容也没打算对这个陌生人以身相许，急忙拦住他：“不必了，还是我自己来吧。”

青衫男子放开献容的脚，站起身来。他高大的身子被阳光拉出一道长长的影子，罩在献容身上，颇有些压迫感。浓长的隽眉皱了皱，语气中带着一丝不快：“姑娘，在下并非孟浪之人。这番举动我也知道不妥，但眼下难有他法。贼人虽被打跑，可万一引来更多贼子，我就再难护得姑娘周全了。姑娘要不让我背着你赶紧离去，要不让我帮你疗伤，总比坐以待毙等着贼子来要好。”

义正词严的声音、坦坦荡荡的面容、滴水不漏的说辞，任谁都无法指责他的好心好意。这样一个救人于危难之际的英俊青年，怎能不让怀春少女心动？

献容仰头看他，秀挺的鼻梁在长睫毛映衬下，被阳光勾勒出少女梦里才有的侧影。黑瞳深幽若无边深海，令人沉醉。那一瞬间，献容听见自己的小心脏比平常多跳了几下。

献容稳了稳呼吸，抱歉地解释：“这位公子误会了。我当然明白你是好意，只是刚刚崴到了脚，伤处不宜移动。你不通医术，随意拉动的话，会加重伤势。还是由伤者自己判断更好。”她轻轻扭动脚踝，自己感觉一下，“只是外侧筋腱有些拉伤。暂时无须处理，此刻不宜再牵动伤处。晚上以水冷敷，以防肿胀即可。”

青衫男子讶然：“姑娘懂医术？”

献容没有正面回答，含糊答道：“只是略读过些医书而已。”

青衫男子仔细打量她。身上穿的湖蓝丝裙应是江南所产，袖口与衣角的刺绣一看便知是上品。首饰虽不多，却样样精细考究。脸上虽沾满泥灰，但她安静坐着时，背挺得笔直，姿容端庄，眉目间自然流露出落落大方。那泥灰似乎也沾了些微贵族气息，变得高大上起来。

他笑道："看姑娘应该是富贵人家出身，竟也会去读医书？从医乃是中九流之业，高门大户向来不屑为之。"

医者虽受人尊敬，却是个伺候人的活计，世家向来不许子弟从医。可眼前这位实打实的世家小姐却非要跟自己的阶层过不去："谁说从医就是地位低下了？没有医生，帝王将相哪来那么长的寿命享受富贵？还有，人为什么要分成三六九等？佛陀说过，一切有情众生本性皆同，没有高下贵贱之分。"

女孩声音清脆，言语清晰，青衫男子的眼越瞪越大，实在不敢相信这种平等的言论竟出自一位豪门女之口。本来只是为了完成任务，但羊献容种种出人意料的表现，倒是让他刮目相看。

他索性在献容身边坐下，与她讨论起来："姑娘能破除门第之见，真是难得。只是，九品中正制从前朝延续到本朝，是魏晋的立国之本。上品无寒门，下品无士族，看姑娘的谈吐打扮也是出身士族。你身处其中，本是受益者之一，为何会为寒门说话？"

献容长叹一口气："因为我见多了高门士族不学无术，只会饮酒清谈。士族凭着身份就能做高官显贵，寒门中才华横溢者却难有出头之日，这样的朝政能延续多久？"

青衫男子急忙"嘘"了一声，看看四周，压低声音："姑娘这番言论不可多说，免得惹祸上身。"

心底下却是极赞同她的话，看来并非是个头发长见识短的平庸女子。不过，就算她羊家出过皇太后与诸多权臣，她一介女子也不能妄议朝政。

羊献容却是满不在乎："我不过是个小女子，人微言轻。这番话就算喊破了嗓子，也不会传到当今天子耳朵里。"

青衫男子突然想到了什么，憋不住笑："只怕，即便传到了天子耳中，他也只会问一句——"他装出一副痴傻样，声调故意拖长，"何不食肉糜？"

这是最近流传的一则不能摆上台面的笑话。本朝第二位皇帝司马衷，在朝臣汇报百姓遭遇饥荒无粮可食时，竟非常真诚地给出了解决方案："百姓无粟米充饥，何不食肉糜？"

关于这位皇帝，还有另一则笑话。他在华林园听到了蛤蟆的叫声，问手下："此鸣者为官乎，为私乎？"这可叫人如何回答？幸好，能在皇帝身边混的都是人才，于是有了如下神回复："在官地为官，在私地为私。"

司马衷死后谥号晋惠帝，便是史上鼎鼎大名的白痴皇帝。

这些笑话一传十，十传百，从深宫大院飞入了寻常百姓家，成为大家茶余饭后交头接耳的谈资。堂堂天子竟傻成这样，能不可笑吗？当然，得偷偷地笑。

所以，即使羊献容想笑，也得狠狠憋住，指着青衫男子威胁道："哈，你这话才真会惹祸上身呢。你胆敢藐视当朝天子，说他痴傻——"

青衫男子急忙打断她："我可没说他痴傻，是你说的。"

两人经过这番调笑性质的唇枪舌剑，气氛倒是比先前更融洽了些。男子全然忘了古丽教的让女子脸红心跳的暧昧战术，只觉得眼前女子与自己想象的不同，相处起来倒是没一丝拘束。两人相视而笑，竟生出相谈甚欢之感。可惜，这么好的气氛下，总会有人出来打岔。

一阵焦急的呼唤声由远及近传来："小姐，小姐，你在哪里？"

两人急忙收住笑，青衫男子站起，看向声音传来的方向，问献容："是来找你的？"

献容点头，她已听出是春儿和羊秀的声音。

青衫男子拱手作了个揖："既然小姐家人已经寻来，那在下先行一步了。"

这么快就走？献容惊讶："公子——"

"孤男寡女在这种情境下独处，怕是要落人口舌，有损姑娘声名。"他低眉顺眼地向献容行礼，"希望日后有缘再见。"说完便从相反方向匆匆离开。

献容有些窘，他这会儿倒是牢记男女大防的礼法了。想要叫住他，却见他速度飞快，越走越远。看着那矫健的背影消失在前方的林边，献容满心遗憾："好歹告诉我名字，日后可以答谢啊。"

春儿和额头带血的羊秀赶来，见到献容，高兴地连声喊着"小姐"奔来。献容想要站起，看到身旁地上有一支造型奇特的簪子，竟是以几颗狼牙串联而成。虽不名贵，但这种异域样式倒是头一次见到。她捡起簪子，朝青衫男子离去的方向看去，早已不见人影。是他遗落的吗？

另一边的小山包上，西域女子与黑衣人看着山路上春儿搀扶着献容离开。被黑衣人称为阿曜的青衫男子走近，女子笑眯眯看向他："第一次见面就相谈甚欢，做得不错。"

阿曜面无表情不答话。

西域女子又习惯性地将手搭向阿曜肩头，笑得娇媚多姿："不留姓名，这是欲擒故纵，只怕人家小姑娘现在已是春心大动了。以你的品貌，加上我的手段，哪个女人能抵挡得住？"

阿曜将她的手甩开，清冷的声音与适才跟羊献容说话时截然相反："你别玩过头了。"他看向山下渐渐远去的羊献容，目光冷冽如霜，"我的目标不是她。"

阿乐拦在两人中间岔开话题："古丽，你那边进行得怎样？"

被称为古丽的西域女子面色一凝，换上严肃口吻："放心，我的人如今已在跟羊府管家称兄道弟了。"

同一时间，赌场中闹哄哄的。一群赌红了眼的人围着押牌九，吆五喝六的声音此起彼伏。一旁雅间内，羊喜身穿丝料考究的玄色长衫，袖口上绣着一只羊，正对着一位富态的中年商人作揖哈腰："真不知该如何报答您老的大恩大德。都怪我这只烂手，真是晦气。要不是您老帮衬，今儿我就回不去了。"

富商笑着虚扶了扶，口中却是毫不客气："那老弟打算怎么报答我呢？"

果然天下没有白吃的午餐，讨债来得好快。羊喜打落门牙往肚里吞："但凭您老吩咐。"

富商招呼羊喜凑近，低语道："我家小主人看中了贵府大小姐。他想上门提亲，又素闻羊侍郎的威名。若是能先说动羊夫人，这门亲事就有望了。"

羊喜愣了一下，颇有些为难："可是，夫人已经多年不管事了，整日待在屋子里吃斋念佛，连我都难见上一面。"

"再怎么不管事，自己女儿的亲事还能不管？"

羊喜想了想："这倒是的。夫人谁都不见，也只有大小姐能见到她。"

富商再进一步："你可是羊府管家，只要能安排我家小主人与羊夫人见上一面，这里欠下的赌资全着落在我身上，另外再奉送一万钱做谢礼。"棒槌和糖果，你自己看着办吧。

羊喜为难，又难挡一万钱的诱惑，只得咬牙点头："敢问贵主人是哪一家大族？"

能为七大士族做管家，即便身为奴仆，也非寻常人。尤其重要的一点是，牢牢熟记洛阳城内所有世家的谱系和千丝万缕的姻亲关系，免得客人上门时得罪了不该得罪的，或者没眼色领进了打秋风的主儿。

富商故作神秘：“你安排好了，自然会告诉你。”再挤了挤眼，“放心，我家公子定配得上羊府大小姐。”

第三章

羊大小姐的求亲者们

此时的献容尚是懵懂。她并未醒觉，在那俊俏男子打败黑衣人的瞬间，他已进驻心间，再难抹灭。

羊喜满怀心思地回去了，一路上不停盘算。大小姐这样的身份，能嫁的只有七大世家中的其余六家，而且必得是嫡出公子。可琅琊王氏的嫡出公子要不已婚配要不年齿尚小。渤海石氏倒是有适合的，可羊玄之看不惯石崇与王恺斗富的奢靡派头，对石家向来冷淡。晋陵杜氏这几年在朝权势渐微，大小姐嫁过去只怕要吃苦头。太原王氏却是风头太盛，王家男子大都娶了公主，只怕看不上羊家小姐。剩下陈郡何氏和阳夏谢氏倒是有未娶的嫡公子，不过听说没啥成器的，只怕自家老爷又看不上。

再有就是一堆数不清的司马。司马懿、司马昭、司马炎，且不说这祖孙三代功绩如何，生儿子的能耐就不是寻常人能比的。司马懿有兄弟八人，儿子九个。司马昭弱一些，活到成年的儿子只有三个。不过他儿子司马炎给力，生了二十五个儿子，活到成年的也有八个。唯有当今天子，白痴皇帝司马衷，因为皇后贾南风彪悍，至今只有一个不是皇后所出的太子司马遹。这么多司马，子又生孙，代代累加，致使姓司马的亲王就有不下百位。这些宗室为了拉拢门阀大族，往往求娶世家小姐为妻。

羊喜迅速将洛阳城内未婚且有意与羊家结亲的司马王亲们数了一遍。

实力最强的便是人送外号“孔雀王”的成都王司马颖。他是当今天子的异母弟弟，晋武帝的第十六个儿子。此人是洛阳文艺青年们的时尚标杆，行走的活动衣架，受热捧的盛况不下三十年前的潘安。当然，人家也确实有傲娇的资本：在晋武帝诸多儿子中，他的封地与势力最大。颜值虽算不得司马家中最好看的，但三分长相七分装扮，加上显赫的身世，只要露一露亲民的微笑，走到哪儿都能自带光环，实力圈粉无数。

“孔雀王”在洛阳风头最劲时，本看不上羊家小姐，他想联姻的是更有势力的太原王家。但去年发生了一件事，让司马颖的美好设想落空了。

贾皇后的亲外甥贾谧为太子司马遹讲学，态度极为倨傲。司马颖当时在场，厉声呵斥贾谧。贾谧不敢当面得罪王爷，却在背后找阿姨贾南风打小报告。于是丑胖皇后借着皇帝之名下诏，封司马颖为平北将军，让他去镇守与匈奴部落相邻的邺城。

邺城在洛阳以北五百多里，与晋阳同为北方重镇。不过王家不肯让女儿远嫁，这桩婚事也就泡了汤。司马颖去了邺城大半年，开始殷勤地给羊玄之来信，字里行间有那么些许我愿意屈尊娶你家女儿的暗示。

以成都王的背景配羊家实在是绰绰有余，换成旁人早就偷乐不已，上赶着定下亲事来。可不知为何，羊玄之对孔雀王却不太待见，司马颖几次来信暗示，羊玄之一直充傻装愣，不肯给个实话。

这位打算走夫人路线的神秘贵公子，会是司马颖吗？

还有近来跑羊家跑得最殷勤的琅琊王司马睿。这位跟当今天子的血脉可就隔得远了，只有个王的头衔和山东很小一块封地，在京城权贵中只能算末流。可挡不住人家颜值超高啊，司马颖挖空心思靠着最时尚最华丽的衣饰也仅能将将与之齐平。大小姐这般年龄的女孩儿大都是“颜控”，小姐自己若是动了心，老爷夫人也得顾及她的想法。

不过司马睿从来都是走正统路线，老老实实一趟趟拜访老爷。让他拿出一万钱来贿赂管家，这可不像是他的行事风格。

掐指数着司马王亲，羊喜突然想到了一个在洛阳贵族圈内极少提到的名字：齐王司马冏。这位备受冷落的王爷其实与自家小姐的渊源更深，这就要说到一桩往事了。

齐王司马冏是当今天子的堂弟，他父亲司马攸是先帝司马炎的亲弟弟。司马攸此人值得书上一笔，因为他的地位相当微妙。读过史书的都知道，大权谋家司马懿将位子传给了长子司马师。司马师继承乃父的权谋与果敢，进一步压榨曹魏家的生存空间。可以这么说，没有司马师，司马炎就难以如此顺当地创立晋朝。本来天下该是司马师这一脉的，可司马师没儿子，于是他弟弟司马昭便将自己的次子司马攸过继给了哥哥。司马师的夫人就是出自羊家，后来被司马炎封为景献皇太后的羊徽瑜。她是司马攸的养母，年老后由司马攸供奉，视之为亲母，极为孝顺。

羊献容刚出生不久，羊皇太后便跟自己的侄子羊玄之提出，让司马攸的儿子司马冏与羊献容定亲。对老太后来说，孙子娶侄孙女这是亲上加亲，天造地设。羊玄之自然不能否了老太后的心意，于是两家交换庚帖定下亲事。不料此事被先帝司马炎知晓，他说自己早已为侄子选定了晋陵杜氏的六小姐，赐婚诏书第二日便颁发了出来。皇帝如此简单粗暴干涉两家的亲事，司马攸和羊玄之能咋办？只好退还了庚帖，再也不提此事。后来司马攸病逝，司马冏承袭齐王爵位，才十四岁便被武帝赶到封国。这十年间除了祭祀偶尔回一趟洛阳，几乎不再踏足京畿繁华之地。

羊喜知道齐王司马冏跟老爷常有书信往来，他回洛阳时也会来羊府拜访。如今的他已有二十五岁，虽然颜值不如司马睿，时尚不如司马颖，却另有一番独特魅力。许是因为多年寄情山水，吟诗作画，弹琴酣歌，他有股子艺术家才有的狷介，就像竹林七贤之首的嵇康。听说他的王妃，那位先帝配给他的杜家小姐与他一向不睦，前段时间病死了。齐王这年纪了还没孩子，正妃之位空悬，倒是挺让洛阳的世家们心动。

这位在朝堂上地位颇尴尬的齐王，会想要再续前缘吗？

羊喜怀揣着各种猜测走到羊府大门前，见一辆考究的马车停在门口。羊府大管家立刻从马车的徽标上认出，琅琊王司马睿又来跟自家老爷套近乎了。这位旁支王爷身份不如司马颖、司马冏，只能靠勤快来打动未来老丈人。

门房告诉羊喜，老爷正在锦献山房招待司马睿。羊喜忍不住吃了一惊。锦献山房是羊玄之的私人书房，位于府中最好的中心位置，一小片挖湖堆出的山坡上。坐山临湖，林木清幽，羊玄之一年中足有半年歇在此处。老爷喜欢清静，没他吩咐谁都不许靠近锦献山房。只有夫人和大小姐，还有被邀请的至亲好友才能入内。

如今琅琊王居然能进入羊玄之最私密的领地，看来老爷对他已是另眼相看。

羊喜想起自己身上背的债务和那一万钱，不由焦急起来。不过现在还没到最后时刻，大小姐的婚事老爷不能完全做主，还得看夫人的意思。羊喜望向府中一片最朴素不过的庭院，那是夫人居住的思过居，心下不停翻转着念头。也许，该让自家女人出马，想方设法去套一下夫人的口风。

锦献山房内，博古架上摆着奇巧的玉石盆景，高几上一尊青釉梅瓶，斜插了几枝造型独特的松枝。这些彰显主人高雅品味的物件还不算什么，最名贵的当属墙上一幅长卷山水画。那可是当世名家齐王司马冏的画作，王公贵族向来一画难求。

两名总角小童正在书房一角煮茶。一人为明炉扇扇子，一人搅动着茶壶中的茶团碎末，按顺序往里加入葱、姜、橘子皮、薄荷、枣和盐等调料一起煎煮，空气中隐隐可闻一股淡雅的香气。这个时代，茶不是泡出来，而是用各种调料一起煮着喝。桌子、椅子也没出现，而是跪坐在榻上，用矮几放置东西。这些风俗传入日韩，一直延续到现代。

小童将烧开的茶水用滤网倒入青瓷茶碗，恭敬地放在两侧几案上。端坐榻上的司马睿和羊玄之以宽袖遮面，凝神敛息，一小口一小口地抿着茶水。

琅琊王司马睿今年十九岁，身穿玉白色流云袍，白玉冠束了一半发髻，另一半长发垂肩，被窗口射入的阳光笼了一层淡淡的银色光辉，更显神采飘然，皎如玉树，仿佛那些画卷中的魏晋风流士子都是照着他流光溢彩的神韵而作。不过他五官虽美，却是略显阴柔。气度虽雅，眉宇间尚存几分青涩。可这个时代偏偏欣赏男子的中性之美，司马睿在洛阳城中便有第一美男之誉，出门时常会被大胆的女子们围观，朝他马车上丢桃啊杏啊花啊。这种盛况，唯有三十年前的潘安和如今的时尚风向标司马颖享受过。

司马睿的祖父司马伷是司马懿的庶子。司马炎受禅代魏时，司马伷出力甚多，被封为琅琊王。司马睿的父亲司马觐碌碌无为，在司马睿十五岁时过世。司马睿年纪轻轻就承袭了琅琊王爵位，他温厚有余而魄力不足，加上跟当今天子已是隔了两代的堂房兄弟，实在算不得什么显赫人物。与实力派的司马颖相比，他求娶羊献容实在弱了些。但他与朝廷不亲，反而是羊玄之看中的。如今朝局暗流涌动，离政治中心越远，反而越安全。

羊玄之四十岁上下，剑眉星目，丰神俊朗，留着精心梳理的山羊胡子，身穿魏晋时期士族男子常穿的玄色宽衣大冠，浑身一派儒雅气息，掩住了内里杀伐决断的凌厉。他将茶盏放回几案，不动声色地看向司马睿，再次确认他刚刚听到的话："拜会下官的夫人？"

司马睿拱手作揖，竭力以动作的优雅掩饰内心的不安："正是。小王来贵府多次，却未曾拜会过羊夫人，难免失礼，故而……"

羊玄之嘴角露出一丝不易觉察的冷笑，看向对面略显局促的年轻人："琅琊王怕是听到了什么流言吧？"

司马睿果然露出尴尬的神色，急忙摆手："不是，不是。"

看到羊玄之根本不信的表情，司马睿自己泄了气。他年轻沉不住气，不打自招："羊侍郎不必为此烦心，总有些小人爱嚼舌根……"他顿了顿，犹豫片刻方才说出，"只是，羊小姐是羊夫人亲自教养长大……家母耳根子软……"

总角小童将第二碗煮好的茶放在羊玄之和司马睿面前。羊玄之轻笑一下，端起茶盏慢悠悠喝了口茶："王太妃也是爱子心切。我家献容无才无德，哪敢高攀琅琊王府？"

这句话等于宣判了司马睿的死刑。司马睿面色顿时煞白，慌忙站起："是小王说错话了。"心中暗暗着恼，他求娶的是献容，未来丈母娘是怎样的人，他根本不在乎。可母亲非得以那滑稽可笑的流言反对他提亲。他只想见一见羊夫人，谣言不攻自破，他就可以说服母亲了。可是没想到，只这么一个小小的要求，竟得罪了未来丈人。眼见得颇有把握的婚事一下子变得前途渺茫，司马睿恨不得把舌头吞回肚子，就当从没说过这句话。

羊玄之没有言语，只是端起茶盏，以茶盖轻轻磕碰碗沿。司马睿立刻明白，他已是不受欢迎人士了。沮丧地压下满心失望，他尽力维持着王亲风范，对羊玄之行礼："侍郎今日在朝堂上忙了一天，小王不便打扰，日后再来拜访吧。"

羊玄之站起身，摆出送客手势："琅琊王，请。"

羊玄之恭敬地将司马睿亲自送到羊府大门，他是宗亲，这个面子不能不给。眼见得琅琊王府车驾缓缓驶离，羊玄之转头对羊喜吩咐："日后琅琊王再来拜访，迎到崇正堂。"

羊喜点头哈腰答"是"，禁不住一阵窃喜。崇正堂是正房大堂，身份尊贵的宾客皆在此受招待。看似琅琊王是羊府极尊重的客人，但也摆明了羊玄之的态度：琅琊王出局了。莫名端掉这么强有力的竞争对手，羊喜高兴之余，开始筹划下一步。

羊喜的女人拎着食盒，站在一处朴实无华的庭院前踌躇。庭院的牌匾上写着三个秀丽的大字——"思过居"，是夫人亲手所书。羊喜的女人正想冒死进思过居，门突然开了，宫嬷嬷出现在面前。

看着那张如刀削过的凌厉瘦脸，才不过四十岁便将自己装扮得像个心若止水的老妪。这可是羊府知名的老处女，这么多年只守着夫人，死活不嫁。羊喜的女人心里暗暗叫苦，急忙打起精神上前寒暄：“嬷嬷伺候夫人辛苦了，奴婢给夫人送些七彩糕，这可是名流楼第一大厨做的，松软可口——”

“夫人要你们送七彩糕了吗？”冰冷的声音打断她，眼底露出一丝鄙夷，“还是想借着送糕点，好到夫人面前撺掇些什么？”

羊喜女人吓得急忙摆手：“哎哟，宫嬷嬷言重了。奴婢只是——”

“趁夫人还没动怒，赶紧走吧。”宫嬷嬷双眼眯起，眼底没有一丝温度，“不然，打扰了夫人清修，你知道老爷做过什么。”

羊喜女人一个哆嗦，差点将手中的食盒跌落。她往后退着，脚步有些踉跄：“奴婢该死，奴婢告退！”

待羊喜女人跑得远了，宫嬷嬷冷笑一声，将大门重新关上。随着单调的“吱呀”声渐落，笼罩在夕阳余晖下的思过居又恢复了宁静，唯有屋顶飞檐悬挂着的铁马，在风中一下一下叮当作响。

此时，备受打击的司马睿在马车中长吁短叹，连马车颠簸磕到了额头也没吱一声，那哀怨的小眼神看了让人心疼。贴身男仆端瑞侧身坐在一旁的矮凳上，替自家主子鸣不平：“王爷不过是想拜见羊夫人，羊侍郎何至于生那么大的气？”

司马睿皱起清隽的长眉，黯淡地摇头：“他并非为此生气，而是我提及的那个流言……”他长长叹气，眉头皱得更紧，“如今惹怒了羊侍郎，献容本就不待见我，这求亲愈发难了。”

端瑞有些不满：“他羊侍郎不过是四品尚书郎，咱们可是皇室宗亲，凭什么瞧不起人？”

司马睿急忙让端瑞噤声，声音放低：“我不过是旁支宗王，封地小，与天子不亲，在朝中也无势力。羊家却是洛阳七大世家之一，羊侍郎更是朝中肱股重臣。若不是母亲反对，这本是一门极好的亲事。”

端瑞自然也知道两家的实力对比，只得跟着自家主子一起叹气：“如今这情形，王爷不如放弃算了。反正还有其他六大世家，有的是待嫁小姐供王爷挑选。”

想起那清丽的面容，毫不做作的笑声，仿佛每时每刻都充满活力的身影，就这么放弃了？司马睿握紧了拳头，怎样都不甘心。

端瑞企图转移王爷的兴趣：“石家三小姐一向对王爷有意，石家可是开国功臣之后，又是京城第一富——”

“别说了！我绝不会考虑石明玉的。”他打断端瑞，惆怅地望着前方，仿佛看见心心念念的倩影就在眼前，怅然叹息，“满京城的世家小姐，唯有献容活得最有生气……”

被琅琊王司马睿念叨着的羊献容，此刻正坐在榻上，猛打了个喷嚏。

这里是郁山顶上的尼姑庵，名为广化庵。小巧玲珑的几排房子掩映在苍郁的林木中，格外清幽。此处距离洛阳城不远，山也不高，只要好好经营，香火定能大旺。可庵堂住持无住师太却是个极喜清净的人，除了多年来往的少数贵客，一概不接待他人，故而这广化庵的香火一向清淡。好在整个庵堂也就六七个尼姑，靠着少数几个世家供奉，也能轻松度日。

羊献容便是能被无住师太奉为上宾甚至引入私人会客堂的少数几名贵人之一。

羊献容坐在榻上，光着左脚，无住师太正为她细心地敷上草药。无住师太已年近四十，面容端庄慈悲，眉眼极秀美。只是眉间总笼着一股淡淡的忧伤，将她典雅的丽色冲淡不少。她一边在献容白皙的脚背上缠纱布，一边说道：“真是奇怪。这条山路只通往广化庵，素来平安无事。居士们夜间行路也从未遇过劫匪，怎么今日你竟会碰上？”

献容正在喝水，猛灌了一口，却被呛到了，不停咳嗽：“人倒霉了，喝凉水也会塞牙。可能我就是背运而已，等会儿去佛前上炷香，去去霉气。”

无住师太轻拍献容的背为她顺气，嗔怪道：“瞧瞧你，高门大户的小姐哪像你这个样子？坐没坐相，笑起来也不肯用帕子掩一下，连喝水都这么心急火燎的。”

献容撇了撇嘴：“我何必要与旁人一样？”

看到无住师太担忧的眼神，献容轻轻握住她的手：“师太不必为我担心。母亲希望我能自由随性，不必拘泥于陈规旧俗。就算必须嫁给士族，我起码还能在士族公子里自由选择。这些都是母亲帮我争取来的，为的就是希望我日日开心。”

“你……”无住师太眉间飘过一丝怅然，神色有些黯淡，“但愿，她没做错。”

献容收敛住嬉皮笑脸，正色道：“她没做错，因为我真的很开心。”

无住师太嘴角露出一丝宽慰的笑意，问道：“救命恩人是谁，你真的不知道吗？”

想起那袭飘逸的青衫，献容遗憾地摇头。

无住师太轻轻在她额头上打了个暴栗：“你个小糊涂虫！”

献容四仰八叉躺在榻上，惬意至极：“天色已晚，我的脚又受伤了，索性就在师太这里住一夜再回去吧。”

无住师太只得点头，叮嘱道：“须得让羊秀回去禀报一声。”羊秀就是献容专属的车夫，对献容忠心耿耿。

无住师太端着药箱出去安排晚膳，屋中只剩献容一人。她从袖袋里拿出那枚造型怪异的狼牙簪子端详，眼前闪过初见面时，那人手按长剑英气勃发，阳光剪出的侧影轮廓分明。他拔剑与黑衣人相斗，挥舞出的剑花仿若星雨，洒脱利落。

献容在榻上翻个身，反复看着手中的簪子，轻声自语："真的很不一样呢，跟那些涂脂抹粉的王孙公子比起来……"

此时的献容尚是懵懂。她并未醒觉，在那俊俏男子打败黑衣人的瞬间，他已进驻心间，再难抹灭。

第四章

往　事

●

可对十五岁的阿曜和十六岁的阿乐而言，这一年最大的意义只有两个：

一、两人结成了好友；

二、认识了一名十二岁的女孩。

而此时，被羊献容惦记的青衫男子阿曜在洛阳城一处豪宅内，也在反复翻看着一样东西。他坐在几案前，眼睛紧盯着手中一个锦袋。从四角的磨损程度可以推测，这锦袋已跟随他很多年了。他慢慢打开锦袋，如珍似宝地拿出里面的东西，摊放在几案上。是一块翠色的衣角和撕成条状的同色布条。衣角和布条皆已陈旧，染有锈迹一般的血痕。

阿曜看着眼前旧物，思绪如浪涛翻腾，回转到五年前那个他永远铭刻在心的日子。

一处荒弃的破庙内，十五岁的他嘴里咬着一截树枝，满脸痛苦趴在稻草丛中。他穿一身晋军士兵服，衣服并不合身，挂在他尚未发育完全的身上有些空空荡荡。衣服上到处是发黑的血迹，发出一股难闻的恶臭。他已好多天没洗澡了，又在尸坑里爬过，可最让他窘迫的是，他肮脏的肌肤和浑身的恶臭不得不暴露在一个干净漂亮的小姑娘面前。

可他没得选择，他必须靠眼前这个小姑娘救命。他的左侧腰间插着一截箭杆，箭镞深入肌肤，稍一牵动便疼得额头冒汗。

小姑娘手持匕首，不停地在伤口周围比画着画圈圈，却怎么也下不去手。她只有十二岁，见到这满身血迹没昏倒，已经算是胆子够大的了。让她把箭镞挖出再疗伤，这么浩大的手术她从未做过。

一旁的阿乐急了。他身量粗壮，那件晋军士兵服套在他身上还显小了。他满身灰土和血迹，正按住阿曜的肩膀以免剖开伤口时他挣扎。见女孩迟迟未动手，阿乐恼火："你行不行啊？"

阿曜从嘴里吐出树枝，为女孩开脱："她才几岁，血都没见过，怎么下得了手。"

阿乐重重哼声："是她自己说会医术的。刚刚还说得好听，怎么见到血就不行啦？"他扭头对小女孩吼："喂，你要是治不好我兄弟，我就——"

不料小女孩瞪起杏眼，气势汹汹地打断他："你住嘴行不行，吵得我头疼！"

阿乐被呛到了，抬手指着她"喂喂"了好几声。有没有搞错，她可是肉票，却一点都没有身为肉票的自觉性。一定是他还不够凶。阿乐依着小时候见过的村里恶霸的模样，将眉毛一拧，双目圆瞪，让声音充满恐怖气氛："喂，你这小丫头，是不是活得不耐烦了——"

没想到人家小姑娘压根没好好听他说话，仍是死死盯着伤口，自顾自说着："我有练过的，不过，是在小狗身上……"

阿乐吃了一惊，忘记了想要恐吓她："小狗？！"

阿曜疲倦地对女孩摇了摇头："算了，别勉强了。"他忍着痛扭头看向阿乐："阿乐，你来帮我吧。"

情况紧急，也只能如此了。阿乐想从女孩手中拿过匕首，女孩却不肯将匕首还给他。阿乐心里一紧，难道她想拿着匕首反抗？

阿乐弓起身子，想要扑上去夺匕首。女孩却没看出他的意图，颤抖着声音说道："不行，箭头上带倒钩，你不知道如何避开血管和筋腱，更会误事。"

听着前面几句，阿乐知道女孩没有据匕首以反抗的心。警觉的心刚放下，又被最后一句激得差点跳起来："我误事？我还不相信你呢，说不定你想下手杀我们——"

阿曜急忙拉阿乐的袖子。这动作扯到了伤口，又渗出血来。阿曜忍住痛对阿乐使了个眼色，阿乐只得住口。当下之际，跟个小女孩置气没有任何必要。

女孩紧盯着阿曜侧腰上的箭杆，猛吸一口气，将牙咬得咯咯响："算了，还是当成小狗吧。"

阿曜扭头看她："喂，你把我当成——"

话音未落，女孩已将地上的树枝重新塞进阿曜嘴中，然后一刀猛地划下去。一声惨叫震天响起，差点掀翻破庙本已破败不堪的屋顶。

耳边还残留着那声惨叫，五年时光已是荏苒流逝。如今的阿曜身穿精致锦服，头发梳成髻盘在头顶，浑身干干净净，谁能将他与五年前那狼狈不堪的逃犯联系在一起？他看着手中陈旧的碎衣角，哑然失笑，眼里流露出难得的温柔神情。他将碎衣角小心装入锦囊，再小心绑好带子，正要放入怀中，肩头搭上了一只男人的大手。

阿曜的神情立刻变了。他没有回头，扣住来人的手腕想要甩开。不料来人力大，立即摆脱束缚，反手再扣住阿曜的手腕。阿曜仍不回头，手肘向后猛击，那人却是早有提防，侧身避过。两人你一招我一拳熟练地对起招来，一招一式如行云流水般一气呵成。

五年前，晋阳城外的匈奴大军。营帐外的空地上，两人也是这样打得难解难分。只不过，那时的他们身穿褴褛的奴隶服，头发乱如鸟窝，浑身脏兮兮、臭烘烘的。

匈奴士兵们围成大圈，篝火照出他们的亢奋，对着圈内两名以命相搏的奴隶大声呼喝。早有人设起赌局，押阿乐赢的和押阿曜赢的五五对半。军中无聊之时，他们便会强迫这些奴隶对打，以此取乐。胜利之人能换来更好的食物，并被编入前锋营。届时上了战场，他们要担当最危险的炮灰任务。这是个九死一生的活儿，但所有奴隶都拼了命想跻身前锋营。原因无他：只要活下来，就能从此摆脱奴隶的身份。

少年奴隶中，阿乐和阿曜胜绩最多，所以今晚将两人从不同营地中带出，让他们对打。

阿乐拳技不如阿曜，却胜在力大，又比阿曜大上一岁，挨几拳不在话下。他硬挺挺受了阿曜一拳，借机一把钻入阿曜腋下，将他的腰部揽住，猛地举起。阿曜个儿高身轻，被摔在地上。他挣扎着想要爬起，阿乐俯身按住他，在他耳边轻语：“明日就轮到我们上战场了，我们这些人都要被赶在最前头，你难道甘心为匈奴人挡箭？”

阿曜愣了一下，挣扎的力道顿时减弱，轻声道：“只要活下来，就能得自由。”这是他上战场的唯一目的。

阿乐使劲按住他，低头冷笑：“居然相信这种鬼话。这些天你见到哪个奴隶活着回来？”

阿曜愣神，没再挣扎。他怎会不知，奴隶们能生还的概率连一成都不到。可是，想到灵儿，他眼神一黯：“做逃兵也是死！”

阿乐露出一个不易觉察的笑，声音放得更低：“我有办法，我们一起——”

阿曜趁着阿乐分神，猛地将他从自己身上甩下，又灵活地一个翻身压住阿乐。周围那些押阿曜赢的士兵大力鼓掌，发出阵阵叫好声。

阿乐躺在地上疼得皱眉，忍痛把话说完：“逃！”

阿曜对着他面门挥拳，拳风呼呼，落到阿乐脸上时却是虚着。他扼住阿乐脖颈，顺势将脸俯下，贴在阿乐耳边轻声问：“我们今天才认识，还是在这摔跤场上。难道你不怕我去告发？”

两人之前一直听到对方名字，因为不时会听到对方在拳场上取胜的消息。两人也心知肚明迟早会在拳场上见面，早已生出了惺惺相惜之感。可阿曜怎么都没料到，第一次见面，对方竟向他说出这么大的秘密。

阿乐仍躺在地上，咧嘴笑了笑：“难道你喜欢一辈子做奴隶？”

阿曜愣住，眼里闪过不甘。趁他失神之际，阿乐猛一翻身，又将阿曜压在身下。场上押阿乐赢的士兵兴奋狂叫：“揍死他！揍死他！”

阿曜躺在地上，眼里闪着精光：“为何要带上我？”

阿乐一拳挥下，阿曜贴身将他死死抱住，两人开始近身肉搏。阿乐贴在他耳边，一边喘气一边轻笑：“这里只有你我实力相当。一起逃，胜算更大。”

阿曜还在思索，阿乐已经放开了他。阿乐站起身，对周围士兵喊道：“我们平局！”

士兵们爆发出不满的“嘘”声，阿乐不理睬周围这些闲得蛋疼的人。他知道明天就要上战场了，匈奴人不会在此刻惩罚他们。阿乐对阿曜伸手：“我叫阿乐，你呢？”

阿曜握住阿乐的手，顺势站起：“阿曜。”

阿乐咧嘴，笑得憨憨：“我是羯人，你呢？”

阿曜眼神黯淡了一下：“汉人。”

那一年里发生了许多事。匈奴五部作乱，与晋军在晋阳城外对垒，大战一触即发。晋国将匈奴大单于刘渊留在洛阳做人质的长子刘贺带到战场上，企图以此作威胁，让刘渊退兵。不料刘渊竟亲自执弓，将自己儿子射死，省去了未来无尽的麻烦。如此心狠手辣，不但令晋国朝野上下震惊，连匈奴这边也胆战心惊，再没人敢对刘渊说个“不”字。

可对十五岁的阿曜和十六岁的阿乐而言，这一年最大的意义只有两个：

一、两人结成了好友；

二、认识了一名十二岁的女孩。

阿曜与阿乐熟练地拆招，互相钳制住对方，仍是无法分出胜负。两人对视片刻，哈哈大笑，松开了手。

阿乐懊恼：“五年了，我怎么还是赢不了你？”

阿曜不觉得这是什么大事：“我也胜不过你啊。认个平手就算了，干吗非得分出胜负来？”

阿乐却是不肯松口：“不行，迟早有一天我要打败你小子。”

阿曜温厚地笑了笑，不予回答。阿乐看到几案上那个锦袋，犹豫了一下：“知道吗，昨日绑架那个羊家小姐，倒是让我起了一丝恍惚，怎么感觉有点像她……”

阿乐仔细回忆羊献容的面貌，跟五年前那女孩似乎并无相像之处。女孩是张圆圆的包子脸，羊献容却是精致的鹅蛋脸。不过，眼睛真的很像，都那么灵动，那么水汪汪，如同一泓清澈见底的泉水。

阿曜摇头：“这不可能！”

“我也说不上来。”阿乐搔了搔头皮，嘿嘿笑着，“要说长相，好像也不像。声音更是无法辨识了。只是，总有那么一点点感觉。”

阿乐清楚记得，当时身穿晋军士兵服的自己驾着马车朝南飞奔，很快来到一处城门。真是上天眷顾，当时正在卸粮车，城门洞开，他竟靠着闪电般的速度冲了出去，守城的士兵完全来不及阻挡。

车子剧烈颠簸着，车内传来一个稚气的女孩声音：“别跑了！再这样颠下去，他的血会流得更厉害！”

那是阿乐第一次听到女孩的声音。尖细高亢，充满恐惧。阿乐心里一紧，急忙往后看。这马车轻便，又是难得的好马，在他高超的驾驭下早已甩开了身后的追兵，来到一片无人的山林。

阿乐松了口气，停住马车，焦急地掀开车帘。车内，阿曜腰上插着一支箭，脸色苍白，靠在一身翠色锦衣的小女孩腿上。女孩的手和衣服上沾了阿曜的血，浑身战栗。

阿乐大惊，上前扶起阿曜：“阿曜！你怎么样？”

“必须马上给他止血，否则他会死的。”

阿乐看向女孩，她虽一直发抖，面上却仍是强作镇静。阿乐想了想，低头解腰带。女孩吓得慌忙转过脸去，粉脸上满是羞愤：“你要做什么？”

阿乐上前扭住女孩的双手，不顾她的挣扎，用腰带将她两手绑住，一边扭头宽慰阿曜：“阿曜，你再坚持一下，我去城里绑个医生来给你治伤。”

这女孩双手被绑住了依旧不肯安分，明明怕得要死，却还在一字一句清晰地说话：“你们现在定是被全城通缉。你一踏入城中就会被抓，还怎么救他？”

阿乐猛地拔出刀架在她脖子上：“吵死了！老子先把你一刀砍了

再说！”

阿乐浑身的血污和暴戾的面容终于吓住了女孩，她哆嗦着不再说话。阿曜忍痛拉住阿乐，对他摇了摇头，好声好气地问女孩：“你有什么办法？”

阿乐哼了一声，将刀插回鞘中。他才不相信这小丫头能有什么办法。没想到女孩哆嗦着说出一句让他难以置信的话：“我……我可以帮你……医治。”

阿乐指着女孩嗤笑：“你？你才多大，又是个丫头片子，你会医术？”

女孩点头，神情极为认真：“我跟我娘学过一些。”

阿乐还想再说什么，阿曜却冲他点了点头。阿曜扭头看向女孩，满含希望：“你要怎么做？”

女孩将绑住的手伸到阿乐面前：“先把我解开。”

女孩的双手白皙，即便沾了阿曜的血也难掩那白葱一般的细嫩。阿乐心神一晃，刚一抬头又撞进一双水汪汪的大眼睛里。如曜石般的黑眼珠一闪一闪，若星辰一般。

阿乐心里一直回想着小时候娘告诉他的“漂亮女人都不是好东西”，眼前虽然只是个没长开的小女孩，却已是他见过的最漂亮的异性了。他自从被匈奴人俘虏，天天跟脏兮兮的奴隶为伍。难得见到一位匈奴贵族小姐，更未见过汉人女子的婉约风姿。

脑中还在回荡着“漂亮女人不是好东西”，阿乐仍是鬼使神差解开了绑住她双手的裤带。甚至，当闻到裤带上飘出一股不太好闻的味道时，他还偷偷脸红了一下。

阿乐沉浸在往事中，当回忆到这一段时，他的脸愉快地红了一下：“我是觉得，她们俩最像的一点，都是滑不溜秋的小狐狸……”

阿曜拍一拍阿乐的脑袋："别胡思乱想了。羊献容长在洛阳，从未出过京畿，不可能是她。"他将锦袋小心收入怀中，想要往屋外走，嘴角浮起一丝遮掩不住的欣喜，"等这里的事情一结束，我就去晋阳。"

阿乐身形一闪，伸开双臂挡在他面前："你该不是……"他紧盯着阿曜的脸，不放过任何表情，"已经找到她了吧？"

"果然瞒不过你。"阿曜从怀中掏出一张纸递给阿乐，"古丽刚刚送到的。"

阿乐头大："给我这个做什么，念给我听就是了。"

阿曜将纸放回怀中，纸上的内容他早已滚瓜烂熟："杨嫣，年十七，晋阳长史杨泅嫡长女，见过她的都说她长相柔美娴淑。母为医女，擅妇科，在晋阳贵妇圈中极有声望。杨嫣得母所授，亦通医术，常为贫苦之人免费医治，在晋阳城中有'活菩萨'之美名。"

"懂医术，长得美，又是姓杨，果然是她！以古丽的手腕，探出的消息绝不会有错。"阿乐兴奋地在室内转圈，一边喃喃念叨，"杨嫣，这名字好记，又很美。为人免费看病，还真是符合她的性格。"

"之前我们没有自由，竟耽搁了五年。当得知这消息时……"阿曜顿了一顿，语气里满是遗憾，"她已许配给晋阳侍郎之子，婚期定在今年九月。"

阿乐愣了一下："只剩下不到四个月了……"

"所以，我必须在三个月内结束这里的一切。"阿曜目光沉了下来，嘴角浮起一丝冷笑，"何况，那人也只给了我三个月时间……"

阿乐急切地嚷："我也去！"

门被推开，是头戴白羽的古丽急匆匆进来，两人慌忙换了表情。

"打听到沈锦绣的消息了。"

阿曜面色一凛，声音变了：“在哪里？”

“这些年她从不出羊府，极少有人见到她。即使在羊府，也只待在她自己的院落里足不出户，只有一名常年跟着她的嬷嬷照顾。”

阿乐皱眉：“咱们不知道她的长相，怎么确定谁是沈锦绣？”

古丽冷笑：“别说咱们了，羊府里绝大多数仆人都不知道夫人的模样。”

据说五年前羊夫人吃斋念佛，发下善心，将羊府里大部分仆人解了身契放出府去。世家大户光仆役就有数百人，生死皆捏在主人手中。羊夫人这一善举，自然得到许多穷苦百姓的赞誉，美名远播。后来陆陆续续被卖入羊府的，听说有这么一位菩萨心肠的女主人，都想要好好表现一番，说不定日后也能被免费放出。可惜夫人闭关修行，后来进府的人只能逢年过节在羊府大祭时远远望上一眼。

阿乐问古丽：“那么大的羊府，咱们的人数远不如羊家私兵，不能硬闯，现在该怎么办？”

这个时代的豪门大户非但在洛阳城内有豪宅，他们还有皇帝封赐的食邑。皇帝高兴了，给手下封官进爵外加食邑几百甚至上千户。这意味着方圆数百里，无论地里出产的物还是地上居住的人，皆是豪门的私产。拥有这么多资源，豪门便在封地上建造坞堡豢养家兵。战时贵族们得带着自己的私兵参战，平常这些人就是私家护院。拥有几百甚至上千人的小型军队，世家大族哪里是寻常人等靠近得了的。

古丽含笑看向阿曜：“还得靠那位羊家大小姐，她是唯一能接近沈锦绣的人。”

屋内光线已经极暗，可谁都没去点灯，阿曜的眼睛在黑暗中闪着难以琢磨的光芒。

阿乐问：“你想怎么做？”

古丽笑得妖艳如花，“我这里嘛，白羽舞团该发挥作用了。”她将手搭上阿曜的肩头，对他挑了挑秀眉，“而阿曜这里，英雄救美之后，就该是浪漫邂逅。”

阿曜什么都没说，只是将古丽的手甩开。

第五章

白羽舞团

献容一直想再见他一面，没想到机会这么快就到来了。

这天晚上，阿曜又做噩梦了。

自十五岁起，他常常翻来覆去做同一个梦。梦中先是听到一个软糯好听的声音在唱着摇篮曲。没有面貌，只有一团白雾，依稀是个女人的身影。他朝那团白雾走去，却见到世间最可怕的东西！

他不顾一切拼命狂奔，急促的呼吸声震得他耳膜生疼。周边是一片没有尽头的山坡，无论他跑得多快，身后始终跟着那头恶狼。他颤抖着回头看去，狼一步步逼近，近到他能清楚看到冒着绿光的眼，眼里是寒冰般的彻骨冰冷。

他终于力气不支，跌倒在地，狼一步步走近，嘴角咧开，似乎在笑。它在戏耍着自己的猎物。狼凑近他的脸，他能清晰地听到一下下的呼吸声。正当他绝望之时，场景突然转换了。

他和灵儿身穿破衣烂衫，跪在两名华服少年面前。少年执鞭欲朝灵儿打去，他急忙扑上前，将孱弱的灵儿护在身下。鞭子无情地落下，他闭眼忍痛。那鞭打似是无止无休，他觉得自己背上的肌肤已经全裂开了。两名少年还在无情笑着，完全没有住手的迹象。

就在他以为自己要被活活打死时，场景又换了。他浑身肮脏，满脸血污，倒在冰冷的地上。一双缝着玉佩的靴子慢慢走近，他费力睁开被血污糊住的眼，却只看到一双充满仇恨的眼睛，正如狼一般盯着他。

一柄匕首丢在他脚下，比地面更冰冷的声音入耳："杀了她，我就认你……"

他想看清那双眼睛的主人，眼前的血污却更多，将他的视线涂抹成一片暗红。那张脸始终模糊，唯有冰冷彻骨的声音一遍遍回响："杀了她，杀了她……"

他看向地上的匕首，颤抖着伸手摸过去。触到匕首的那一瞬间，一股刺痛狠狠扎进胸口，他大汗淋漓地惊醒，猛地翻身坐起。

阿曜大口喘息，胸口的刺痛仿佛还在。待得呼吸渐渐平缓下来，他环视周遭。他躺的是张花梨木做成的榻，木雕精湛，刻着伏羲女娲的故事。他盖的锦被是丝绸所制，内里的细棉柔软，只是此刻已被他踢下榻去。他住的屋内精心布置着考究的汉式家具，墙上挂的字画也绝非凡品，其中一幅甚至是当世大文豪陆机的真迹。

不是那无尽头的山坡，没有永无止境的鞭打，他也不在牢中。只是个梦而已，只是又做了噩梦而已。

阿曜渐渐安下心来，下榻将锦被捡起，用袖子抹去额头汗水。他走到三屉橱前，倒了一碗水快速灌下。窗外月色正霁，透过窗纸在榻前投下一个朦胧的月影。他站立片刻，打开书桌抽屉，拿出一柄镶嵌着红蓝绿宝石的连鞘匕首。

他站在窗前，对着月光慢慢抽出匕首。锋刃在月影下闪烁着令人心惊的寒光，照在他脸上，一片冰冷。

朝阳升起，人声鼎沸。

白马寺坐落于西南区域，附近就是一片片的市集所在，称为“里”。市集之南，临洛水有一片大广场，是逢年过节各种节庆活动的主场地。如今，这里搭起了一座舞台，舞台上方贴着几个巨形大字——“白羽舞团”。

古丽头戴白羽，身穿绯红窄胸长裙，腰间系一根绿色丝带，正带着舞团的演员们在卖力吆喝。别的女人红绿配是土气，她穿上却是艳丽无双。加上那股子充满野性的异域风情，光她一人就能吸引全洛阳男人的眼光。何况她还有个撒手锏。

两名婀娜的西域女子正在跳胡旋舞，上身仅着露出肚脐的紧身纱衣。随着激昂的鼓点不停转圈，扬起缀满铃铛的裙摆，叮叮当当的铃声引得围观之人越聚越多。

古丽大声吆喝：“西域的白羽舞团来洛阳献艺，保管是你从未见过的异域歌舞。每日只演一场，节目均有不同。赶紧买票啦，十个大钱就能进场。还犹豫什么，票马上就要抢完了！”

老板娘亲自吆喝，效果自然不同。越来越多的人掏钱买票，迅速排起了长龙。铜板声叮叮当当，钱币不停跌入筐子，古丽环视一眼越聚越多的人群，嘴角露出风情万种的微笑。

广告效应已经打出，就看羊儿什么时候上钩了。

舞台底下，阿乐和阿曜在不停忙碌，检查脚架，以绳索绑扎固定。演出从今晚开始，不能出一点纰漏。外头十分喧闹，有古丽的吆喝声，西域风情的音乐声，还有鼎沸的人声。可这些喧闹的声音无法打断阿乐的思绪。他时不时咧嘴笑，默默念叨着一个名字。

杨嫣，杨嫣，真是个漂亮的名字，跟她的人一样漂亮。他眼前浮现出一片寂静的树林，还有肮脏的少年和干净漂亮的女孩。

寂静的山林中响起马蹄声。正是草长莺飞的季节，空气中散发着泥土的清香。马蹄踏过处，惊起一片蚱蜢，被夕阳余晖染成金色，成片跃动着。

阿乐与女孩共乘一匹马，女孩坐在前面，阿乐手执缰绳坐在她身后。为了驭马，阿乐必须圈住她的身子，这使得女孩很不自在。每当阿乐碰到她的背，便尽力向前挪动，想要避开他的触碰。

阿乐大声斥责："坐好，别扭来扭去的！"他想了想，又加上一句，"要不是为了找水和草药，你当我愿意这样吗？"

说实在的，阿乐的尴尬绝不比女孩少。他活到十六岁都是烂命一条，哪有机会跟一个香喷喷、娇嫩嫩的女孩如此接近？女孩听了他的呵斥，不敢再动，乖乖坐着。可他牵动缰绳时还是不可避免会碰上她的身体。尽管只是飞快擦过，可那种感觉是如此奇妙。她碧色锦袍下的身体那么软、那么暖，还带着一股他从未闻过的少女体香。女孩的头发拂到他脸上，他的脸痒痒的，想抓痒又不敢抓，只得竭力端着架子，又忍不住想偷偷凑过去闻她的发香。

阿乐觉得那香味在搅着他的思绪，满世界只剩下他的心跳声，太快了，快得要蹦出胸膛。这种难言的情绪搅得他脑子一片空白，直到被女孩兴奋的声音打断："前面有溪水！"

阿乐这才意识到自己在偷偷凑近她，连忙坐正身体。幸好女孩坐在他身前，没有看到阿乐脸上的羞涩与窘困。

阿乐下马，将手伸向女孩。女孩却是不肯接受他的好意，自己笨拙地爬下马来。阿乐什么都没说，脸上已是一片绯红，幸好被满面污垢遮挡住了。他将马的缰绳拴在树上，拿过水囊走到溪水边。

不知为何，他做这些事时浑身轻飘飘的，似乎特别有劲儿，全然不像是个被匈奴和晋军两边追捕的双料逃犯。他甚至开始嫌弃自己浑身的脏臭，蹲到溪水边的第一件事就是洗脸洗手脚。若是有时间，他真想好好洗个澡，换身干净衣服。

可惜，这兴奋劲儿只维持了一小会儿。当他洗干净手脸，再灌满水囊，回头看到的却是这幅景象：女孩已经偷偷解开了拴在树上的缰绳，正在费力地上马。她的姿势虽然像狗熊，矮手矮脚笨拙得要命，可就凭着一股子非要爬上去的狠劲儿，她已到达了马背。

那些旖旎的念头瞬间崩塌，阿乐只剩下气急败坏："你——"

女孩看到阿乐凶狠的眼神，心里一慌，急忙甩动缰绳。马一下蹿了出去，女孩吓得紧紧抱住马脖子。

马跑了一阵子，女孩回头看去，那逃犯只剩下一个小黑点。她刚松了口气，身后传来一声尖锐的口哨。马猛地刹住脚步，差点将女孩甩出去。女孩正惊魂未定，发现马转了个方向，又跑了回去。

女孩大惊，拼命拍马："不是那个方向，你给我掉头！"

这马像是吃了疯药，任由女孩怎么踢打，仍是朝着口哨的方向奔跑，直到跑到那逃犯面前才停住脚。阿乐抓住女孩的腰带，一把将她从马背上揪了下来。

女孩跌在地上，不顾自己被摔痛的背，仍是回不过神来："它怎么会听你的？它在我家这么多年，跟了你才不到一天——"

阿乐蹲下身，两眼瞪得溜圆："知道我在匈奴营里的绰号是什么吗？马神！天底下任何马，只要经我阿乐一调教，保管服服帖帖——"

女孩突然指向他背后，惊恐大叫："什么人！"

阿乐下意识地回头，身后却是无人。等他意识到自己受骗，刚一扭头，一把沙土向他迎面兜来。阿乐猝不及防，眼里嘴里都进了沙子。

他搓揉着眼睛，眼泪不由自主流下来。恨恨地吐出嘴中的沙子，他瞪着红眼看向那狂奔的身影。矮小的身子像只兔子，频率极快，效率却不高。

阿乐迈开大步向那小小的身子追去，咬牙切齿地咒骂："滑不溜秋的小狐狸……"

回想往事，阿乐忍不住开怀大笑。其实五年前杨嫣的逃跑，跟昨日绑架羊献容时她用的招数不尽相同。可仅仅是那一点点的相似，竟让他在对付羊献容时手软了。看向身边正在绑脚架的阿曜，他心里默念：这次，绝不能让你这小子占了跟她多相处的时机。

古丽匆匆走入，阿乐急忙低头干活，他不希望古丽窥见他哪怕一丁点的内心世界。心中这片柔软的区域，只属于杨嫣。

古丽眼里闪着兴奋："羊儿上钩了。"

两个男人看向古丽，回应他们的是个娇柔的媚眼："刚刚，她的婢女来买票了，就在今晚。"

阿乐与阿曜对视了一眼。没想到这么快，只隔了一天，他们又要跟羊献容见面了。

"还有，早先散布的沈锦绣的谣言也起作用了。羊府传来可靠消息，琅琊王太妃如今不同意儿子向羊府求亲。"古丽扬扬自得地将手搭在阿曜肩上，媚眼在阿曜脸上露骨地挑逗，"我得帮你铲除所有情敌，羊献容的心只能被你俘获。"

阿曜不语，只是厌恶地将古丽的手甩开。

阿乐耸了耸肩，有些不以为然："不是还有个成都王司马颖吗？你散布的谣言只能在洛阳奏效，他远在邺城未必能听到。”

“羊玄之虽未明说，但应该并无与孔雀王结亲之意。”古丽一副成竹在胸的模样，“就这么一个宝贝女儿，远嫁到邺城去只怕他不乐意。何况，跟司马颖结亲意味着离朝堂旋涡更近，羊玄之精明至极，绝不会让女儿踏入旋涡。”

阿曜默默听着，浓长的眉毛微微蹙起，浑身带出一股冷意。

广化庵后院禅房中，无住师太正搀扶着羊献容走动。无住师太扭头看向献容：“白羽舞团？”

献容一边走，一边感觉着自己的伤脚：“对啊，是西域来的舞团。今早仆役们都在传呢，说是异域歌舞，保证之前没看过。”

无住师太恍然：“难怪你刚刚让春儿出去，是让她去买票吧？”

献容吐了吐舌，满脸兴奋：“她排了很长时间的队，好不容易才买到呢。”

无住师太嗔怪：“你昨日才刚遭过劫，脚还没全好，又浑身痒痒了！”

献容灵活地扭动着脚踝，展示给无住师太看：“已经全好了，师太的灵丹妙药岂是那些江湖郎中可比？才一天就消肿了。”

无住师太却是不为所动：“你是女儿身，外出不便——”

“师太放心，我跟春儿会扮成男子。”她拖着师太的宽袖子，嗲声撒娇，“好师太，就今晚嘛。西域的歌舞，寻常可是见不到的。”

无住师太知道她对新鲜事物的好奇心有多盛。若是不放她去，她会想各种办法，翻墙揭瓦也不在话下。心里已经松动了，可嘴上依旧不放心：“可是，你该知道你在外行走有诸多不便。你的——”

献容急忙捂住师太的嘴，贴在她耳边轻声低吟：“好师太，我……

不想提这事……”

无住师太只得住口，叹了口气，点点头。对于献容，她向来无法拒绝。

夜幕降临，师太亲自将献容送至郁山脚下。看着马车在山路上渐行渐远，无住师太心里念了声佛：阿弥陀佛，但愿不要出什么事。

白羽舞团临时搭起一座栅栏用作门禁，栅栏内看得到舞台上到处扎着彩灯，美轮美奂。人群比肩接踵，正等着入场。献容与春儿身穿男装混在其中，翘首企盼。她们没有注意到，她们刚刚现身，便有位站在角落的男子向栅栏内的古丽做了个暗号。

古丽嘴角浮出一丝笑，对着栅栏外的人群大喊："今晚的演出开始啦！"

栅栏被挪开，人群拼命朝里涌，献容与春儿站立不住，身不由己被人潮推着往里走。推着搡着，春儿与献容被越隔越远。两人互相叫着对方的名字，可不一会儿，春儿就被淹没在人群中。

唯一的侍女不在身旁，献容有些慌张。她被推搡到距离舞台最近的地方，这里本是观看表演最好的位置，她却仍想先找到春儿。刚向着最后见到春儿的方向艰难迈出一步，有人在她背后推了一把。献容站立不住，朝前跌去。

她只看到一片青黛浮现在眼前，仿如远山的颜色。随即一只有力的胳膊挽住了她下倾的身子。当她靠近那片青黛色时，好像闻到了一股淡淡的酒香，似是杏花酒。她的身体被扶正了。看向救自己的人，她的嘴张成了"O"形。

四周的花灯璀璨，映出青年浮雕般的俊颜。颀秀的身姿神采夺人，晶亮的黑眸里流淌着不羁的春水，奔腾入无边际的深海。

献容一直想再见他一面，没想到机会这么快就到来了。她本该感激他的救命之恩，再问那支狼牙簪子是不是他遗落的。可是此刻，她脑子一下被清空了，什么都不记得，只余下灿烂灯影中那个修长的身影。

天空降下片片白羽，众人皆是吃惊，昂头看着白羽缓缓落下。

瑰丽缤纷的花灯如梦似幻，将白羽也染出了七彩光芒。微风习习，白羽在风中打着转，萦绕在两人身边飞舞，如片片洁白的蝴蝶，在跳着世间最美的舞蹈。两人四目相对，青衫男子在一片光明中温暖地笑着。

就在两人上方的舞台脚架上，几名舞团的工作人员从袋子里掏出一把把白羽，往空中扬去。

阿曜在漫天白羽中温柔地笑着："真巧，又见面了。"

献容回过神来："是你！我正懊恼找不到救命恩人呢——"

阿曜将手指比画在嘴上，发出"嘘"声："演出开始了。"

见阿曜专注地看向台上，献容也急忙面朝舞台。八名西域美女在跳胡旋舞，白羽飞扬中，她们不停旋转，裙角的铃铛和着振奋的鼓乐声，配合出妙曼的舞台效果。精彩的表演引得观众一片叫好。

献容看着表演，却有些心不在焉。她虽穿着男装，但也不能靠陌生男子太近。她想看看自己与青衫男子的距离到底多近，是否该偷偷挪开几步。刚一回头，却撞进深不见底的一双黑眸中，他居然也在看着献容。

两人四目相触，皆有片刻失神。献容赶紧转回头，假装专注地看表演，心里却如小鹿乱撞，怦怦直跳。

有人往献容身边挤，她只得往后退一步。她正想努力往旁边挪一挪，又有人撞了上来。献容站立不住，身子晃了晃，身后男子急忙拉住她胳膊帮她稳住身子。

献容没有去深想为何总有人来挤她，她只是红着脸窘困地对身后男子道歉："对……对不住……实在太挤了。"

阿曜笑了笑，没有放开献容的胳膊，索性将她拉到身前，以自己的身体护住她。这样的触碰刚让献容觉得不妥，他又放开了献容。他的长臂护着她，却没有身体接触，为她圈出一片小小的安全空间。可这没有接触却比接触了还要暧昧，空气中似乎闪动着看不见的火花，噼噼啪啪电得献容浑身微麻。

青衫男子声音低沉，如沐春风："这里大都是男人，我有责任照顾你，直到你找到家人。"

尽管这样更不自在，可面对如此翩翩君子风度，献容也只能轻声嗫嚅："谢谢。"

一曲终了，胡旋女们退场。音乐大震，舞台上奔出十多名西域小伙。他们跳起热力十足的胡腾舞，音乐声激扬振奋，热情奔放，男人们口里一边欢呼一边腾空，舞姿刚劲潇洒，男子气概十足。

献容被这强劲的男子舞蹈吸引，忘了周身那噼噼啪啪的小火花。耳边传来一个低沉磁性的男声："这是西域的胡腾舞，是男人跳的舞。西域诸国崇尚男子气概，许多男孩自小便要学此舞。"

这下子不用回头也知道，她与青衫男子仅有咫尺距离，因为她能感受到他沉稳的呼吸一下下落在自己肩头。献容更不自在了，只得装作不在意地点评："这才是男人该有的样子，那些手无缚鸡之力的士大夫真该来好好看看。"

身后传来一声轻笑，青衫男子说了一句什么。可此时音乐声变得更激烈，献容没听清楚，下意识地扭头大声问："你说什么？"

献容扭头的瞬间正是阿曜俯身想跟她说话之际。两人没有提防，瞬间凑得极近。近到阿曜能看到她肌肤上细细的绒毛，献容则将他下巴上微微长出的青色胡楂儿看得一清二楚。

两人皆愣住了。献容急忙回头，阿曜也挺直身子，与献容拉开些距离。

台上的舞蹈已近尾声，音乐声小了下去。献容不敢再回头，红着脸问："你刚刚，说了什么？"

第六章

演　出

“……他毫不知情，根本不想杀自己的生父。他只是被无情命运戏耍的可怜人罢了。”

阿曜沉默片刻，问得有些艰难：“如果……他知情呢？”

阿曜看着献容白皙的颈项慢慢转红，心神微有些荡漾：“我说，你一点都不像世家小姐。”

献容见前方的人稍少了些，努力往前踏出一步，确定是安全距离方才转身，眼睛清澈地看向青衫男子，声音沥沥如水珠落玉盘：“我为什么要像她们？我做我自己就行。”

阿曜看向眼前女子。因为穿男装，她脸上未施脂粉。肌肤白皙如玉，眼里带着水汽，雾蒙蒙的叫人看不清楚。偏偏这样潋滟的清丽容颜，却长了一双英气的长眉，使得整张脸没有寻常女子的阴柔娇弱，反倒带着些男人才有的英气。此刻身穿男装，看着就像个五官漂亮的少年郎。

这女子身上总有让人出乎意料之处，他轻叹一声：“真羡慕你，可以做你自己……”

音乐声结束，舞台上缓缓走来一名绝色女子。阿曜愣了一下，那是古丽。古丽身穿一身白羽衣，妆容艳丽，妖娆多姿。她一上台便引得台下男人们齐声吸气，中原女子哪有这么性感火辣的身材？

台下少数几名女观众却是一脸嫌弃。这女子穿得虽不暴露，但哪能裹得那么紧？腰臀胸的曲线一览无遗，这不是有违妇德吗？

献容却是一脸钦慕地看着古丽，由衷赞叹："她真漂亮。"

阿曜有些吃惊。古丽这样的尤物，在男人中可以无往而不利，但女人却没一个喜欢她。没想到，羊献容非但可以大方欣赏男人的舞蹈，也可以不带偏见地对待古丽这种另类的美。他先前对世家小姐的种种看法，在这位特立独行的羊家大小姐面前似乎全然行不通。

台上的古丽对观众微微鞠躬，以不甚标准的汉话说道："大家好，我是白羽舞团的团长，白羽夫人。"

台下大胆的男人们发出暧昧的嘘声和叫好声。

古丽对那些叫好声回以微笑，继续说道："我带着舞团走南闯北，最远到过粟特人建立的康国，那是在极遥远的西方。"

粟特，康国，这些奇特的地名只在书中偶尔见过。据说从洛阳出发，得走上两三年才能到达，一路上还有种种难言的艰辛。献容羡慕得双眼放光："我也想像她一样走遍天下。"

阿曜笑了笑，没有回答。今晚羊献容已经带给他很多惊奇，对她那些不像世家小姐的言行，他已见怪不怪了。

另一边，春儿还在人群中努力挤着，寻找自家小姐。每当她似乎见着了，总会悲催地被挤到别处去。突然有人拍了一下春儿的肩头，是个衣着干净的老者。

老者笑得慈眉善目："小公子，你是不是在找另一个跟你一起来的公子啊？"

春儿焦急地点头，一边比画着："对对！大约这么高，长相清秀，特别爱笑。”

老者想了一下，手指了指方向：“刚刚在那边见过，他也在找你呢。人这么多，实在难找。他说在这儿找不着，索性在家门口会合。”

这话倒是提醒了春儿：“也对，还不如在家门口等着方便。”

对老者道谢后，春儿匆匆离去。她没有意识到，自己刚刚道谢用的是女子常礼，而那老者却没半点异样。

台上，古丽讲起了故事：“在栗特时，我听到了一个匪夷所思的故事。在更为遥远的西方，有个国家叫拜国。拜国国王背叛了自己的妻子，于是这位皇后拼死生下一个儿子，然后，将恶毒的诅咒带给了这个孩子……”

古丽的汉语虽不太标准，但抑扬顿挫的声音和悬念乍起的故事却是极吊人胃口。台下观众皆是神情专注，等待古丽继续说下去。可台上灯光俱暗，观众不明所以，骚动了一阵。

舞台中央亮起了灯火，一个身穿西方世界奇装异服的男人站在舞台上，手中抱着一个襁褓中的假婴儿，脸上是初为人父的喜悦。

古丽的声音从旁传来：“国王正在为孩子降生而高兴，突然，听到了天神的声音……”

一个威严的男声在空中响起，那是在模拟天神：“汝所做之事终有报应，汝之子终将杀死汝……”

舞台上的男人显出恐慌的神情，他焦急地来回走了几圈，拿过舞台上用作道具的一节铁链。男人咬牙将铁链穿刺过孩子的脚踝，观众发出惊恐的吸气声。舞台上的男人仍焦虑不安，思索片刻后，狠心将孩子丢在地上，转身绝然离去。

献容被这故事紧紧抓着，目不转睛地盯着舞台。阿曜却觉得有点不对劲，不满地看向台上暗影里的古丽。她在搞什么？之前可从未说过会有这么一个莫名其妙的戏剧表演。

古丽的声音再次响起："带着诅咒出生的孩子命不该绝，他被牧羊人救起，又被邻国国王收养。可他的脚，却是跛了……"

舞台上出现了一个跛脚走路的年轻人，他跪在舞台中央祈祷。那个天神的声音又从空中传来："汝命中注定要杀死生父……"

年轻人惶恐地望着上天大喊："不，我不会杀死自己的亲生父亲，我决不！"

阿曜似乎觉察到什么，脸色瞬时变得有些难看。

献容却是沉浸在故事中，为年轻人辩白："这狗屁不通的天神太不可理喻了，凭什么要让一个无辜之人承担这样的罪孽？"

阿曜心有触动，眼神复杂地看向献容。

年轻人跌跌撞撞地逃下舞台，古丽的音调转为感叹："可怜的人哪，他不知道自己是被收养的。他逃离了养父的国家，来到亲生父亲的国家……"

舞台上，年轻人背着行李，跛着脚走上前。他撞到了自己的生父，两人因为这么小的事情发生口角，开始扭打。年轻人被打了几拳，气愤不过，拔出刀想要威胁对方。没想到，却一个不慎捅在生父身上。

献容吃惊地捂嘴："那……那是他生父啊……"

阿曜垂下眼帘，看不出任何表情，唯有眼皮在微微跳动。

台下观众们愤怒地起哄，许多人将手中的东西砸上台。有人在大叫："丧尽天良的畜生！"

还有人喊："连父亲都杀，还算是个人吗？"

另一人诅咒："当初就该让这孩子死了，他就不该活在这世上！"

中原汉人的三纲五常延绵千年，君臣父子，礼义孝道，错一点都难以立足。弑父不仅是杀戮之罪，更是无可饶恕的违逆人伦，没有任何理由可辩，所以台下观众群情激昂，一面倒地谴责杀父的年轻人。东西砸在台上的年轻人身上，他再难演下去，边避边看向古丽，古丽却朝他摇了摇头。

阿曜仍是垂着眼，嘴角却渐渐浮起一丝诡异的笑容。他正想掉头离开，却见献容飞快拨开人群，大踏步走到距离舞台最近之处。她转身面对着这些叫骂的观众，张开双手，似在保护台上的年轻人。

献容大喊："你们有什么资格骂他？这样的命运是他自己能选择的吗？你们不是他，只会站在道德高处谴责，你们有谁愿意去体会他心中的痛苦？"

那些观众被献容骂傻了，有人悻悻地收回手中要砸的东西。阿曜忘记了离去，与所有人一样呆呆看着献容。

古丽见势不妙，走到舞台中央打圆场："哎哟，诸位大爷都太入戏了，这只是个故事，讲给大家听听，博个乐子而已。"

古丽对台上的演员使了个眼色，年轻人和扮演父亲的男人迅速下台。古丽娇笑着安抚观众的情绪："这样吧，咱们继续下一个节目，那可是最精彩的压轴戏。"

一名脸上涂满油彩之人，身穿小丑服，一路翻着筋斗跳腾到舞台中央。能连翻几十个筋斗可是需要很深功底的，观众大声叫好，注意力立刻从那沉重的故事转移到滑稽小丑身上。

阿曜知道阿乐也得上台表演，却是第一次看见这身小丑装扮。脸上涂了厚厚的油彩，早已看不出高鼻深目的异域长相。为了遮挡他那一头卷曲的长发，阿乐还带上了小圆帽。阿曜忍俊不禁，心情顿时轻松了不少。

阿乐向观众鞠躬，用刻意捏细的滑稽嗓音说话："各位老少爷们儿，小的今儿表演一个绝活。不过，得请一位朋友上来帮忙。"

台下不少人跃跃欲试，阿乐眼睛一瞥，却是落在了献容身上。他翻着跟斗跳下舞台，到献容面前拉住她胳膊，啧啧称赞："瞧瞧这长相、这品貌，就这位公子吧，大家说好不好？"

周围观众见献容眉目清俊，皆起哄叫好。献容有些尴尬，眼神不由自主看向站在她身后的青衫男子。

阿曜朝她笑了笑，轻声说道："去吧，不会有事的。"

周边人还在不停起哄，献容只得跟着阿乐上了舞台，站在台中央。阿乐将一个竹篮交到献容手中，篮子里放着许多最普通不过的鹅卵石。

阿乐解释游戏规则："小的别的本事也没有，就会一样绝活：躲石子儿。"

有工作人员提着一个沉重的筐到舞台中央，观众们眼睛立刻亮了，筐子里放着满满的铜钱。

阿乐以小丑的口吻对献容说道："您用石子儿砸我，怎么砸都成。砸到一个，您就拿去十个钱。您有本事，就把这筐子钱全赢走。砸不着我，您也分文不用拿出。"他转身面对观众，两手一摊，"大家说，这条件好不好？"

观众的热情被调动起来了，许多人高呼："好！砸啊，砸啊！"

阿曜笑着看台上的阿乐，他还挺有扮小丑的天分。

献容也被逗笑了，点头说好。话音未落，她迅速摸了块小石子砸向阿乐。阿乐未及反应已被砸到，人群发出哄笑。阿乐还在傻眼中，献容已经走向那个筐子，从中捡出十个钱，扬扬得意地收入袖袋，还不忘说句"谢谢哦"。

阿乐咬牙切齿，涂满了油彩的脸上看上去却似在笑："我还没说开始呢。"

献容伶俐地反驳："你刚刚可没说要说'开始'，我才能开始。"

滑不溜秋的小狐狸！阿乐气得吐血：“那我现在说！”

阿乐向舞台另一边走去，站定后对献容示意：“开始吧。”

献容连续将石子砸向阿乐，阿乐极快地闪转腾挪。无论献容动作如何快，阿乐比她更快。献容砸出最后一块石子，阿乐索性一个鹞子翻身避过，在空中居然用脚尖将掠过的石子倒踢起来，站定后伸手稳稳接住，冲她得意地笑。献容倒是挺佩服这小丑的本事，若不是自己取巧，一个子儿都赢不到呢。看着石子已经砸光，献容正要下台去，却被古丽拦住了。

古丽手中拎着一个精巧的小篮子，笑着对观众喊：“大家说，光是砸石子儿有什么意思，对不对？”

观众们大声起哄：“对！”

古丽推波助澜：“不如，来点更刺激的。”

她将篮子的盖头掀开，里面是一排锐利的飞刀，观众们都倒吸一口气。古丽拿起一把飞刀，递给献容：“来，这位公子，用这个！”

献容被吓到了，急忙摇头：“不行，不能用刀！”

古丽却硬要将飞刀塞进献容手中：“没关系，他能躲石子儿就能躲飞刀。快点来吧，大伙儿都等着呢。”

献容死活不肯拿飞刀，她一看到那尖锐的刀口就心怵。万一小丑没躲过，她岂不成了罪人？古丽面上在笑着，手中力气却大，一把抓起献容的手，将飞刀强行塞进她手中，朝着阿乐比画：“就这么丢就行了——”

不料飞刀脱手，竟往台下飞去。事出突然，所有人都惊呆了，飞刀直直向站在台前的一名少年飞去。少年钉在地上无法动弹，眼见得飞刀即将刺到，斜侧伸来一只手，两根手指在少年鼻尖前准确地夹住了飞刀。少年看向来人，青衫飘逸，丰神俊朗，正是飞身而来的阿曜。

台上的献容吓得腿都软了，看到阿曜救下了少年，献容不住抚胸喘气。

所有人皆为阿曜的壮举鼓掌，阿曜只是谦虚地笑笑，将飞刀递给仍在台上的献容。看到献容接过飞刀时一脸崇拜，两眼闪着感动的晶光，古丽嘴角露出一丝难以觉察的微笑。

所有计谋都奏效了，今晚的一切皆在她掌握之中。

舞团门口栅栏边，观众们陆续往外走，纷纷议论着精彩的节目。献容不停打量出来的人，眼见得人越来越少，不由焦急："怎么还不出来？"

阿曜伴在她身边，柔声安慰："别急，也许找不到你，先回去了。"

"这丫头，真是的……"

"不介意的话，我送姑娘回去吧。"

献容不由踌躇。世家小姐当然不能在夜晚与男子单独出入，可是，她有太多理由甘愿冒险。她还不知道他的姓名，那枚狼牙簪子要还给他，一个女子孤身行夜路太不安全，等等等等。点头的理由比摇头的理由更多更充分，思想斗争的最后结果是羊献容朝着阿曜略带羞涩地点头。

夜凉如洗，月色清透。已过了戌时，许多人早已沉入梦乡，大街上只有少许人在走动。阿曜手执一盏小巧的提花宫灯在前引路，献容跟在他身后，与他拉开一小段距离。

献容看着前方颀长的身影，橘黄的宫灯落在他身上格外温暖。献容心里顿时也变得暖暖的："谢谢你又救了我。"

阿曜回头一笑，光华灿烂："我只是救那孩子。"

"你救他就是救我。不然，万一那孩子有损伤，我一辈子寝食难安。"

“就算他出了什么事，那也是一场意外。”

献容却是摇头。什么都归结为意外，便可良心安稳了吗？“那是因我而起，就是我的责任。”

阿曜脚步微顿，转身面向她，目光如炬：“你的责任感还真强。那又为什么……要为那杀父之人辩白？”

想起白羽夫人所说的故事，献容沉思：“他杀人是不对，但不该背负上如此沉重的命运。他毫不知情，根本不想杀自己的生父。他只是被无情命运戏耍的可怜人罢了。”

阿曜沉默片刻，问得有些艰难：“如果……他知情呢？”

献容愣了一下。

阿曜朝她走近一步，低沉的声音中带着些微颤音：“或者说，他虽不知情，却……有可能猜到了一点呢？”

他高大的身躯将她整个笼罩住，顿时带来些压迫感。献容仰望他的面容，如雕塑般的侧脸被烛光照亮，眉宇间竟有着难言的沉重。献容悄悄往后挪了挪脚步：“那就不该再有杀戮了。”

阿曜向她再走近一步，眼里闪烁着复杂难解的光芒：“如果……他只是猜测，可没人能告诉他实情。”他顿了顿，喉结上下滚落，声音喑哑，“何况……他有迫不得已的苦衷。”

献容难以理解：“什么样的迫不得已，要杀自己的父亲？”

阿曜张了张嘴，却没有说出口，将头偏过一侧，慢慢挺直脊背。再次看向献容时，眉间眼底的那种沉重瞬间隐没：“我只是……假设而已。走吧。”

他自顾自手持灯笼继续往前走，脚步有些急促。献容小跑着跟上他，这次没再顾忌要拉开距离，而是直接跑到他身边，微有些气喘：“他是因诅咒而生，命运待他确实不公。可若是他不设法破解这个诅咒，明知是亲生父亲依旧要杀了他，那他便永远堕入黑暗，心中再无一丝光明了。这样的人生，活着还有什么意义？”

阿曜突然刹住脚步，献容收势不住，差点撞上他。他一脸震惊，又是一脸不置信，轻声呢喃，仿佛在问自己：“可是，光明在哪里？”

献容一手高举，指向天上，朗声说道：“白日有太阳，夜里有月亮，即便被云雾雨雪蒙蔽，那也只是一时。只要日月永存，昂起头来，光明永远就在头顶。”

第七章

光　明

●

也不知阿曜今晚吃错了什么药，在姑娘家刚刚起心动念时却自认庶族，这等于是告诉人家：咱俩没戏。

阿曜顺着她的手指抬头，月牙弯弯，似一张缺了口的笑脸。月辉虽不如阳光耀眼，却依旧能照亮周遭。他低下头，撞见一张自信从容的脸，笑容调皮又带着真挚的温暖。他心念一动，多久没有看到如此熨帖人心的笑容了？这样单纯美好的笑，他只在灵儿脸上，还有五年前那叫杨嫣的女孩脸上见到过。

见他沉默不语，献容在他面前摆手："公子，公子！"

阿曜终于回神看向她，直到这时，献容才逮到机会问出憋了许久的问题："还未请教公子尊姓大名呢。"

阿曜恢复了正常，哑然失笑："一直扯些乱七八糟的，都忘了介绍自己。"他作揖行礼，一副彬彬有礼的贵公子做派，"在下柳光明，来自河东。"

献容拍掌笑道："原来光明就在这里。"

阿曜不解："什么？"

"你的名字呀。"献容笑盈盈地看向他，"尊父母为你起名光明，定是希望你活在光明中，所以，不必抬头看天，你自己就是光明所在。"

阿曜这才知道她在解说自己编出的名字。之所以用"光明"，只是因为杨嫣。那时，她根据他的发音，用树枝在地上写下"曜"字，告诉他这个字是光明之意。那是他第一次知道自己名字的意义。

献容继续问："河东？是解州的柳家？"

阿曜愣了一下，支吾着："啊？是吧。"

献容回想自己读过的柳家谱牒，笑道："解州柳家可是名门大族，汉时出过不少名臣。据说最早的先祖就是那位坐怀不乱的柳下惠呢。"

曹魏时期，解州柳家一直在朝中为官。司马氏篡魏，柳家是极少数反对的世家，因此得罪了司马炎。柳家被迫全体辞官归隐，但柳家威武不屈的事迹仍在洛阳交相传颂，倒是赢得了极好的名声。

阿曜其实做过功课，可不知为何，在她面前全然忘了那些味如嚼蜡的族谱。他尴尬地支吾："好像……是的。"

献容转念一想，又哑然失笑："我口口声声说自己厌恶世家大族，可说到姓氏时仍不由自主想到这些谱牒。可见我也终究免不了沾染这些恶习。"

你已经是个很不像样子的世家小姐了。阿曜心中想着，嘴上却道："世人皆是如此。你长久在这样的环境之中，早已成了习惯，不过是顺口说出来罢了。"

献容尴尬，敲自己的脑袋："哎哟，其实知道这些士族的祖宗十八代有什么用啊？可是要习字就得听先生讲这些，两人见面先得夸一通对方祖宗，真是避也避不掉的麻烦。"

血统家族姓氏，在这个时代是评判人的唯一标准。两人初次见面，先问清姓氏籍贯，区分贵贱，士族只跟士族对话。再稽考谱牒，论资排辈，理顺那些复杂的姻亲关系。等到真正开始谈事情，半个时辰早就过去了。

阿曜眼光灼灼："按照世家的规矩，你是不是得开始问我柳家的祖宗十八代？"

献容急忙摆手："没有没有，我才不在意这些。你知道吗，我最痛恨参加城内各世家王亲没完没了的宴席。这种宴席上的谈资永远只有三类：攀亲戚、夸祖宗、传八卦，每次都听得我昏昏欲睡。"

阿曜笑了笑："要是你再问下去，我肯定露馅儿。还不如自己先招认了。"他定定地看着献容俏生生的脸，语气平静，"我不是解州柳家的，我是……庶族。"

若是古丽此刻在旁，早已一个耳刮子冲阿曜扇过来了。她费尽心机安排这一场浪漫邂逅，正是为了让他勾动羊献容的芳心。别说扮士族，就是要扮成某个司马王族，凭古丽的本事也不在话下。也不知阿曜今晚吃错了什么药，在姑娘家刚刚起心动念时却自认庶族，这等于是告诉人家：咱俩没戏。

献容倒是没想那么多，她只觉得是因为自己刚刚一直谈论士族谱牒，以至于他对自己的身份有些自轻。献容急忙道歉："对不起，我没有任何轻视庶族之意。"

"我知道。你说过的，佛祖面前人人平等，所以我才会对你说出底细，不必在你面前伪饰。"他看着献容，声音轻柔，"现在，可以告诉我——你的名字吗？"

献容欢快答道："我叫羊献容。"

阿曜明知故问："木易杨？"

献容将两手比在额头，发出"咩"的叫声："是这个，大灰狼最爱吃了。”

阿曜被她可爱的模样逗笑了：“果然没猜错，你是士族出身。羊姓虽少见，却是洛阳七大世家之一，光是本朝就出过一位皇后好几位名臣。你瞧，我对士族也非一无所知的。”

献容叹气：“可我却是最讨厌自己出身士族，未来嫁人也不得不嫁给我自己看不起的士族。”

阿曜眼里精光闪烁：“我对洛阳士族不熟，只知道士族必得与士族通婚。若是你不嫁给士族，那会怎样？”

“羊家一门会因我而被天下士族耻笑，从此在士族中抬不起头。”她抬眼看向阿曜，苦笑道，“所以，若是我执意要嫁庶族，只怕羊家大门还没迈出，就已经被族人强行挂到房梁的白绫上了。即便侥幸逃脱一死，我也会被羊家除名，从此再无母族。”

阿曜愣住了。这招真够狠的。如此一来，还有哪个世家小姐敢为了爱情抛弃身份？这等于是把庶族向上晋升成士族的通道全堵死了。

“对了——”献容从袖袋中拿出那支造型奇特的狼牙簪子。

阿曜眼睛一亮，急忙从献容手中接过簪子：“原来在你这里！这两天我翻遍了那条路，每个草根石缝都不放过，都打算出重金悬赏了！”

献容看他那激动的模样，心里有股说不出来的滋味，旁敲侧击地问：“这簪子的主人……是柳公子极重要的人吧？”

阿曜收敛住笑容，沉默片刻方轻轻“嗯”了一声：“我就是为了她来洛阳的。”

献容故作轻松：“这簪子造型如此独特，又是以狼牙制成，簪子的主人想必很有眼光……”

她也不知道自己吃味个什么劲儿。就算之前对这英俊男子起了些小心思，从他表明身份后也该彻底死心了。她胆子再大，也不敢冒天下之大不韪，非要去挑战士庶之别的传统。

“也许吧，我也不知道。”阿曜拿着簪子端详，眼神深幽，“这簪子的主人……我也没见过……”

“怎么会……”

“她在我三岁时就离开了，我怎会有印象？”

“她是……”

阿曜眼神黯淡，长长吐气，似要将胸中浊气全部吐完。沉默许久方才答道：“我的母亲。”

阿曜看着献容脸上的表情，明明很想问，又怕触到隐私不敢问。他想起自己第一次知道这个名字时也曾犯难，怎么去找一个从未谋面现在又隐姓埋名的女人？那人只将一根狼牙制成的簪子丢到他面前。那人说，她一定会见拥有这根簪子的人。

献容还是敌不过好奇心问出了口：“你母亲为何离开你？”

阿曜面含讥讽，双眸冷冽：“你说士族女子不允许嫁给庶族，那你知道庶族女子嫁入士族豪门又会怎样？”

献容不解。

阿曜冷笑道：“我母亲为踏入豪门，将三岁的我，还有襁褓中的妹妹，都抛弃了。”

献容“呀”了一声，又赶紧捂住嘴。

阿曜盯着手中的簪子：“这就是她留给我的……唯一纪念。”

“你是来找母亲的？”

阿曜手中紧紧攥着那簪子，眼里满是愤恨：“如果可以选择，我宁愿一辈子不见她！”

一个从小被母亲抛弃的孩子，自然是对母亲充满恨意。献容叹气：“那你……为何又来找她？”

眼中那股愤怒之火顿时熄灭，他的声音起了一丝哽咽："因为我妹妹……想见她……"他长叹一声，忧心忡忡，"她刚生下不久就得了一场大病，自小身体不好。"

说起灵儿，阿曜眼神温柔，嘴角噙笑："灵儿很善良，她的歌唱得比百灵鸟还好听，针线活儿比最出色的绣娘做得还好。我的衣服都是她做的。"

献容看着阿曜身上雅致的青衫，针线齐整细密，袖口的饕餮纹整齐划一，比她那三脚猫的刺绣功夫好太多了。她不由赞许："难怪你穿得不像那些公子哥儿那么浮夸。你妹妹，灵儿姑娘的手真巧，对你也真是好。"

想到灵儿那善良纯真的笑脸，阿曜发自肺腑地感慨："是啊，若不是她，这么多年我也没法撑下来……"

从小到大，他都在为妹妹活着。为了她辛苦干活省吃俭用，为了她可以忍受所有羞辱与谩骂。为了给她抓药，寒冬里他卖掉了唯一的棉袄。十五岁那年，匈奴五部起兵对抗晋朝，征发所有十五岁以上的奴隶。那是他唯一一次离开妹妹。他本想在战场上以命博个前程，他和灵儿说不定就能摆脱奴隶的命运。没想到，他遇见了阿乐……

"她太过善良，对谁都不怨恨，即使是将她生下没多久就遗弃的母亲。"话锋一转，他声音低了下去，满是哀伤，"可是……医生说，她撑不过三个月了……"

献容难以置信。

阿曜偷偷打量献容，见她满脸的怜悯，嘴角浮出一丝冷笑，又赶紧恢复悲戚状："她说，她此生唯一的愿望就是见母亲一面……"

献容母性泛滥，焦急地说道："那你得尽快找到你母亲。"

"这户豪门将当年知晓母亲底细的人全部赶走，父亲在世时也从未告诉我任何关于母亲的事。别说长相，我连母亲叫什么名字都不知道，只知道她嫁的是洛阳七大世家之一。可是，每一户世家都有数百人之多，无异于大海捞针。即便我亲自来洛阳寻找，也知道机会实在渺茫。”

这个时代对女子所谓的“贞操”要求没后世严格，那些刻板、死硬甚至变态的贞操观直到明清才大行其道。女子离异再嫁十分普遍，自汉到三国，甚至好几位皇帝都娶了寡妇或离异女子。所以阿曜这故事在羊献容听来完全合情合理。一个女子为了荣华富贵，抛夫弃子嫁入豪门。如今儿女皆已长大，女儿生命垂危，临死前想见一面亲生母亲。儿子为了满足妹妹最后的愿望，来洛阳寻母。

多么感人肺腑！

关于如何设计这些说辞，古丽颇费了一番苦心。沈锦绣这个名字早已销声匿迹，当世之人只知道羊玄之的夫人乃山东孙家嫡次女，闺名孙少华。若阿曜直接说我要找的就是你娘亲，这会吓到羊献容，容易打草惊蛇。这套谎言既能赢来羊献容的同情，又能与她合情合理地接近，堪称完美。

说话间，前方出现一大片高宅大院，夜色中显得森然。献容在墙角阴影处停住脚步：“前面就是我家了。”

阿曜多次踩点，自然知道那就是羊府，也随着停下了脚步。

再往前走会碰上羊府的巡夜，献容必须在这里跟他分手。她宽慰这位柳光明公子：“先别泄气，我来帮你想办法。”

阿曜抬眼，充满希望地看向献容。这个夜晚的所有精心安排，要的就是这句话。

献容往羊府方向不停瞅着，担心会不会冒出个人来，转头快速问道：“你住在哪里？我明日午后来找你。”

阿曜将地址告诉献容，彬彬有礼地告辞。献容走回羊府，刚到门口，便见到春儿哭哭啼啼奔出。可怜的春儿已经在门口焦急等了近一个时辰，将各种最坏的可能都想了一遍，连想死的心都有了。

献容拍着她肩膀宽慰：“我没事，走吧，赶紧进去。”

春儿敲响偏门时，献容总觉得背后似乎有双眼睛。她偷偷回头，原来是柳光明公子，正立在巷子口的阴影中注视着她。

看见献容回头，阿曜对她露出一个安心的笑容，摆了摆手让她赶紧进去。献容没想到他竟还没有走，一直暗暗将她送到大门，心里不由涌过一阵暖流。

管家羊喜亲自来开门，将大小姐神不知鬼不觉地迎入内。他的儿子羊军想娶春儿，自然对春儿的要求无一不从。

偏门关上，一切归于沉寂。阿曜从阴影中走出，仰头看着羊府烫金黑底的硕大匾额。他的眼瞳深邃，探不出深浅。

五年前。

他与灵儿的生活发生了翻天覆地的改变。他们不必住四处漏风的帐篷，搬进了宽敞的砖瓦房。他也不必再做苦役，吃穿用度都有专人伺候，这让他和灵儿好久都无法适应。

白天，他可以和匈奴贵族子弟们一起跟从汉人大儒读书写字。匈奴没有自己的文字，他们学的全是汉文。那些贵族子弟不爱读书，可他却很喜欢。

他回到住处后还要继续苦读，像块干燥的海绵，如饥似渴地吸收一切养分。每晚他只睡不到三个时辰，每当读书实在困乏，便用针刺自己的指头。时日久了，他的手指上密密麻麻都是针刺的痕迹。

灵儿痛心不已，问他何必没日没夜这么辛苦。他却说：“我十五岁才开始读书习字，比旁人晚了许多，得加倍努力才能赶上。”

无论弓马剑术还是诗词文章，他学什么都比别人快。非是他天赋异禀，而是他知道机会的来之不易。凭着这股子悬梁刺股的劲头，他从最初一句话都读不完整，被贵族子弟嘲笑，到三年后超越所有人成为老师眼中的栋梁之才。

一切努力只因为他对灵儿发下的重誓：“哥哥一定要治好你的病，给你更好的生活，日后看着你风光大嫁。”他看向周围精致的用具、案桌上一卷卷的书轴，眼神变得狠厉，“无论……要付出什么代价……”

如今，看着月光下连绵成片的硕大府邸，他对着自己再次重申：无论，要付出什么代价……

他看向黑暗的天边。

天色阴霾，空气中仿佛飘浮着层层死去的蜉蝣，满目死气沉沉。却有半缕月光努力从镶嵌着黑边的云层里漏出来，那么不自量力，那么无足轻重。阿曜伸出手指点在那一丝缝隙上，瞬间便将光亮遮盖住。一点点光明，又能照亮什么？可他蓦然发现，手指边被勾勒出了一圈微弱的光圈。就那一点点亮光，光线与阴影叠加，竟让眼前光斑跃动，仿佛有了生命与活力。

阿曜突然之间，心有所悟。

这一晚还有最后一件事要做。

阿曜回到住处，径直走向后院一处隐蔽的三进院落。屋内，古丽身穿薄薄的寝衣正对镜卸妆，“哐当”一声房门被推开，阿曜大踏步走了进来。

古丽抓过榻上一件外衣披上：“发什么神经，也不看看都什么时辰了！”

“为什么要演这么一出戏？”阿曜沉着脸，根本不看古丽薄衫掩映下的玲珑身段，“为什么事先不告诉我？”

原来是为了这事。古丽松了口气，媚笑道：“效果不是很好吗？你难道不喜欢羊献容的反应？”

阿曜眼里仿佛落下了一层霜，声音冷冽：“我根本不在意她的反应！反而是你，当心画蛇添足反而误事！”

阿乐听到了响动赶来，一进门只见阿曜乌眼鸡一般瞪着古丽，而古丽还是那般风情万种，仿佛什么事都没发生。阿乐奇怪地看着两人：“怎么啦这是？”

两人都不吭声。阿乐只好打圆场：“古丽，接下来该怎么做？”

“布置好咱们的柳府，随时欢迎羊家大小姐的造访。”

阿曜猛地望向古丽。她走向阿曜，用手搭上他肩膀：“我想，她一定跟你约好了时间。”

她真是太了解女人了，一丝一毫的细微心思全都能猜透。阿曜甩下她的手，沉声说出：“明日午后。”

古丽露出得意的笑，从几案上拿起一个卷轴，递给阿曜：“今日刚送到的，你只有一夜时间准备。”

这个时代，一本本的线装书还未出现。字写在卷轴上，一卷卷打开阅读。阿曜打开手中的卷轴，首页上书“河东柳氏宗谱”。

“这是什么？”

“花钱伪造的谱牒。你必须在羊献容带你去各大世家之前背熟它。”

动作还真迅速。阿曜冷笑一声，将卷轴扔还给她：“我已经告诉她，我不是出自河东柳氏，我是庶族。”

古丽讶异：“你为何告诉她这个？我不是早就安排你冒充柳家的嫡三公子吗？士庶不往来，你是想被羊家踢出门？”

她千般算计，唯独没想到阿曜会把不该打的牌亮出。她猛地想通，登时气急："你是故意的！士庶不通婚，你只想通过她找到沈锦绣，却不想引诱她，所以一早就让羊献容对你绝了念头。"

阿曜不说话，点漆黑瞳里闪烁着晶光。古丽看着他的俊脸，气急发笑："没关系，我有的是办法。"

阿曜沉下脸来，一把握住她胳膊，毫无怜香惜玉之心："我的任务只是杀沈锦绣，没有以身色诱这一条。你手段再多，只要触了我的底线，我绝不执行，你又能怎样？"

古丽的手臂生疼，她没有挣扎，只是一边抽气一边冷笑："沈锦绣要是那么容易被干掉，何至于等到现在？女子只会对所爱之人毫无保留，不成为她的恋人，你就得不到她母亲的下落！"

阿曜放开她，往屋外走去："我自有我的方法。"

"你以为你可以跟她慢慢玩游戏吗？"古丽冲着他颀长的背影大叫，"别忘了我们的身份，在这里多待一天，就多一分危险。"

阿曜的脚步顿住，他站立片刻，没有回头，继续往外走去。古丽冷着脸将手中的卷轴塞给阿乐："拿给他，让他背熟。"

阿乐匆匆跟上阿曜。看着两人离去的背影，古丽轻笑一声。这会儿就想挣开束缚了？之前不过是铺垫，游戏到此刻才真正开始。

第八章

羊老师的准备工作

阿乐眼皮一跳，忘了之前学过的礼仪，急忙抬头问："是吗？他在哪里？几岁了？"

崭新的"柳府"迎来了开府后第一位贵宾。

献容仍是一身男装，手持两个卷轴，打量着大堂的布置。大堂各处布置体面，所用器物十分精致。献容粗粗打量下来，心中便已有数。这柳公子绝对是个有品位的有钱人。端看这雕梁画栋的房屋、价值不菲的摆设，还有墙上出自名家的字画，蒙混世家不成问题。

"这布置并非我本意。"

身后传来一个低沉磁性的男声，献容急忙转身。阿曜带着阿乐走出来。他换了身玄衣，衣服极为合身，腰间一根刺绣精美的红腰带更是衬得长身玉立，气度不凡。

再看向他身边的男子，头绑一根黑色抹额，两臂修长，身姿矫健，一看就是个擅长骑射之人。虽是仆役装束，但眉目间无半分身为低贱之人的畏缩。一头深栗卷发，加上如此雄壮的身材，必定是异族。

献容行礼，举止规范，裙角纹丝不动 ：“柳公子。”

阿曜还礼，他的礼仪也是半点错处挑不出 ：“羊姑娘，哦，不是，以你的家世，该叫你羊小姐才对。”

“其实，我不介意你叫我姑娘。”献容反而更喜欢被称为“姑娘”，那就意味着她不必每时每刻都端着，委实太累。

阿曜摇头 ：“还是守礼为好。”他指着身边的阿乐介绍道，“这是我贴身侍从阿乐。他与我从小一起长大，名为主仆，实为兄弟。”

献容恍然。原来有这么亲密的关系，难怪浑身没有一点缩手缩脚的仆人气质。

这是阿乐第三次与羊献容打交道了，可他得装成第一次见面，以下人的礼仪向献容行礼。这礼行得周正，阿乐低头时却是不停翻白眼 ：滑不溜秋的小狐狸，咱们又见面了。

献容调皮地看向阿乐 ：“阿乐？我也认识一个叫阿乐的人呢。”

阿乐眼皮一跳，忘了之前学过的礼仪，急忙抬头问 ：“是吗？他在哪里？几岁了？”

等级相同的平辈人才用这样随意的口吻。若是一个奴仆胆敢这样对主人说话，他得准备好好吃一顿竹板炒肉。好在献容毫不在意，也用平等的口气回答 ：“是我家的一个奴仆，很老了，已经回老家去了。”

阿乐“噢”了一声。世间叫阿乐的何其多也，尤其是奴仆。

看着阿乐颇具特色的高鼻深目和长卷发，献容忍不住问 ：“你是哪族人呢？”

阿曜笑了笑代答 ：“他是羯人，家中遭乱后投入我家。”

“羯人……”献容似是若有所悟。

阿乐好奇 ：“难道你认识别的羯人？”

献容急忙摇头，将手中一幅卷轴递给阿曜 ：“这便是我说的办法。”

阿曜打开卷轴，首页上书“河东柳氏宗谱”。

“这是打开各家士族的敲门砖。我们去拜访人家之前，你先要背得滚瓜烂熟。”献容的计谋是：先筛选出谁有可能会是柳公子的母亲，再混入那些世家。柳公子说过，这支簪子能让他母亲立刻认出他来，那就需要近距离试探。

能到世家登堂入室，一定也得是世家。

柳家离开京城已逾十年，冒充他们家的人最为保险。献容已经在柳氏家谱中找到了一个年龄适合的嫡子。就算十年前有人见过，彼时只是个孩子，也绝不会穿帮。等消息传到河东解州，定然是几个月之后，那时他早已找到母亲了。

阿曜惊讶，阿乐却实在憋不住，背过身吃吃笑了起来。献容急忙解释：“这些士大夫必定会来考校你的宗谱，请精通谱学的先生跟你核对一代代祖宗，就是为了防止有人假冒士族。这一关过不了，非但无法登堂入室，严重者甚至会掉脑袋。”

阿曜看着手中的卷轴叹气：“这是从哪里弄来的？”

“花高价买来的。”只要舍得花钱，黑市上还是找得到几能乱真的谱牒。

阿乐哼了一声：“这人一鱼两吃，赚双份钱啊。”他从怀里拿出古丽塞给他的“河东柳氏宗谱”，两份东西一模一样。

献容初时目瞪口呆，继而三人哄堂大笑。献容与阿乐迅速混熟，屋内其乐融融。

今天开始“世家谱学”第一课，讲师：羊献容。

献容将另一张卷轴挂起，折了根柳枝当教鞭，对着下首两位学生开始讲课。这卷轴上枝枝蔓蔓的，像画了好几棵根深叶茂的大树，只不过这树是倒着的。最上方的框框内写着：琅琊王氏、渤海石氏、泰山羊氏、晋陵杜氏、太原王氏、陈郡何氏、阳夏谢氏。

“世家，顾名思义就是门第高贵、世代为官的家族。”献容执着教鞭从倒立的树根上开始讲起，“这七大世家便是当今最显赫的家族，他们的祖先皆可追溯到两汉时期，延续至今已有数百年。”

学生阿乐举手发问：“为什么要区分士族和庶族，还永远不许人家改换身份？”

阿乐自小在塞外喝风灌霜长大，对这些汉人的奇怪逻辑实在想不通。无论是羯人还是匈奴，皆以拳头说话，武力值高的便能打出一片前程，所以他虽为奴隶，却始终相信自己可以凭着一身武艺改变命运。

献容叹气：“这便要说到前朝定立的九品中正制了。”

东汉末年天下大乱，中央政府名存实亡。有实力的大户们本就庄园广大，粮食物产自给自足，据坞而守，连军队都是私养的。中央的命令下到各县各郡，大户们经常不理不睬，谁不知道汉献帝是个傀儡啊，我不执行你又能奈我何。曹操出身寒族，一生都在与世家大户们斗，任人唯贤唯才是举。曹操有手腕能打仗，大户们畏惧他，倒也还听话。可到了他儿子曹丕手上，能力威望不如老子，又想篡汉，那怎么办？只能讨好这些大户：来来来，我给你们子子孙孙都享受权力，你们来支持我吧。

曹丕设立几个大中正，把人才分成九品，官员举荐、考核，全由大中正说了算。而所谓的大中正，都是世家大户出身，在地方上亲朋故旧师生关系盘根错节，自然举荐自己家族的人。久而久之，地方上的大户渐渐在京城聚拢，朝堂上的官员们一多半是表亲堂亲或大舅子小舅子关系，大家伙儿跟着皇帝共享荣华富贵。等到了司马篡魏，司马家本就出身世家，老奸巨猾的祖孙三代都是手腕阴毒狠辣，争取到有权势的世家支持，才能顺利篡位。管你皇帝姓曹姓司马，只要我家世代享受荣华富贵就好。

可怜的曹丕泉下有知，定会气得吐血三升。

这也是为什么荆州刺史石崇比皇帝还富，把皇帝的红珊瑚砸了，皇帝也只能看着。司徒何劭参加宫廷酒宴自带厨子，从不肯吃御膳房烧制的食物，皇帝居然也不着恼。别以为皇帝心胸有多宽，而是晋武帝司马炎不敢得罪世家。江山到了他的傻儿子手上，黑丑皇后贾南风想掌权，那也得跟世家们混好关系，世家更是横行无忌。

这些世家每一户都开枝散叶，人口越来越多。饼就这么大，自家人都会出几个败家的，更何况周围还有一堆庶族削尖脑袋想要挤进来。要想子子孙孙都过好日子，就得提防那些被排挤在世家之外的人混进来抢食。

想靠本事挤进朝廷做官？没门儿！没听说上品无寒门？这个时代没有科举考试，怎么样你也过不了大中正那一关。想靠娶个世家小姐鲤鱼跳龙门？没门儿！世家小姐都是自产自销，有时乱了辈分也无所谓，反正决不能便宜庶族。

朝堂上的官儿们联合起来，把这士族庶族嫡啊庶啊的规矩拍板定下来。大家都照此执行，就能保证自家千秋万代福泽不绝。

献容噼里啪啦讲得口干舌燥，阿乐终于听明白了。他朝阿曜看了一眼，竟有些庆幸自己是在匈奴当奴隶。若是匈奴也像汉人一样以出身定地位，那他这辈子都没指望翻身了，这是他最不愿意见到的。谁愿意子子孙孙都是低贱的奴隶？

献容说完了世庶的来源，便把重点放在为阿曜寻母上。她喝了一大口水，指着世系表说道："这七大家族皆是人数众多，每一家族光嫡系就有几百人。不过我们的目标放在那些夫人年纪在四十岁上下，出自庶族，籍贯在河东的人身上。这样筛选下来，七大世家除了羊家，其他六家皆有几人符合条件。”

好学生阿乐又发问了：“为何除去羊家？”

献容答道：“我父亲这一支中，他是嫡长子，下面的弟妹比他差了起码十岁。其他几支又比我父亲年龄大了起码十岁。只有我母亲在这个年龄段，但我母亲出自山东孙氏，并非庶族。”

而且，庶族女子嫁入豪门大都是做妾或继室，只有少数败落的世家旁支才会娶庶族女子为正妻。可这事实太过伤人，献容不愿意对柳光明公子挑明。自己的母亲抛弃子女宁愿做妾，谁能受得了呢？

阿曜对阿乐使了个眼色：“好好听，别插嘴。”他对献容礼貌地做个手势，“羊小姐，请继续讲。”

献容手执柳条，一一讲解：“琅琊王氏开基于两汉，王家是个大家族，有几十号人在朝中做大官。先从王家最富的王恺开始。他是先帝的舅舅，虽已年迈，但第四任继妻出身庶族，今年三十八岁。”

王恺就是那个偏要跟石崇斗富却每每败下阵来的衰人，他们俩斗富的“英雄事迹”都被史官们记录在册，流传到后世。

王恺家用麦糖洗锅子，石崇家就用石蜡当柴火；王恺在家门口设置了四十里的紫纱步障，石崇就用江南织锦设了五十里的步障；王恺用红色的石脂当涂料，石崇就用椒和泥涂墙壁。椒房可是宫廷专有，石崇的风头偏要盖过皇宫，皇帝也拿他没办法。

关于两人斗富，京城流传最广的一件逸事是：有一次，先帝司马炎送给王恺一株二尺多高的珊瑚树，王恺得意非常，请了所有士族前来观赏，谁知石崇竟当众把这御赐的珊瑚树给敲碎了。王恺恼怒，石崇就从家里拿来七八株珊瑚树，都有三四尺之高，让王恺随意挑一件。

京城人由此得出结论：石崇才是天下首富。王恺气得火冒三丈。他这辈子除了有个当皇帝的舅舅外，什么本事都没有，人生目标就是不停折腾出新花样跟石崇比富。他家天天大门敞开广宴宾客，为的就是让石崇看看，俺家有钱，咋吃都吃不垮。

柳家虽然被排挤出了朝廷，但百足之虫死而不僵，家底还是相当的厚，何况留下了忠义的美名。所以，柳家嫡系三公子的名帖能敲开任何一家洛阳士族之门。鉴于王恺智商情商双低，混入他家最容易不过。就拿他家先练手了。

献容看了看阿曜的装束。

灵儿姑娘虽然手巧，做出的衣服又合身又好看，却不够世家范儿。献容摇头："去拜访之前，得先让你改头换面。明日我再来，届时会带上所有需要的东西。"

阿曜身穿宽袍大袖的白衣，头戴高帽，腰间用一根宽腰带松垮垮地系着。那袖子极宽，他只要一垂手，袖子便拖到了地上。阿曜低头看看自己，极不自在。

献容将一双涂了桐油的木屐放在他面前："来，穿上。"

阿曜只得脱了靴子穿上木屐。他试图走动几步，木屐发出哒哒的响声，可仅靠脚趾夹住木屐实在太累，阿曜一高一低别扭地走着。

献容在旁指导："你得把袖子甩起来。袖子这么宽，就是为了走出飘逸的风姿。"

阿曜嗤鼻："还飘逸呢，根本走不快，远不如靴子方便。"

献容吃吃地笑："走不快才说明是有钱有闲的士族啊。何况他们平常也不需要走，几步路都得坐轿子。"

觉得袖子实在碍手碍脚，阿曜试图挽起来，可袖子那么宽，怎么挽？阿曜一边忙着对付袖子一边说："穿成这样别说拿不了剑，连平常的活都干不了！"

献容耸了耸肩："士族需要干什么活？什么活都有人替他干。"

阿乐在旁憋笑："难道连嘘嘘也有人替他干？"

不料献容却根本没觉得这话冒犯，反而红了脸，声音极轻："明日你自然就知道。"

改造的第二步：化妆。

献容一一介绍那些瓶罐的功用："这是西域的不老神膏，据说抹了以后青春常驻，一瓶要五千钱呢。这是人参面膜，厚厚涂上一层，半个时辰后洗掉，肌肤就能滑润娇嫩。还有这些，飘若仙人唇膏、清俊脱俗胭脂、名士风流眼影、仙姿飘逸眉笔，都是士族圈中最流行的。"

昨日离开柳府，献容雷厉风行去了一趟琅琊王府，从司马睿那里搜罗来这些瓶瓶罐罐，还向他仔细讨教了用法。只是献容不知，跟心仪女子相处了一个时辰，让司马睿接下来美了半个月，被羊玄之打压下去的火苗又有重燃之势。

阿曜震惊得话都不利索了："这是……谁用？"

献容笑眯眯地看向阿曜。柳光明小朋友，你没看错，这些瓶瓶罐罐真就是给你享用的。

"要混进士族圈，不用这些会被人瞧不起的。"献容拿起一个奢华的瓶子，啧啧咂舌，"这个最厉害了，最近士族们不用这个都不好意思出门。这是从高句丽得来的玄之又玄蜗牛液。"

阿乐觉得肚子里有东西在翻滚："蜗牛……液？"

献容点头："蜗牛爬过不是会留下亮晶晶的一条线吗？这就是从蜗牛身体里榨取出的汁液，只要滴上那么两滴——"

阿曜忍无可忍，猛地站起，咬牙切齿："我——不——用！"

阿乐拿起那瓶蜗牛液，作势往阿曜脸上抹，坏笑道："不行，一定得用，否则你怎么'好意思出门'？"

阿曜奋力逃开。

第二天，直到出发之际，阿曜始终抗拒，那些膏啊露啊终于没往他脸上招呼。献容穿着男仆衣裳，她会陪阿曜一起去，在旁提醒。没有献容在旁，阿曜在这些士族家中会举步维艰。

阿曜却有些不放心。京城内的士族经常往来，就算女眷都在后宅混着，轻易不在男人中抛头露面，可那么多表亲堂亲拐弯抹角的亲，总有人见过献容。万一被人认出，岂不是给献容带来麻烦？

献容用随身带来的工具在自己脸上一通捣鼓，立时就变了样子。本就英气的眉毛变得更粗更浓，精致的鹅蛋脸因着脸颊上扑了淡灰色的粉底，看上去凹陷了许多。颧骨处贴上一小片与皮肤颜色一模一样的粘膏，微微隆起。经过这些处理，再加上胸部早就被裹住，女性最显著的特征被巧妙地掩盖了，她看上去就像个漂亮的小男孩。

阿曜这才明白，看表演的那晚，他总觉得献容的面貌跟之前有些不一样，原来是化过妆的缘故。

阿乐绕着献容啧啧称赞，没想到她还有这手本事。不过，虽然乍一看像模像样，但那漂亮的五官和白皙的肌肤，怎么看还是个女子啊。而且熟悉她的人还是能认出她来，看表演的那晚，阿曜不就是一眼认出她的吗？

献容却是毫不担心。羊玄之对家人约束很紧，不允许羊家子弟参加这种声色犬马的宴饮，所以熟悉她的堂兄堂弟还有庶弟们不会出席。其余的士族皆是几年才远远见上一面，这样的装扮足以混过去了。

于是，献容冲阿乐吐舌头：“你放心，绝不会露馅儿。”

“为啥？”

献容做了个神秘莫测的表情：“因为你会见到一堆比我还像女人的男人。”

第九章

“柳公子”的第一次应酬

●

你想吃掉我的所有，我就与你同归于尽！连根拔起，全然推翻，一个崭新的世界，好过千疮百孔，苟且偷生。

献容的话很快得到了验证。

在王恺家镶金镀银亮湛湛的会客堂内，一群峨冠博带的士族正在饮酒作乐。阿乐与献容穿着男仆的衣服，跪坐在阿曜的席位后，阿曜正与一群名字尚且来不及记住的士族对饮，饶是他酒量不错，此时也已有些头重脚轻。

阿乐凑到献容身边低声说：“你说的原来是真的。昨日，我还以为你在消遣我们公子呢。”

看着满屋子的男人涂脂抹粉，画着红唇和眼线，阿乐明白了初入宴席时，为何所有士族都盯着阿曜看。还以为是阿曜的俊容吸引了他们，没想到，是因为阿曜没有化妆。

旁边席位上几名士族青年聚在一起，有人在问：“你们用的眼线是不是一遇汗和水便会化？”

周围的伪娘们皆点头，另一人指着自己画得熊猫似的眼睛埋怨："有时搓眼睛都会花掉，所以都得小心翼翼的。"

那人得意扬扬从怀中掏出一个细长颈的瓷瓶："这可是江南史家最新出品的眼线液，遇水不化，我好不容易抢到的呢。"他以手指蘸酒，沾湿自己眼睛上的眼线，展示给周围人看，"你们瞧瞧，如何？"

伪娘们发出一片赞叹声，那人继续感喟："幸好成都王远在邺城，不然被他知道了，我可就抢不到这最新出的几瓶了。"

有人吃吃笑道："放心吧。成都王待在鸟不拉屎的蛮荒北地都超过一年了，等他回洛阳便会发现，他早就过时了。"周遭一干人等皆显出心照不宣的笑意。

听着这群无聊至极的权贵关心的话题，献容心中哀叹，她未来的夫婿就得是这样的人吗？

她父亲羊玄之那一辈的士族虽也博冠宽袖，但对于化妆并不赞同，所以还正常些。可这些年皇后贾南风把持朝政，萎靡浮夸之风日甚，士族青年们更不像男人了。

每次有人来提亲，献容总是忍不住将候选人跟自己父亲比。羊玄之有个打仗很厉害的伯父羊祜。他从小随伯父羊祜习武，深通兵法，经常被皇帝派出去打仗。仗剑走过江南，踏马行过匈奴，羊家如今最像个男人的就是羊玄之。羊献容要求不高，只希望未来夫婿能有几分老丈人的气势。可放眼整个京城，未婚的士族和一堆的司马全是比她还娇弱的化妆青年，这可叫人怎么受得了？

所以，尽管司马睿有美男子之誉，大把女子将其视为梦中情人，可献容却死活不来电。她自小到大见了太多所谓的风流名士，对这种五官漂亮却纤瘦柔弱的男人实在无感。

一念及此，献容觉得自己实在肝疼。她所认识的人中，唯独柳光明是个真正的磊落男子。她见过父亲练剑，能看出柳公子的剑术绝不是花拳绣腿。不看他俊俏的长相，那矫健的身姿、低沉磁性的嗓音，无一不在彰显着男性的独特魅力。

可是，他为什么是庶族呢……

献容刚叹了口气，突然被一个凑近的身影吓了一跳。那是阿乐，正冲她挑眉斗眼，压着声音说道："我现在明白为啥你不会露馅儿了。"

在王恺家华丽的大厅中，有士族携娈童饮酒逗乐，也有本身就柔弱不堪的士族青年，看上去比献容还像女人。

世家豢养娈童是上流社会的时髦玩意儿，甚至被认为是风雅之事。这些男人的宴饮上女眷不能参加，就是因为不能让女眷们看到丈夫兄弟狎戏娈童和伎乐的丑态。

献容来之前就知道会是怎样一番景象。她生活在世家环境中，没吃过猪肉也见过猪跑。可是，当亲眼见到那些妖娆的男人嘴对嘴喂酒，她还是恶心得要吐。

不光是她，阿乐也无法理解。环视着满屋子的娇弱男子，闻着刺鼻的香粉味道，阿乐啧啧摇头："怎么就见不到一个有点男人味的？这些人上了战场连只鸡都不如啊！"

献容眨眼看向阿乐。五官虽不如柳光明俊俏，个子也略矮，皮肤甚至有些粗糙。但身材更为雄健，眉宇间有豪壮之气，充满了男性张力。那异域特征十足的脸，更添难言的魅力。

献容心中暗自赞叹，这也是位真男子啊。

阿曜饮下杯中酒，对下一位来敬酒的士族抱歉地行礼："在下实在不胜酒力，不知可否去更衣？"

"更衣"是这个时代文雅的说法，自有王恺家的仆人为阿曜引路。阿曜刚离开，一位三十来岁的人站起身。他已微醉，身子晃动着大喊：

“诸位，鄙人近日写了首诗，给诸位朗诵品评一番，如何？”

其他人皆是醉醺醺地鼓掌。

此人从怀里掏出一张纸，跌跌撞撞走到大厅中央，抑扬顿挫地朗读起来：“十年亦死，百年亦死；仁圣亦死，凶愚亦死；生则尧舜，死则腐骨；生则桀纣，死则腐骨；腐骨一矣，孰知其异？且趣当生，奚遑死后。”

献容轻声呸了一口：“醉生梦死，荒唐无稽！”

阿乐低声问献容：“前面还能听懂，最后一句什么意思？”

献容满脸嫌恶：“那意思是：活着就该及时行乐，哪管他死后洪水滔天。”

一人站起大声鼓掌：“绝妙好诗，绝妙好诗啊！”

另一人摇头晃脑噙着杯中酒：“我所求者，丰屋、美服、厚味、姣色，有此四者，何求于外？”

一片叫好声。

阿乐忍无可忍，手握成拳：“这样一群人竟做着大官，百姓们过什么样的日子，他们见过吗？”

阿乐的拳头似能握出血来。高门大族压迫他们种地，将地里所产掠走大半。盗匪抢劫他们，将他们仅存的一点粮食全都抢走。天灾人祸相累，连树皮都吃完了，族长只能带着大家离开生养之地。可逃荒路上危机重重，有的被掳走卖为奴隶，有的饿死在逃荒路上。他的兄长、嫂子、母亲，还有不满两岁的侄儿，就是被一支游兵散勇带走的，至今下落不明。族人们渐渐四散，十五岁的他靠着敏捷的身手东躲西藏，却最终敌不过饥饿。见到一支匈奴队伍经过，他将自己交了出去，只为换一个活命的馒头。

想起这些惨痛的经历，阿乐难掩愤怒之色。献容急忙拉住阿乐的手臂，让他噤声。这里坐着的可都是阿乐一个小小奴仆惹不起的大人物。

阿乐仍阴沉着脸。小时候村里闹蝗灾，蝗虫铺天盖地而来。村人昼夜在田里捕虫，却挡不住那么多饕餮大口。他娘只能在村中小庙日夜祈祷，拿了家中仅剩的口粮供奉给泥菩萨。他问为何不索性用火烧虫，娘却说烧不得。不烧，仍存一丝希望，蝗虫能够口下积德为他们剩点什么；烧了，就什么希望都没有了。

蝗虫将田里的禾苗吃得只剩下秆茎时，一日夜里，火苗四处窜起，很快形成燎原之势，将村中田地都烧着了。村人哭天喊地，哥哥看见了手执火把的阿乐，上前几拳将他打翻在地。阿乐扑在地上，不顾落在身上的拳头，只将眼死死盯着熊熊大火中扑腾挣扎的蝗虫，心中涌出一股难言的快意。

靠捉虫有什么用？靠祈求不存在的神灵有什么用？你想吃掉我的所有，我就与你同归于尽！连根拔起，全然推翻，一个崭新的世界，好过千疮百孔，苟且偷生。

阿乐看着眼前这群丑态尽露的士族，如同看到了当年的蝗虫。他嘴角浮出一丝冷笑，慢慢将头低了下去。

不多时，阿曜匆忙走进大厅，脸上带着奇怪的尴尬，还夹着些许怒气。他低头走着，正要回席位，有个学究模样的人拉住了他。

此人向阿曜行礼："河东解州柳三公子，老朽这厢有礼了。"

阿曜稳了稳情绪，恢复贵公子的儒雅，还礼道："在下刚到洛阳不久，不知阁下如何称呼？"

此人捋着稀松的山羊胡子，眯起绿豆小眼："不敢不敢，鄙姓杜，名崇言，字在望，对谱学研究多年，颇有心得，想向柳公子请教一二。"

阿曜心中一凛，该来的还是来了。

既然这是个拼爹的时代，自然会有人挖空心思想要冒充某爹的儿子。有人拿着名帖上门拜会，号称自己是某族在某地的支系，士族们该如何鉴别呢？

谱牒当然很重要。上面记载了一个家族谁是嫡谁是庶，哪一房哪一支身在何处，一代代的祖先是谁。可是，谱牒也能造假。尽管造假的风险很大，但跻身士族的利益更大，总有不怕死的甘愿以身犯险。

这就出现了一门学问：谱学。士族会请专门研究谱牒的谱学先生来鉴定，谱学先生则以各种方法甄别考问。过关了，才能真正被士族接纳。过不了关，那就等着把牢底坐穿。

阿曜刚刚在席上喝下去的酒瞬间挥发，他礼貌地回答："杜先生之名如雷贯耳，柳某早已心向往之。只是在下适才喝了不少酒，有些不胜酒力，不知可否另约时间？"

老头却是有备而来，哪容得他开溜："嗳，择日不如撞日。杜某早就想考据柳家谱牒，今日必得一偿所愿啊。"

阿曜刚开口叫了声"杜先生"，老头就以不容拒绝的口吻发问："柳公子必定知道柳氏始祖吧？"

阿曜只得回答："那是自然，吾家始祖正是留下'坐怀不乱'美名的柳下惠。"

老头转着绿豆小眼，犀利地盯着他："可柳氏始祖最初并不叫柳下惠，柳公子可为老夫解读一二否？"

阿曜身体里每个细胞都站立起来，全身戒备对付眼前这位干瘪老头："吾家始祖名讳的确不是柳下惠，他原名展禽，是春秋鲁孝公之后，曾任鲁国士师。因他封邑在柳下，死后谥号为'惠'，所以被世人尊称为柳下惠。后世子孙索性改姓了柳，这才有了河东柳氏。"

这番字字清晰的回答看来过了关，老头频频点头："柳公子不愧是柳氏子孙，品貌有乃祖之风也。"

阿曜暗暗松了口气："杜先生过奖。"

阿曜行礼，正打算回席位，不料袖子被干瘪老头抓住。他皮笑肉不笑看着阿曜："柳公子可否告诉老夫，柳氏始祖展禽的族谱又是怎样的呢？"

阿曜身子顿住，努力回想那本谱牒，却不记得有任何关于展禽的记载。

老头敏锐地觉察出眼前的年轻人现出瞬间慌乱，眼神顿时变得犀利，音调一转，当头棒喝："难道柳公子不知道自己始祖的来历吗？"

阿曜仍在拼命回想。那本谱牒上第一个名字就是展禽，可没说到展禽以上的。该死的老头，都已经考问到春秋时期了，他还打算问到穴居人时代吗？

"怎会不知道？"

清脆的声音响起，如林间山泉，沁凉入脾。眉目清俊的漂亮少年款款走近，双眸似被水洗过的黑曜石，折射出绮丽的光彩，令人眼前一亮。

献容走近阿曜，对他偷偷使个眼神让他安心，再转身对干瘪老头笑道："周公旦的后裔鲁孝公姬称有子名姬展，姬展之子名姬无骇，他以父亲之名为氏，称展氏。后传至展禽这一代，人称公子展，正是柳氏始祖。柳氏一门可是周公的苗裔。"

老头点头："确实如此，柳家是当之无愧的诗书之家，名门望族。"

献容仔细盯着老头的神情。这已是士族能夸耀的最早年代了，老头总不至于再往上追溯吧。幸好羊府养了个无比唠叨的教书先生，最喜欢考据历史。献容顶着他的唾沫星子，倒真学了不少东西。

这在柳家谱牒里并无记载，只是柳家人自己口口相传而已。若是偷了卷柳家的谱牒，断然不会知道这些。至于柳家为啥非要跟周公扯上关系，还不是为了给脸上多贴一层金。反正已经那么久远了，柳家虽没证据说一定是，可也没人有证据说一定不是啊。

谱学专家终于举起了“过关”牌，阿曜和献容暗自松了口气。

不过，专家看向眼睛清亮的漂亮男童，有些不悦：“你是何人？”

献容愣了一下。刚刚她只顾着救场，却忘了自己现在的身份只是名仆人。这世道，十个人里有九个不识字。士家大族中，也只有少数位分高的仆役有读书写字的特殊待遇。她刚刚那番话，任谁听了都知道绝不可能出自普通仆人之口。

献容眼睛滴溜着，脑中转得飞快。谱学先生这一关过后，消息便会传开，柳光明便能被世家顺利接受。眼见得胜利在望，决不能功亏一篑。看到那些抱着娈童饮酒作乐的士族，献容暗暗咬牙，一头扎进阿曜怀中。

阿曜惊呆了，身子完全僵住，脑中“轰”地响起一声炸雷。在后面席位上跪坐着的阿乐也瞪大了眼，身子坐直，做好随时冲过来的准备。

“公子常跟小的说起柳氏先祖，还手把手教小的识字呢。”献容破罐子破摔；索性学着那些娈童的样子，双手圈在阿曜的瘦腰上撒娇，“公子去如厕怎用了这么久？小的一直等公子回来喂小的喝酒呢。”

阿曜尚在震惊中，献容偷偷掐了他一把，这才回过神来。他僵硬地拍了拍献容的肩膀，竭力做出风流模样：“好了好了，这不是回来了嘛。走，陪本公子喝酒去。”

原来是个受宠的娈童，难怪有特权读书写字，还能知道柳家的先祖。专家露出心照不宣的表情，对阿曜行礼：“今日一席话，胜读十年书，多谢柳公子赐教。”

阿曜的心跳得极快，脸上似有热浪奔涌。他赶紧对专家拱了拱手，搂着献容走回席位。一路上那些士族向阿曜举杯，脸上带着不怀好意的笑容，阿曜只能勉强笑着掩饰自己的尴尬。

阿曜刚入席，献容便如放开烫手山芋般想离开他。两人还没来得及看对方一眼，门厅前有名仆人用抑扬顿挫的声音念唱道：“琅琊王驾到！”

随着那声念唱，一名身穿广袖华服的年轻人走入，王恺站起相迎。献容见到那如碧竹般清雅的男子，脸色即刻变了，不及细想，又倒头扑回阿曜怀里。阿曜蒙住，正想询问，献容贴近他耳边快速轻语：“千万别让他看见我！”

献容将脸埋入阿曜的臂弯，做鸵鸟状。此刻她想死的心都有了，怎样都没料到平日好静的司马睿会来这种乌烟瘴气的场合。若是被他认出，她简直是自蹈火坑。听得身后王恺与司马睿的寒暄，才知道是王恺的儿子死活拉了他过来。献容推测司马睿应该只是应景来坐坐，不久便会离去。

献容在祈祷司马睿赶紧走人，阿曜却正心烦意乱着。他搂着献容的肩，血气在体内上下翻涌，脸上热辣辣的仿如火烧。如此近的距离，他能闻到献容身上的幽香。他知道献容为了扮男人没有涂抹什么香料，这股淡淡的香味是少女独有的体香。这样的香味他只有五年前在杨嫣身上闻到过，那是他第一次对异性起了萌动。

如今他已二十岁，先前被那些士族灌了不少酒，此刻又如此靠近一名少女，体内那股躁动比五年前更甚。

他极不自在，不由咽了咽口水。手微微抬起，离开了献容肩膀。献容觉出异样，偷眼看向他，正巧阿曜也在看她，四目刚一接触，两人立刻移开眼神。

阿曜让阿乐偷偷将酒换成水。他必须保持清醒，以应付眼下随时可能出现的突发状况。他一杯杯喝着水，让体内的燥热迅速降下来，献容则是局促地一动不敢动。另一边，王恺的儿子拉着司马睿一席席敬酒，不久就会轮到他这里。

阿曜仔细打量司马睿。头戴白玉冠，容颜清雅隽秀，仪态谦恭有礼，是个好性子的。长相虽阴柔了些，身板也弱了点，可五官确实好看。在颜值高于一切的晋国王朝，难怪有第一美男子的美誉。自己与他相比，胜在勇武之力，可那清雅高华的气度，从小做奴隶的自己恐怕一辈子都难养成。念及至此，心头不由涌出一股难言的妒意。

他早已从古丽的情报中得知这个人是献容的追求者之一，羊玄之曾对他另眼相看，却不知为何最近又有些不待见。他低头看了看怀中的献容。她已十七岁了，今年再不定下婚事，只怕全洛阳城都会笑话羊家。这位口碑还算不错的宗室，会是她的选择吗？

阿曜不由想到，这位司马王爷求娶献容，不知是为了她出身羊家，还是因为她的特立独行。若是后者，这男人还算有点眼光。

献容听到司马睿的声音越来越近，不由着慌。她想趁着司马睿还没走近席前，索性逃走。刚要起身，搂住她肩膀的那只大手用力将她按下，另一只手伸过来，似要触碰她的脸。走不得留不得，献容紧张得屏住了呼吸，紧盯着阿曜的手。那只骨节细长的手伸到她脸旁，却是将长发从髻中拉出，遮住了她的面容。

视线被浓密的头发遮住，献容眼前黑了下来。她的世界只剩下自己急促的呼吸，还有身边男子发散出的热力。他身上的味道是如此浓烈，将屋内的脂粉味全部盖住。闻着属于他的独特味道，献容觉得自己要窒息了，她从未听过自己如此快的心跳声。

脚步声在他们面前停了下来，有声音响起：“这位是河东解州柳家的嫡出三公子，他为父办事，刚到洛阳。”

阿曜搂着献容没有站起，另一手执杯向司马睿敬酒，一脸歉意：“琅琊王请见谅，在下的小童喝醉酒了，故而……”他一脸“你懂的”表情，宠溺地拍了拍献容的肩头。

这举止很无礼，人家好歹是个王爷，你却为了个娈童不愿站起以示恭敬。王恺儿子面上有些挂不住了：“柳公子怎么——”

“无妨。”司马睿宽厚地笑了笑，举宽袍遮面，将杯中酒饮下。他虽不计较，心中却很是鄙夷。河东柳家的子弟竟如此纨绔，看来祖上清正的风骨并未传到这一代。

此时的司马睿怎样都想不到，柳家弟子太过纨绔的印象就此留在了他脑中。柳家在东晋一朝渐渐式微，究其原因，根子竟在这小小一桩乌龙事件上。

第十章

兄弟

阿曜接过枕头躺下，闭起眼睛无声地笑了。他自然知道阿乐赖在这里的原因。

献容与阿曜、阿乐回“柳府”时，脸色依旧红红。春儿和车夫羊秀被献容留在了柳府，春儿见自家小姐如此神情，不免追问。听到献容支吾着说是喝了酒的缘故，阿曜已经平静下来的脸上又浮出了可疑的红晕。

春儿奇怪地看着献容，又看看阿曜。阿乐蹿到她面前，挡住她的视线，故意伸展腰身：“真是累死我了，这士族的酒宴比让我读书写字还要可怕。”

献容仍是面带尴尬，不敢看阿曜。阿曜却是脸色很不好看，费力踩着木屐，匆匆往后堂走。阿乐关心地拦住他：“怎么了？”

阿曜一脸再难憋住的表情，低声道：“去恭房。”

献容听到阿曜的话有些窘迫，正想带春儿离开，听得阿乐发问：“你在王恺家不是去过吗？”

阿曜索性将木屐踢掉，拉起费事的长袍，咬牙切齿往里跑："他那里只有变态才上得出！"

没见识过那场面的阿乐丈二和尚摸不着头脑，献容却是捧腹大笑。她虽未亲眼见过王恺家的茅厕，但贵族圈中早就广为流传。别说阿曜，就连洛阳城中稍清正些的士族也无法消受。试问，你面对着十名美女要帮你干一切上厕所的活儿，上个厕所还得抹雪花膏熏沉香甚至将里里外外衣服全换了，你还进行得下去吗？

阿乐一脸莫名地看向献容，见她爽朗大笑，脸上犹自带着粉霞，仿如初升的朝阳。那明媚的笑容瞬间让阿乐有些神思恍惚。

是夜，阿曜躺在榻上毫无睡意，他将手脚张成"大"字，瞪眼看着黑魆魆的屋顶。不一会儿，他扭头朝向榻外，语气不悦："喂，你有自己的房间，干吗跑我这儿来睡？"

阿乐正舒舒服服躺在另一旁的榻上。他"切"了一声，翻身朝向阿曜："柳公子，别忘了咱们以前可是经常一起睡的，还是头并头的那种。"

一个枕头飞来："还说！你那睡相谁受得了，我有多倒霉才会跟你躺在一起！"

阿乐敏捷地接住枕头，嘿嘿笑道："还记得咱俩第一次睡在一起的情形吗？"

阿曜头大，恨不得揍阿乐一拳。幸好没他人在场，否则听了这话还以为他俩有啥特殊癖好呢。

五年前的那一晚，他当然记得。

硕大的营帐里，奴隶们横七竖八躺在稻草堆上，呼噜声此起彼伏。

阿曜与阿乐并头躺在一起。这里是奴隶营中的前锋营，皆是通过打斗胜出的精兵。明日一早，他们中的绝大部分人将不再活着回来。

阿曜强忍着阿乐的脚臭味和打鼾声，他慢慢挪着，想要离阿乐远一点，却又碰上了另一边的奴隶。

那人恼火地咕哝：“凑这么近干什么？给老子滚远点！”

那是个身材魁梧的成年奴隶，阿曜不敢惹，只得往阿乐这边挪。没想到阿乐一个翻身，又将大腿架到了他的肚子上。阿曜怒瞪这个今晚刚通过拳头认识的朋友，费力将他的大腿搬开。

阿曜折腾了好一阵，闭眼准备入睡。正有些睡意模糊，突然觉出有人在轻拍他的脸。他睁眼，刚想说话，嘴被捂住了。月光透过营帐上方的破洞投射进来，阿曜看见一双溜溜的眼闪着精光，眼里满是警觉与兴奋。

想起那一晚，阿乐就兴奋得睡不着。他翻烙饼一般在榻上翻来覆去：“人真是太奇怪了。以前睡的地方不是马厩就是羊圈，要不就是十几个人挤在一处。呼噜声，脚臭味，还得提防被人梦中打上一拳，那样都能睡得昏天黑地。现在住上这么漂亮的房子，还能一人睡一个大房间，反而睡不着了。”

阿曜抓着锦被上的丝线，无意识地将丝线在手指上反复缠绕：“是啊，我也是花了许久才适应的。直到现在，有时从梦里醒来还是会恍惚，以为这柔软的锦被、舒适的床铺是场梦。真正的我，仍是奴隶营中那个小奴隶。”

阿乐翻了个身，看向对面的榻上：“你可不比我，你从十五岁后就不再是奴隶了。”

阿曜冷笑一声：“不过是从奴隶营搬到了一个更大的牢笼罢了。”

阿乐撑起头，静静看着阿曜，语带内疚：“阿曜，那时我并不知道你的苦衷，硬逼着你跟我逃亡……”

那夜阿乐趁着所有人熟睡，拉着阿曜偷偷溜出营帐。他将阿曜带到马厩后面，不顾那难以忍受的臊臭味，用手刨地，在马粪堆边挖出两套衣服和两柄刀。他将其中一套衣服丢给阿曜，低声道：“快换上！”

阿曜借着月光看，吃了一惊：“是晋兵的衣服！”

阿乐将衣服上的沙土抖落，一边快速换衣一边低声说：“我从死人身上扒下来的。”

阿曜看向营帐那头，语气焦急：“每隔一个时辰就要交班巡逻，我们会被发现的！穿这身衣服岂不是死得更快？”

“相信我，一定能成功的。”阿乐已经换好衣服，他指向前方，黑暗中依旧能辨识出高大的城郭，那是晋军的营地，“我们往晋阳方向逃，只要腿脚够快，就能逃到晋军阵前。今日他们还没来得及清扫战场，许多尸体还丢着。我们假扮尸体，明日一早会有晋兵将我们抬进城去！”

今日一战直打到傍晚时分，双方都累趴了也没分出胜负来。两边都还来不及收拾尸体，只是各自让辎重兵将本方的尸体归拢起来，打算明日一早再收进各自的埋葬地。阿乐瞅准的就是这个机会！

阿曜犹豫着穿上晋兵衣服，阿乐不耐烦地丢给他一柄刀：“快啊，马上要交班了！”

营地那边走过一队巡逻的士卒，两人急忙趴在地上。待那队士卒走远，阿乐松了口气：“跑吧。”

阿乐跑出几步，却没听到身后有脚步声。他疑惑地回头，却见阿曜仍站在原地，对着他摇头：“你自己逃吧。”

阿乐大惊，低声吼道：“你疯了！你到底在犹豫什么？还是你天生就喜欢做奴隶？”

阿曜苦涩地垂头："我有必须留下来的理由。"他将刀还给阿乐，"你放心，我决不说出你的下落。"

阿乐简直要疯了，他指着晋阳城方向低声吼："逃，我们就能得自由；不逃，就得为匈奴人白送一条命。到底该怎么选，你连这都想不明白？"

阿曜没有回答，转头往营帐走去，边走边解身上的衣服。阿乐又急又恨，突然灵机一动，捡起一块石子扔向那队已经走远了的巡逻士卒。有人听到了石子落地的声音，大喝："什么人？"

一人将手中的火把丢向石子抛来的方向，火光照亮了来不及脱去晋兵衣服的阿曜。惊慌的声音响起："是晋军！"

另有人大喊："晋军夜袭！"

阿曜什么都来不及辩解，一支箭已冲他而来。

回想起那惊心动魄的险况，阿曜将另一个枕头也砸向阿乐，恨恨地咬牙："差点被你害死！"

阿乐抬手接住，吃吃笑道："我也把自己逼入了绝境呀。"

那一声喊的后果便是，阿乐这辈子从没跑得那么快过。现在回头想想，他都诧异自己居然能跑出那样的速度。风在耳边呼呼直响，脚下似乎踩到了尸体，腥臭味简直能让人吐完隔夜饭。不停有箭头落在他周围，幸好老天给了他一双极能奔跑的大长腿，总是在箭将要落在他身上时，快了死神一小步。

凭着豁出命去的大胆和上天眷顾的狗屎运，他跑到了晋兵尸堆边。钻入那堆残缺不全的躯体中，他成功扮成了一具待收拾的尸体。随后，他听到了另一个脚步声，有人躺在了他身旁，跟他一起急剧喘息着。他忍住恶臭咧嘴笑了笑："阿曜，你也逃过死神的追捕了。"

现在回想起来依旧是胆战心惊，真真是九死一生才活了下来。阿曜看着他，声音低沉："阿乐，我从不在乎自己的命。可我要留着这条命，才能救出我在乎的人……"

阿乐收敛住笑，想说什么又没说。他将枕头扔还给阿曜："睡吧。今晚有我在，你要是做噩梦了，我把臭脚丫子给你闻一闻，准保你不再有噩梦。"

阿曜接过枕头躺下，闭起眼睛无声地笑了。他自然知道阿乐赖在这里的原因。有了兄弟的陪伴，他慢慢安心入了梦境。

阿乐扭头看向那一侧已然沉睡的阿曜，嘴角露出一丝宽慰。他从来没有告诉阿曜，自己做的噩梦其实不比他少。那件事给他带来的后遗症就是，那些残缺尸体和那股子无法形容的尸臭味时常造访他的梦境。只是，他从来都很清楚，梦只是梦，那些艰辛都已经过去了。他阿乐要靠着自己的一双铁拳，打出一个再也无人敢欺凌他的新世界。

听着阿曜沉沉的呼吸声，阿乐却是毫无睡意，眼前竟然浮起了献容的大笑。不知为何，当他看到这样毫不做作的笑容时，联想起的却是另一张稚嫩的包子脸……

五年前那天，他将企图偷马逃跑的女孩提溜回破庙，气鼓鼓地瞪她："不许再耍什么花样，否则，老子有的是办法让你好看！"

"可他的伤口必须以药止血，否则，伤口发脓会更糟糕！"女孩虽有些害怕，仍是鼓起勇气对视上阿乐凶煞的眼。

"那也不许再出去找草药，谁知道你会不会又趁机开溜。"阿乐看一眼趴着的阿曜，腰上的伤口处仍在不停渗出血水，将女孩那片碧色衣料全浸湿了。阿乐想了想："需要哪些药材你告诉我，我去城里的药铺抓药。"

现成炮制好的药总比摘来的草药管用多了。女孩环顾一下四周，走到香案边拿起破了口、沾满灰尘的香炉，香炉内还有不少残存的香灰。她打开水囊，倒入刚刚取来的水，以树枝将香灰搅成临时墨汁，又揭下一张破对联，在对联背面写字，写完后交给阿乐："这些都是止血的药，拿着这个去药房抓药吧。"

阿乐接过，想要辨认上面的字："五什么三七……"

女孩纠正他："是五钱三七。"

阿乐只认得几个字，他将药方递给阿曜："还是你看吧。"

阿曜尴尬地接过药方，声音微弱："我也不识几个字。"

阿乐瞪眼："那也得看。万一这小丫头要什么花招，写的不是药方怎么办？"这丫头滑不溜秋的，刚刚要不是他熟习马性，差点就被她跑了。

女孩哼了一声："以小人之心度君子之腹。"

阿曜费力看着破纸头上的字，轻声念出："一什么土鱼虫，三什么什么令，二什么古月系……"

女孩脸上的表情丰富变化着，先是竭力忍住，很快便忍无可忍地捧腹大笑起来。阿曜的确比阿乐多认识不少字，可惜他认的都是半边。

纸上写的是"一钱土鳖虫、三钱茯苓，二钱延胡索，一钱白芷，二钱当归"。

两人都意识到了，念得肯定不对。阿曜不再往下念，阿乐则是恼火地瞪着女孩。他想凶她几句，识字有啥了不起的，至于笑成这样？可是，当他看到女孩的笑容，涌到嘴边的狠话顿时忘得一干二净。这是女孩自被他们俘虏后第一次露出笑容，笑声汩汩若山泉，沁凉入脾。笑容爽朗明媚，一扫之前的紧张拘束。

这是他活了十六年见过的最好看的笑容。那一刻，阿乐忽然觉得，他愿意跟阿曜继续念白字，只要能让她一直笑下去……

阿乐撑着眼看向黑魆魆的屋顶，有些恍惚。这是太想杨嫣了吗？有那么一瞬间，他竟将杨嫣的笑靥与今日见到的羊献容的笑重合在一起。

黑暗中传来微微的均匀呼吸声，那是已经熟睡的阿曜。阿乐躺在另一张榻上，努力摆了摆头，将脑中羊献容的笑容抹去，只余下杨嫣。那才是他该心心念念的女孩，他要找到她，兑现五年前的承诺。

翌日上午，羊献容诧异地盯着阿乐的黑眼圈："怎么了？昨晚没睡好？"

阿乐打了个哈欠，精神有些不济："替公子赶了一夜蚊子。"

献容吃惊地看向眼前两名大男人，一个魁梧伟岸，另一个风度翩翩。两人站在一起，嗯，还真是有点……她有些难以启齿："你们……睡一屋？"

阿乐没听出话中之话，阿曜却有些窘迫，急忙辩解："阿乐的房间有些漏水，这几天正着人在修。他只暂时跟我住一屋，明晚就回自己屋里睡了。"

献容"哦"了一声，将来意说明："我想过了，我们这样在士族圈中结交，很难见到后宅女眷。得想个更好的办法混入女人圈中才行。"

昨日混了一天，除了见识到士族们的腐败，压根没见到王恺那位出身庶族的继妻。

阿曜为难："我是大男人，怎么混到后堂去？"

献容从袖袋中掏出一张烫金请柬，用的是以"左伯纸"做成的五色花笺纸。虽汉代便有了纸张，但因太过粗糙，并未普及，文书仍是用笨重的简牍，或是昂贵的缣帛书写。东汉末年，一位叫左伯的人改进了造纸方法，造出洁白细腻又柔软的纸张，色泽光亮，纸质尤佳，世称“左伯纸”。这种纸迅速普及，洛阳一带成了造纸中心。凡能用上以“左伯纸”做成的五色花笺纸，那是最高级的书信用纸，必定是有头有脸的贵族。

“过几日就是赵王司马伦正妃秦氏的四十大寿，洛阳城内稍有些头脸的世家贵妇都会去，咱们也去看看，可比一家家拜访效率高多了。”

阿曜恍然，也掏出张一模一样的请柬：“难怪今早我收到这个。”

献容点头：“昨日在王恺家你已经过关了，如今各大世家皆认可了你的身份，所以你也一定会收到邀请。”她想了想又摇头，“可是，就算你去了，男女分席，女眷只在后堂，你能闯进去一个个辨认吗？”

“那该怎么办？”

献容看向阿曜，狡猾地笑：“我有办法。”

翌日，献容来“柳府”时又带了一个包裹。将包裹中的东西一一拿出摆在几案上，还是一罐罐的化妆品和几套衣裳。

阿曜转身往外走：“我说过了，打死也不会像那些士族一样涂脂抹粉。”

他去王恺家时死活没化妆，被那些士族背地里取笑为河东来的土包子。他听见了也不以为意。

阿乐眼疾手快拦住他，憋着笑劝道：“别急啊，你先听听羊小姐怎么说。”

“不是让你学那些士族，而是……”她上下打量阿曜，尤其是他英挺的五官，心里开始描画。阿曜被她直勾勾的眼神看得有些不好意思，耳根处渐渐发烫。她知不知道这样看男人可是过于大胆了。看见几案上有个茶碗，他没事找事地端起喝茶。

献容终于结束了职业研究，轻拍手掌，一本正经地点头："嗯，可以操作。"

"到底是什么？"阿曜实在搞不清她葫芦里卖的什么药。

献容冲他神秘一笑："把你扮成女人。"

阿曜一口水还没咽下去便呛了出来，水沫子直直喷在了阿乐脸上。阿乐愣住，带着满脸的水，困惑地眨巴一下眼睛。片刻之后，屋里响起了几声惨叫和爽朗的女子大笑声。

阿曜身穿献容带来的丫鬟服，被阿乐押着，扭扭捏捏走了出来。这衣裳原本是春儿的，献容叫她连夜改良，加长加宽了许多。春儿的针线活可是洛阳城里拔尖的，凭着对柳公子的记忆，修改得居然很合身。只是，他不情不愿的样子实在好笑，比穿宽袍大氅还要别扭。

阿乐押着阿曜在几案前坐下，做出个"请"的手势："我可不会化妆，只有劳烦羊小姐了。"

阿曜一脚向阿乐踹去，阿乐灵活地避开，对献容眨巴一下眼："我去拿些东西来。"说完便闪身离开房间。他才不会这么没眼色。这么好的机会，他要是还留下当灯泡，肯定会被古丽劈死。

献容想叫住阿乐，没想到他跑得比猴还快，眨眼就不见了。房间里只剩下孤男寡女，献容有些忐忑地看向阿曜。事已至此，阿曜索性乖乖坐着，昂头闭眼，一脸赴死的表情，将自己交给献容任意宰割。

献容在阿曜脸上轻扑粉底。如此近的距离，她能清晰看到他微微颤动的睫毛。她之前从未留意，原来男人的睫毛也能这么长，这么好看。阳光从窗口照进来，投射在他脸上。他的脸轮廓分明，英气勃发。就这样静静坐着，好似画中的清贵公子，绽放出烁烁光华。

献容不由看呆了，手下一滑，触到了一片温润的肌肤。阿曜下意识地偏头，眼睛立刻睁开，警觉地看向献容。

献容尴尬地说道：“对不起，我手滑了一下。”

阿曜稳了稳气息，将眼睛继续闭上，声音竭力平静：“我只是有些不习惯……”他顿了顿，声音低沉，“除了我妹妹，从没其他女子这样碰过我……”

阿曜闭眼等了一会儿，却是半晌无动静。他奇怪地睁眼，看到献容灵动的双眸离他仅一尺距离，手中拿着一支眉笔，似在考虑如何下手。两人再一次四目相对，空气中再一次闪出火花。

阿曜猛地站起身，有些语无伦次：“那个，水，我喝点水。”

阿曜迈着大步下榻，走得太急，袖中掉出一个锦袋，正落在献容脚下。献容想要拾起，阿曜却是抢先一步，飞速捡起揣入怀中。

看他大口大口灌水，献容有些疑惑。阿乐推门进来，手中拿着两个馒头，对阿曜眨眼坏笑：“来来来，这可是缺不了的道具，我去找根绳子帮你绑上。”

献容顿时明白了这馒头的用意，不由红了脸。阿曜气不打一处来，将手中的茶盅向他丢去，却被阿乐灵活地接住。

“笑什么？别以为你那点糗事没人知道。”阿曜转头对献容揭阿乐的老底，“他以前也扮过女人，比我现在可丑多了。”

献容吃惊：“真的？”

阿乐急了，将馒头塞进阿曜嘴里：“喂，多少年前的旧事，你干吗还提？”

阿曜将馒头从嘴里拿出，想起当年阿乐扮女人的情形，乐不可支。

第十一章

羊大小姐的战斗力

“别再帮我了，我不想欠你太多。”

五年前的那天，女孩写完了药方，阿乐必须冒险去城中买药。女孩知道他们身上没钱，将头上的簪子拔下，递给阿乐：“用这个去换药吧。”

稻草堆上的阿曜虚弱地摇头：“不行，阿乐别去。城里到处在通缉我们，太危险了。”

阿乐拿着药方犹豫片刻，女孩看着阿曜还在渗血的伤口，焦急催促：“没有伤药止血，他会死的。”

阿乐想了想，看向女孩。虽然连脖子都红了，语气却是恶煞：“把你的衣服脱了！”

女孩吃了一惊，又羞又气，缩着身子往后躲。阿曜不解地看向阿乐：“你要做什么？”

幸好，阿乐只要她的外衣。女孩躲在柱子后，将脱下的衣服丢出来。

她身穿衬里的白色中衣，抱着膝盖躲在柱子后。好在是春天，她外衣下还穿了好几层。若是夏天，打死她也绝不肯脱。

她又羞又窘地从柱子后探出半个头，看阿乐很苦恼地在穿她的衣服。她身量不足，那身衣服对阿乐来说太小了。阿乐有些恼火，索性将实在穿不进的部分撕开，硬是挤了进去。好好一件白富美的漂亮衣服，愣是被他穿成了到处是破洞裂缝的乞丐服。他用手梳头，把一头凌乱的头发整理好。再用女孩的帕子扎在头上，变成了村姑乞丐。幸好脸和手脚已在溪水边洗干净了，这副模样走出去总算能不吓到人。

阿曜憋住笑："小心些。"

阿乐点头，拿着药方正打算出去，又想到了什么，以手指蘸了阿曜衣服上的血，涂抹在自己唇上。那血已不新鲜，阿乐又涂得不均匀，看上去就像张着血盆大口的彪悍村妇。他虎虎生威大踏步往外走，男人看见都得抖落一身鸡皮疙瘩。

阿曜憋不住大笑，牵动到伤口，又忍痛龇牙，连柱子后的女孩也忍不住笑出声来。阿乐对她伸出拳头，凶狠地威胁："你在这儿乖乖待着，不许逃。"

女孩窘困地往柱子后缩了缩，小声埋怨："我现在这样子还怎么逃啊？"

想起当初的情形，阿曜笑得打跌。阿乐大窘，拿着另一个馒头死活要往他嘴里塞，阿曜这次却不肯让他得逞。献容看着在屋里打闹的两人，问阿乐："你怎么会扮女子？"

阿乐停下脚步，眼珠转了转："我们村里拜祭财神爷，要十对童男童女，刚好缺了个女娃，就用我顶上了。"

献容"哦"了一声，让两个大男人别再淘气了，还是正事要紧："我会说我的贴身婢女春儿生病了，你是新来的，就叫明儿好了。你个儿高，就说你是匈奴人吧。”

彼时，汉族经常在北方边境掠夺少数民族，洛阳城内的异族奴仆就有不少，士族家中尤爱役使这些无甚心计、听话、又力气大的异族人。所以阿曜带着个明显异族长相的阿乐，天天在贵族间串门子，人家也没任何异样目光，实在是见怪不怪了。

这些异族人无论男女，个个都比汉族人身材高大，皮肤粗糙。阿曜扮成女子虽高大了些，但这般高度的异族女子倒也并不少见。而且，他的五官经过献容改造，掩盖了男子的英豪之气，添上了女性的柔媚之姿。不仔细看的话，还真是能以假乱真。

献容对自己的易容手艺颇为满意，这是她第一次在自己之外的人身上尝试。但她没有注意，当提及匈奴时，阿曜深邃幽黑的眼里闪过一丝难以琢磨的光芒。

洛阳城的司马王族中，数赵王司马伦的辈分最高。他是司马懿的幼子，先帝司马炎的亲叔叔，当今的傻子皇帝司马衷见到他也得老老实实喊声叔祖。司马家族同一辈里本来还剩个汝南王司马亮，是司马伦的亲哥哥。可是，在傻子皇帝上台之初，司马亮不满皇后贾南风干政。贾南风以傻子皇帝的名义，命皇帝的弟弟楚王司马玮将叔祖司马亮杀了。随后贾南风翻脸不认，说司马玮擅自杀人，转头又将年轻的司马玮干掉。

这便是后世称为“八王之乱”中最先死去的两个王。

赵王司马伦失去了亲哥哥后发现，辈分再高也挡不住贾南风的专权跋扈，索性以年事已高为由缩起头来，再也不管朝中之事。贾南风监视了他几年，发现老头儿天天含饴弄孙，似乎真的是对朝政没有兴趣。加上要全力对付谢才人所出的太子司马遹，贾皇后便不再理会这个唯一还在世的辈分最高的叔祖。甚至连司马伦大宴宾客给自己的继妻秦氏庆祝四十岁生日，贾后也懒得再派人去听壁角。

这倒是让战战兢兢了几年的赵王府好生热闹了一番。

献容头戴阿曜那支狼牙簪子，在赵王府花园中款款走着。她的脚步如同被精确丈量过，裙裾只轻微摆动，举手投足间极有贵族小姐的范儿。阿曜打扮成丫鬟，手捧一个锦盒跟在献容身边。他经过献容的岗前培训，迈着小步半垂着头，走得颇有模样。

献容偷眼看他，没啥破绽，悬着的心终于放下了一半。她没想到柳公子这么聪明，很多规矩只教了一遍，让他示范时便能记住。进了赵王府后，他亦步亦趋紧跟着她，不多问一句话，也不拿眼乱看，这让献容着实省了不少心。

前方出现一大片玲珑叠秀的假山，太湖石环绕的亭子里坐了几名贵妇。献容停下脚步，将阿曜拉到假山后。

假山内有一处石缝正朝着亭子方向，献容拉着阿曜走到此处，指着亭子里的一堆女人轻声介绍："正中那位就是赵王妃，左侧陪坐的是大司马石崇的夫人，尚书王衍的夫人，右侧是司徒何劭的夫人。她们身后都是各府尚未出嫁的千金。这几位夫人的年龄倒是符合条件，不过她们都出自世家，并非庶族。"她想了想，觉得可以将搜索范围再扩大一些，"难保你母亲也许伪造了自己的身份，所以，这些世家夫人也可以是我们的目标。"

连柳光明都能伪造成世家公子，他母亲也有这可能啊。

阿曜压根儿没去关注那些贵妇。假山内空间窄小，他不得不跟献容凑得很近，那股幽香占满了他的嗅觉。今日的献容穿着正式，一身缕金百蝶百褶裙，腰间环佩叮当，鬓角簪一朵绢制牡丹，愈发显得发色幽黑如墨。只是插在发髻中的那根狼牙簪子造型太过奇特，与她周身庄重的打扮实在不协调。

他从未见过盛装打扮的献容，之前的她都是清淡如莲，素雅俏丽。没想到，她好好打扮起来，竟绝不输与古丽。不对，古丽虽艳，却缺乏她自小饱读诗书熏陶出来的气质，那是古丽一辈子都修不来的韵味。

阿曜试探着问出："那……你母亲呢？她来了吗？"

献容摇头："母亲多年来从不出门，所有后宅的往来应酬都由我出面。"

阿曜看了看献容，没有作声，这是他意料之中的回答。

献容天天出府，羊玄之从不过问，就是因为他将后宅的应酬全交给了嫡长女。世家间的应酬实在太多了。后宅女子闲着无聊，喜欢呼朋唤友大家一起来八卦。就算没有生日之类的理由，也可以搞个吟诗会啊赏花会啊。只要献容愿意，她三百六十五天里能收到起码七百三十张请柬。

所以献容能这么自由地帮柳公子寻母，一来是因为她没有来自父母长辈的约束，另一个重要原因是，献容觉得这可比参加无病呻吟的吟诗会有意思多了。

献容打算出去了，叮嘱阿曜："我去拜会这些夫人时，你就在旁偷偷观察，看谁会对这根簪子有异样反应。"

沈锦绣不在场，自然不会有人有异样反应，阿曜对这次行动兴趣缺缺，但他得把戏给演足了。见献容从假山中走出，他也急忙跟了上去。

献容面带笑容，落落大方向亭子走去，对着坐在正中的赵王妃款款行礼："献容祝王妃福如东海，寿比南山。"

献容深深鞠躬下去，以便头上的簪子能被夫人们看到，几位贵妇却均无异样神色。

赵王妃和颜悦色地招呼献容："献容快起来，多日不见，长得愈发出众了。"

献容对身旁的阿曜使了个眼色，阿曜迈着小碎步上前，将手中的锦盒捧到献容面前。献容打开锦盒，从中拿出一个卷轴。阿曜帮着她将卷轴拉开，上面是金线绣出的一列列寿字。

献容笑道："献容才疏学浅，不擅女红。胡乱绣了这幅寿字图，让王妃见笑了。"

赵王妃过生日，啥好东西收不到。羊府的寿礼今日一大早便已送达赵王府，早就登记入库了。可献容作为未嫁贵女，必须送一些自己的东西表达心意。她想了一晚才想出这个主意，又喜庆，又别致。当然，这么复杂的绣品她是万万没能力完成的，背后出大力气的其实是春儿。

有婢女上前接过锦盒，交给赵王妃。赵王妃让其他几位夫人一起观赏，啧啧称赞又幽幽叹气："瞧瞧这绣工，这字体，我只恨没生着这么个才貌双全的女儿。"

赵王妃今年刚四十，丈夫司马伦已经满七十了。赵王早年纳了太多美妾，把他吸成了干瘪老头。等赵王妃嫁进来做继室，老王爷已经没有合格的子弹让她生养自己的孩子。这成了赵王妃心头永远的痛。

在场的夫人们都明白赵王妃的心思，石崇夫人急忙转移话题，笑道："是啊，这么一比就把我们家明玉给比下去了。"

站在石崇夫人身后的土豪金少女不满地瞪献容一眼。这少女长相奇特，竟是白肤黄发，身量高挑。深邃精致的五官衬上细腻的白皮肤，有一种独特的异域美感。可惜浑身的穿金戴银反而将这份独特的美压了下去，只余下满眼的白晃晃金灿灿。

这是京城大富豪石崇的庶女。石崇喜欢收集美女，自然不会放过来自塞外的异族美人。石明玉的母亲是鲜卑人，遗传给了石明玉一张独特的混血脸。

赵王妃揶揄："难怪琅琊王对羊家小姐念念不忘，只不知他几时来提亲？"

洛阳城内的世家大户们吃饱了没事干，天天以打听各家八卦来度日。司马睿往羊府多跑了几趟，消息早已传得漫天都是。土豪金少女更是不满，眼如飞刀，一把把"嗖嗖"地向献容刺来，恨不得将她戳成刺猬。

献容不理睬石明玉的眼光，只是尴尬地垂头："琅琊王乃世之英杰，献容哪堪匹配。"

石明玉冷哼一声，说得夹枪带棒："献容姐姐哪里看得上区区琅琊王妃的名头，做成都王妃可比做琅琊王妃威风多了，可惜东海王妃是轮不上了。"她不等献容回答，又抢着说道，"哦，对了，听说齐王妃刚过世，说不定献容姐姐还可以再续前缘。"

在场的夫人们都知道这些陈年八卦，吃吃笑了起来。石崇夫人瞪了石明玉一眼，却也无甚责备之意。

献容正色道："女儿家，婚姻大事全凭父母做主，献容怎敢妄议，更无不该有的非分之想。"这话是暗讽石明玉，一个未嫁女子这么关心城中未婚王族，实在是没有教养的表现。

石明玉气得牙痒痒，却无法反驳。献容不高兴在这儿跟她打嘴仗，躬身告退，带着阿曜离去。她没有走远，又回到那假山中，压低声音问阿曜："怎么样？"

阿曜摇头。

献容毫不气馁："不要紧，那头的临水丽榭里还坐着好些位夫人，我一个个试过去。你跟紧我，别漏了任何线索。"

阿曜只想尽快将这身女人装扮卸了去，这样演戏实在累得慌。他劝道："今日来的都是身份极高的正室夫人。你说过，我母亲很有可能只是继室甚至如夫人。这样一个个找，效果甚微。不如我们回去吧。"

献容却是坚定地摇头："不行，一定要找下去，她也有可能改变了身份成为正室夫人。我母亲说过，任何时候都不可以放弃希望。何况，我还没全试探过呢。"

这是献容第一次在阿曜面前提及自己的母亲。阿曜眼皮一跳，看向献容，又急忙垂下眼帘，故作不动声色："能说出这话，你母亲……倒是跟寻常贵妇不一样。"

献容诚挚地点头，眼里全是景仰之情："是啊。没有她，我也会成为那群矫揉造作的贵小姐中的一个。"她没再多说，对阿曜摆手，"走吧。"

阿曜无奈，只得跟着献容走入正在开席的临水丽榭。里面坐着的皆是七大世家的贵妇小姐，诸人坐在榻上，几案前摆放着一盘盘吃食。这个时代尚是分餐制，不像后世，大家围着圆桌团坐，众多筷子都伸向同一个盘子。

献容跪坐在自己席位前，阿曜作为贴身丫鬟坐在她身后。献容只吃了几口便站起，端起自己几案上的一盘糕点，满脸笑容地走向离她最近的贵妇："关内侯夫人，这盘栗子糕软糯香甜，真的很好吃，您尝一口吧。"

献容一边说一边低头，想让那贵妇留意到她头上的簪子。贵妇觉得奇怪，却碍于礼貌，笑着从盘子里拿了一块糕点。献容见她没反应，继续满脸堆笑，端着盘子走向下一位贵妇："太师夫人，您也来一块吧，可好吃了。"

献容故意摇头晃脑，让头上的簪子更显眼一些，太师夫人却是视而不见："这个……不扰烦献容了，我们每个人席上都有这栗子糕。"

献容转到第三位贵妇面前，故作小女孩不懂事，撒娇道：“可是，献容觉得自己这盘特别好吃呢，肯定跟诸位夫人的不一样。侍中夫人您一尝便知。”

侍中夫人不好拒绝，拿起一块试吃，疑惑地看向摇头晃脑的献容：“可是……味道是一样的啊。”

献容再走向下一位，全然不管此刻所有的贵妇们都在盯着她，自顾自笑道：“怎么会一样呢？刺史夫人若是不介意，献容尝尝您这里的栗子糕如何？”

献容没等对方答应，低头拿了一块刺史夫人几案上的糕点，一边吃一边打量她的反应。见没有异样，再讪笑着走向下一位，嘴里嘟哝着：“献容还是觉得自己这盘不一样。”

浑身挂满了珠宝首饰的土豪金小姐石明玉带着几名贵族小姐走入，奇怪地看向献容：“她在干吗？”

一名少女掩嘴偷笑：“你看她挑的那些夫人，家中都有尚未成亲的儿子，难不成想让夫人们看上她做儿媳妇？”

另几名小姐也掩嘴笑了起来。有人突然想到了：“她莫不是在炫耀？”

石明玉将脸一横，眼里喷出怒火：“炫耀什么？她今日的打扮和首饰都寻常得很，难道还能比得过我石家？”

石崇可是京城首富，比皇家还富。石明玉虽只是个鲜卑女子生的庶女，但首富家的庶女也不是一般士族人家所能比的。瞧瞧石明玉土豪金的派头，头上那些珠翠黄金压得她的脖子都矮了几分。

那名小姐对献容努了努嘴：“她头上那根簪子，虽不贵重，看着倒是挺特别的。”

石明玉向献容的簪子看过去，眼里满是鄙夷。一根破簪子也想出风头，她石明玉戴了那么多世间罕有的珠宝首饰也没她羊献容这么嘚瑟呢。

此刻，有不少贵妇在交头接耳，众人脸上均是看笑话的表情。阿曜听到身边两名夫人嗤笑：“她母亲太早去吃斋念佛了，没把孩子管教好。”

另一人将声音压得更低，却没逃过阿曜敏锐的耳朵：“你没听说吗，她母亲当年可是做过那样的龌龊事，怎么可能教得出好女儿。”

此言引得对方吃吃笑：“难怪都十七岁了还没嫁出去。”

“她之前议了两门亲都黄了，可见此女不祥，恐会克夫。”

“我可不敢让我儿子娶这样的媳妇进门。”

听着这些贬损献容的话，阿曜恼火渐起。他今天跟着献容将洛阳城内大部分的世家夫人小姐看了一遍，虽只是极短的接触，他已看出那些女子都是装腔作势的主儿，跟王恺宴席上的士族男人们都是一类货色。

看着献容明知会被这些人耻笑，会变成士族间流传的笑话，还不管不顾地为他寻找所谓的“母亲”，阿曜心情愈加复杂。当献容再次跟他躲在假山中商量时，阿曜实在无法忍受她百折不挠的斗志了。

献容眼光炯炯，精力旺盛地摩拳擦掌：“还有一群夫人在看百戏，她们还没见过这根簪子。咱们赶紧过去吧。”

献容正要走，被阿曜拉住了手臂。她看向阿曜，阿曜却将眼睛看向别处：“别去了。很多人在耻笑你……”

献容却是毫不在意：“那有什么，我平常就跟这些夫人小姐谈不到一起去。随她们怎么说，我不在意的。”

阿曜冲口而出：“没用的——”待他意识到，急忙改口，“别再帮我了，我不想欠你太多。”

献容正色道："我不是帮你，是帮灵儿姑娘。她只有三个月时间了，你想让她抱憾离世吗？"

阿曜愣住，正想说什么，突然从假山的石缝中看到一个熟悉的妖娆身影。那女子跟在一名中年道士身后，袅袅婷婷走过，虽是穿着一身普通的丫鬟服，但脸上的高鼻深目和不同常人的白皮肤却是一眼就能认得，那是古丽！

献容还在催促："走吧，咱们去百戏场——"

阿曜打断她："你在这儿等着，我马上回来。"

第十二章

寻衅

古丽为何会出现在赵王府？信肯定是那个人写的，他跟赵王有什么密谋？他们这次潜入洛阳，恐怕不只是暗杀沈锦绣，古丽还身负其他任务。

献容站在假山附近的石桥上徘徊，不住看向阿曜消失的方向。她不知道他为何突然之间匆匆离开，更不知道他去了哪里。她只能等候在此，向上天祈祷可千万别露馅儿了。

石桥的另一边，石明玉带着几名贵族小姐走来。看见羊献容，石明玉不禁冷笑。她们走上桥，往献容身边走过时，石明玉故意撞向献容。不承想羊献容见她走来，已预感到这小丫头定会像往常那样生出事端。她早有防备，灵活地一转身，石明玉没撞到献容，自己反撞上了石桥的廊柱。

献容冷眼睥睨："石明玉，你再怎么看我不顺眼，也别在人家的府邸里横行霸道。"

这丫头是献容的天敌，两人只要撞上，她准会使坏心眼。献容在与她的长期斗争中得出了经验：对待天敌绝不能心软。

石明玉抚着撞疼的部位，气急败坏："你这没教养的野丫头，凭什么得来琅琊王的青睐？"

这就是两人结仇的根源。

照理，一个妾生的庶女哪有资格觊觎王妃的位置，何况石明玉的娘亲还是个地位低下的鲜卑女奴。可是，谁叫她爹是首富石崇，石明玉因这奇特的混血美又很得石崇宠爱。满京城的人都巴结石家，连石家的猫儿狗儿都比别家尊贵些，更何况是石家的女儿。就算娶个庶女，带来的嫁妆也会是金山银山。自恃身价的石明玉觉得自家既然那么有钱，就得有个更尊贵的身份。可她不愿意入宫给傻子皇帝做妃子，哪个女人能对付得了手段毒辣的黑丑皇后贾南风？

好在城中还有一堆年轻的司马王爷等着娶正妃，可惜跟皇帝血缘更近的齐王司马冏、豫章王司马炽看不上异族女子所生的庶女。拥有兵权的成都王司马颖、河间王司马颙又远在外地，她可不愿远嫁。石明玉放眼望了一圈京城中的适龄公子，目光盯在了有王位无实权的司马睿身上。石家的庶女想做个闲职王妃，总还是可以争取一下的。何况司马睿在王族青年中长得最漂亮，品行也不错，比司马颖司马颙等人口碑好太多。

可是，她有个强有力的竞争对手：羊家嫡女，父亲在朝中有清正廉洁的名声，最糟糕的是，司马睿自己喜欢。这就是石明玉逮住一切机会要让献容出丑的原因，献容在世家中名声越糟，对她越有利。

献容冷眼看着石明玉，声音清脆地回答她："因为我活得堂堂正正，从来不背后使坏。"

石明玉更是生气，眼珠子骨碌碌转了几圈，突然伸手拔出献容头上的狼牙簪子，往桥下的池子里丢去。等献容反应过来，簪子已落入桥下的荷花池子。

献容大怒，一只手抬起："石明玉你——"

石明玉故意将脸凑近献容，巴不得献容当着这么多人的面动手："我就扔了，你敢怎样？"

献容简直要气疯了。若石明玉丢的是她自己的东西，她绝不会心疼，丢就丢了，犯不着跟她一般见识。可是，那根簪子是柳光明寻母的唯一线索。若是在她手上丢了，她会内疚一辈子。她胸膛剧烈起伏着，手一直抬着，却始终没有甩下去。她再生气也知道，石明玉正等着她动手呢。羊家大小姐打人，这消息不出一天就会传遍整个洛阳。她无所谓自己在世家中的名声如何，但她不能让母亲伤心。

想到母亲，献容的手慢慢放了下来。

赵王府书房内，赵王司马伦正在接待古丽。他头发已全白，脸如风干的柚子，脖子上挂了一轮轮的褶子。腰佝偻着，靠手杖才能撑住身体，愈发显得老态龙钟，唯有一双眼甚是老奸巨猾。他身后站着名穿道士服的人，那是他的心腹孙秀。

古丽拆开衣内的暗袋，掏出一封皱巴巴的信交给司马伦。司马伦拆信看完，并不言语。

古丽也不多说，只是行礼："赵王请放心，一切皆会如您所愿。"

司马伦的风干柚子脸上浮起一丝满意的笑，他对孙秀点了点头，孙秀从怀中掏出打火石，点燃了烛台上的一根蜡烛。司马伦走到蜡烛前，将信点燃。

书房外静悄悄的，司马伦早已吩咐任何人不得靠近书房。这倒是给阿曜提供了方便。他贴在窗外的墙下听壁角，可惜，屋内的人惜字如金，什么实质性的内容都听不出来。

信全烧完后，司马伦让孙秀送古丽离开，他自己则一直待在书房，半晌没什么动静。阿曜怕耽搁久了容易露馅儿，只得带着满腹狐疑回到假山处。

古丽为何会出现在赵王府？信肯定是那个人写的，他跟赵王有什么密谋？他们这次潜入洛阳，恐怕不只是暗杀沈锦绣，古丽还身负其他任务。古丽不可能透露任何信息给他，他必须靠自己查出来。

阿曜思绪纷乱地走着，见到前方石桥上围了许多贵妇和小姐，都在指指戳戳掩嘴偷笑。阿曜奇怪，急忙上前，跻身到石桥边往下看。

献容正站在水中！水不深，只到她腿际，但献容俯下身用手在淤泥里捞着，满身满手的泥，连脸上也沾了泥巴，贵族小姐的形象全被破坏了。

身边一名贵妇嗤笑："不过是支簪子，丢就丢了，何至于连面子都不顾了。"

石明玉更是得意扬扬："没见过世面的野丫头哪里知道贵贱，一支破簪子也当成了宝。"

另一名贵小姐吃吃笑着："管她呢，反正丢的是羊家的脸。"

阿曜恼火地瞪一眼石明玉们，匆忙跑下石桥到水池边，捞起碍事的裙角也下了水。

献容正在费力地掏着，她碰上了一截东西，以为捞到了，高兴地拿出水面，却是根枯树枝。献容懊恼地将枯树枝丢掉，一扭头却见到阿曜正蹚着水朝自己走来。她急忙摇头暗示他别过来："明儿，你在岸上等我，我这就上去。"她可不希望柳光明在众人面前露馅儿。

阿曜没有理睬她的暗示，大踏步走到她身边，压低声音："赶紧上去！"

献容摇头，倔劲儿又犯了："这簪子是因为我才弄丢的，我一定要找到。"

阿曜气急，一把抓住她的胳膊：“上面那么多人在看你笑话——”

献容一把甩开他的手，厉声低喝：“跟灵儿姑娘的期望比起来又怎样？！”

阿曜愣住。为了一个素未谋面的女孩，她真是……太傻了！

献容继续到水里打捞：“让她们笑好了，这点折辱算得了什么？我不去听，那就对我一点影响都没有。可是，簪子找不回来，我会一辈子歉疚。”

阿曜沉默了，只得无言看着忙碌的献容。献容的手触到了一根硬物，顿时狂喜。转身对着阿曜，她摊开满是烂泥的手掌，掌中躺着那根狼牙簪子。

她开怀大笑，笑得灿烂又纯真，眼角如月牙般弯起，跳跃出顽皮的神色。阳光洒在她身上，浑身泥垢的献容看上去竟是那么耀眼，就连脸上的泥巴块也似乎在闪着光芒。阿曜被那亮光照得有些头晕，斑驳光影中他只看得见一抹弯起的粉色红唇，好似三月里绽放的桃花。

他突然有些口渴，咽了咽口津。幸好喉结被献容以面粉团盖住，没有露出破绽来。

堂堂羊家大小姐在赵王府做客，居然得自己亲手打捞掉落的簪子，这令赵王妃恼怒异常，将当时在岸边围观的丫鬟们全叫到厅堂训斥，可怜躺枪的阿曜也作为奴婢被一同拎了过去。

“你们竟一个个在旁边只顾看笑话，没一个人上前帮忙，真是丢我赵王府的脸！”赵王妃生气地摔了一盏茶，婢女们皆战战兢兢低头不敢吭声。

赵王妃继续大喝：“羊府婢女在哪里？”

阿曜正躲在角落拧衣角的水，一旁的婢女捅了捅他。他这才回过神，站出来行礼："在——"急忙换上尖细的嗓音，"奴婢在这里。"

一名手捧托盘的婢女走到阿曜面前，托盘里摆放着女子衣物。赵王妃吩咐阿曜："去伺候你家小姐换上这身新衣服。"

阿曜吃惊："我？"

赵王妃更生气了："自然是你来伺候你家小姐。羊府没教过你规矩吗，还是你们这些异族人天生就不懂规矩？"

阿曜忍气吞声，接过婢女手中的托盘，垂头细声细气地回话："奴婢这就去。"

阿曜端着托盘，心里七上八下暗暗叫苦，可是此刻被逼上梁山抽身不得。他被王府婢女引导着走入浴房，一扇锦屏挡在面前，影影绰绰能看到后面浴桶里有人影。

阿曜慌忙低头。

献容的声音传来，是对身边伺候的王府婢女们说的："我已经洗好了，你们都出去吧。"

婢女们行礼，离开浴房，将房门轻轻掩上。阿曜眼睛无处安放，又不敢抬头，只得尴尬地背对锦屏。

献容从浴桶内出来，捞过大浴巾一边擦着身子一边问："衣服在哪里？"

阿曜磨磨蹭蹭倒着走到锦屏边蹲下，将托盘放在地上，闭着眼把托盘往里推。

献容却是没留意，她刚刚明明看到有人送衣服进来了，怎么还不递给她？她向锦屏这边走来，阿曜听到她越来越近的脚步声，不敢睁眼，低声喊："在……在这儿……"

听到是个男人的声音，献容大叫一声，急忙抓着浴巾蹲下。阿曜着急，下意识地回头："别叫，是我！"

慌乱中他的眼睛撑开了，看到锦屏后一个白花花的影子缩成一团在瑟瑟发抖，他的心瞬间抽紧，顿时觉得口干舌燥。

献容尖声大叫："转过去！"

阿曜赶紧转过身去，心犹自怦怦跳个不停，语无伦次地解释："不是，那个，不是我要来的，她们当我是你婢女……"

他眼前仍晃着那个白花花的身影。那么短的时间，又隔着屏风，他其实除了个影影绰绰的印象，什么都没看到。但只要想到那是一个女人的身子，尤其是一名很好看的年轻女人，他就控制不住血气翻涌。被浴房里的热气再一蒸，他浑身是汗，鼻尖额头全是细细的汗珠。

身后传来一个微小的声音："那……你不许转过来。"

他听到锦屏后传来窸窸窣窣的声音，是她在拿取托盘上的衣物。他背靠锦屏仍蹲在地上，手无意识地握紧身下的衣料。他必须控制自己不去想象她穿衣的模样，否则，他的血管只怕要爆裂开了。

细小的声音再度传来，有一丝凶狠："转过来你就死定了！"

虽是威胁，却毫无力量，阿曜不禁哑然失笑。这一笑，倒是将他身上的热气疏散了不少。

身后的衣料摩擦声仍在传来："你笑什么？！"

阿曜索性坐在地上，双手抱膝，竭力抵制耳边的窸窸窣窣声。清了清嗓子，将注意力集中到别的东西上去："有人也对我说过这句话……"

"转过来你就死定了！"那女孩也是这样凶狠的语气，却是毫无力量的威胁。

女孩身穿白色中衣，抱着膝盖躲在柱子后，凶巴巴地威胁："不许转过来，转过来你就死定了！"

十五岁的阿曜趴在稻草丛中，扭过头不去看她。他刚刚只是好心，想问女孩肚子饿不饿。没想到他刚一转头看她，女孩便尖声大叫。阿曜本来觉得自己坦荡荡的，被那女孩一声叫，顿时心虚起来，心也扑通扑通跳个不停。不就是脱了外衣吗，不是还有层裹得严严实实的中衣，他又没看到什么。他嘟哝一声："小丫头这么凶。"

女孩的声音传来，带了一丝哽咽："你们才凶呢。把我绑架来，用刀逼我，不放我走，你们才是坏人！"

阿曜眼神黯淡下来："对不起……我们也是逼不得已……"

"你们为什么要逃？"

阿曜苦笑："不过是为了活命而已。我跟阿乐都是匈奴人的奴隶。我是汉人，他是羯人，我们从小就被匈奴人掳掠，平常干苦力伺候他们，战时就被驱赶上战场挡箭。"

女孩"呀"了一声："你们原来是匈奴人的奴隶。"她语气里有丝怜悯，"原来你跟我一样是汉人……"

阿曜苦涩地叹气："我在匈奴人眼中是汉人，可我好不容易逃到汉人这里，却被当成匈奴奸细到处通缉。我们想要的不过是自由，可无论匈奴还是汉人，都容不下我们。"

女孩想了想，充满怜悯地说："也许……我可以帮你们。"

阿曜仿佛见到了希望的曙光，急忙回头看向女孩："你是大官的女儿吧——"

女孩发觉阿曜正在看她，尖厉大叫："说过不许回头的！"

阿曜这才发觉，急忙扭头，红着脸嗫嚅："我什么都没看见！"

回忆往事，阿曜嘴角不由挂上一丝微笑。注意力转移后，身上的血液流得没那么快，那股子燥热倒是平缓了不少。

身后传来献容的声音："是谁？"

阿曜回神："什么？"

"会那样跟你说话，是个女孩吧？"

阿曜随口应答："是我妹妹。"

献容"哦"了一声，突然问道："腰带呢？"

"我可是全拿来了，都在托盘里。"他明明记得托盘里有条鹅黄镶玉腰带的。

献容一直在找，却没看到，不由着急："没有腰带可怎么走出去见人？"

许是刚刚自己心太慌，递过去时不知丢在哪儿了。阿曜只得睁眼，不敢往后看，垂眼往自己身前身后左右找，看到腰带掉在了自己左脚处。

阿曜拿起腰带反手递过去，手在锦屏后伸了很久，献容却仍是没看到，还在无头苍蝇一般乱找。阿曜急了，扭了一下头："不是在我手上吗？"

献容看到他转头，尖叫："说过不许回头的！"

阿曜急忙扭回头，红着脸嗫嚅："我什么都没看见！"

其实阿曜撒了谎。那一瞬间的回头，早已将该看的不该看的都看了去。初夏时节本就穿得不多，献容秀发披散，敞着衣裳，里面是一件水绿裹胸。没有外衫的遮挡，胸前起伏的曲线一览无遗，肩上肌肤如凝脂般白皙细腻。阿曜脑子"嗡"了一声，血液又开始如万马奔腾。

阿曜心中哀号，这种难言的折磨什么时候是个尽头啊。

两人回到"柳府"时皆是极不自在。阿曜换回男装，随便找件事将阿乐打发了出去，他不希望阿乐看出两人间的尴尬来。

献容有些丧气，拔出发髻中的狼牙簪子还给阿曜："折腾了一整天，也没找到任何有用的线索。"

阿曜心神仍在纷乱中，接过簪子随口答道："不找也罢……"

见献容投来诧异的目光，阿曜急忙改口，低声轻问："在浴房时，为何没看到我递过来的腰带？"后来仔细回忆，他是在自己左脚边发现的，所以便以左手递给献容。可是献容却是在他提醒下才看到腰带。

献容愣了一下。

阿曜盯着献容的左眼，犹豫片刻，试探着说出："有时，似乎觉得，你好像看这边……"

献容垂下眼帘，一脸尴尬："那种情形下，哪个女孩会胡乱东张西望啊？"

阿曜尚有些疑惑。可当他再仔细看去，那双眼睛眨巴眨巴泛着盈盈水雾，眼珠子灵活地四处转动。阿曜松了口气。看来，是他想多了。

当晚，阿曜又失眠了。这次不是噩梦，而是被一个女孩搅的。

五年来，他每晚都会想起那小女孩，直到最近才知道她叫杨嫣。在回忆与她点点滴滴的温馨画面中，他方能安然入睡。可今晚真是邪了门，他眼前出现的已经不再是杨嫣未长开的小女孩模样，而是青春正盛的羊献容！

他闭眼躺在榻上，脑中跳出献容为他易容时的画面。他鬼使神差地慢慢地摸向自己的脸，仿佛是献容柔若无骨的手在触摸着他。他的身体因着这细细的触碰，在一点点燃烧。

脑中画面一转，又到了假山那狭窄的空间里。他鼻子里闻到的全是献容身上的幽香，那香味仿如最毒的媚药，将他浑身一点点麻醉。

再后来，便是浴房里那令人血脉偾张的一幕了。影影绰绰的身影，窸窸窣窣的穿衣声，看不到比看到还要糟糕。古丽一再勾引他，他从未心动过，甚至厌弃这样露骨的挑逗。可与羊献容相处的一点一滴，都如蚀骨毒药，将他原本沉如古井的心搅得没有宁日。

阿曜睁眼，猛地从床上坐起。他喘着气，看向一旁，阿乐在旁边的榻上发出微微的鼾声。

夜空幽黑，只有几颗黯淡的星子。风吹动着乌云掠过，一轮弯月散发出淡淡的银辉。阿曜在井边打起满满一桶水，将自己的头浸入木桶，似乎这样就能将体内的热气冲散。

他抬起头，任由水珠顺着面颊流下，沾湿了胸前衣襟。他昂头看着月亮，慢慢从怀中掏出那柄镶嵌着红蓝绿宝石的连鞘匕首。

如果他是个普通男子，与一名女子如此近地接触过、搂过，甚至看过她的肌肤，怎样都该向她提亲，为她负责到底。可是，这样的日子，是他这辈子都难以企及的奢望。他与她之间横亘的何止是身份的差距，想到这些，胸口的那股热力慢慢消散，刺骨的冰寒升起，一时间竟让他喘不过气来。

他抽出匕首，锋锐的刀刃在月光下闪着寒光，映亮他冰冷的脸。

第十三章

金　沟

●

“身居高位者只知道追求荒淫享乐，极尽奢靡，无耻之尤。百姓们受尽欺压，食不果腹，怨声载道。北有鲜卑、匈奴虎视眈眈，氐、羌、羯人皆心怀不甘。宗室在外拥兵自重，各州县的国兵却削减殆尽……”

“柳府”又收到了一张请柬。

自从被谱学专家鉴定了身份，河东“柳府”每天都能收到起码两三张请柬。可今日这张，邀请人却是大有来头。献容收到阿乐传递来的消息，第一时间赶到“柳府”出谋划策。

“王衍乃太原王家嫡系，当今皇上的姐夫，官封大将军。此人性子刻薄爱记仇，如果你不去赴宴，一定会得罪他。”

被王衍记恨上不算什么，但若是被他挖出冒充士族之事，那就得不偿失了。所以，阿曜还是得去赴宴。这次的赴宴不是吃吃喝喝那么简单，献容必须在场给他指点才能不出差错。

见阿曜对这种士族宴会兴趣缺缺，献容给他打气：“明日你将那簪子也带上吧。王衍的三夫人出身庶族，那日没来赵王府。我们再试试，说不定有机会。”

阿曜看着不知疲倦的献容，只得点头。

翌日，献容一身男仆装束，与阿曜坐在马车里，阿乐则在外驾车。阿曜又得穿起宽袍长袖，每次穿这种累赘的衣服，他都不自在极了。加上跟献容同处一个有限的空间，他的不自在更甚。

献容也有些尴尬，清了清嗓子寻找话题："今日我们去的是王衍的马场，洛阳人称'金沟'。"

"为什么叫'金沟'？"

"洛阳土地昂贵，王衍却在城内买地做骑马场，这地价差不多是一两金子一尺地。而且……"她顿了顿，满脸厌恶，"等会儿你就会看到'金沟'的名副其实了。"

车外传来阿乐的声音："到了。"

马车停在一处造型夸张、以金粉装饰的大门门前，连石狮子都比别家大了一号。阿乐潇洒地从马车上跳下。一旁有乘四人抬的轿辇也停了下来，轿辇周围挂着白色帷帐，里面坐着一名极瘦弱的士族男子。四名轿夫穿着华丽，涂抹着腮红，像猴子屁股一般不伦不类。其中一人蹲下身，看那姿势，是打算要背那名瘦弱男子。

这么大了还要人背，自己不会走啊。阿乐腹诽，轻轻"切"了一声。

阿曜也跳下马车，他头戴的高冠不小心从马的眼前扫过，马受惊嘶鸣了一声，阿乐急忙将马稳住。

此时辇中那人正爬上轿夫的背，被惊吓到了，指着马吓得浑身颤抖："这……怎么可以把这东西弄来？这是要吓死人吗？"

阿乐奇怪，拍了拍马头："一匹马而已，怎么会吓死人？"

那士族捏着公鸭嗓子尖声大叫："天哪，那怎么是马？分明是老虎在叫！"

阿曜与阿乐面面相觑。

那士族一脸惊恐，拍打着背他的轿夫，像是在赶马车一般。轿夫收到他的讯号，背着他一溜烟进了大门。此时献容已下了车，她对两个男人耸了耸肩，轻声说道："洛阳城中，大约有一半以上的士族不认识马……"

阿乐仍是不置信："我们今日不是来马场吗？不认识马，来马场做什么？"

献容指了指奢华的金色大门："进了门你就知道了。"

偌大的马场一片黄灿灿，竟是以钱铺地，铺了方圆整整一亩地。阿曜与阿乐目瞪口呆地呢喃："难怪叫'金沟'……"

阿乐极喜欢马，他四处环顾："这里不是马场吗？马呢？"

献容看向那些正相互奉承的士族，讥讽道："士族里有几个会骑马的？这里，是用来派别的用场的。"

士族们环坐在马场四周，每人一张席，一个几案。几案上只摆了一个盘子，盘子中央只有一颗小小的药丸。没有歌舞表演，没有歌姬娈童，甚至连端酒和菜肴的仆役也没有。

这叫什么宴席？难道最近士族们修心养性，放弃奢华生活，开始忆苦思甜啦？

献容对着那颗药丸努了努嘴，秘密皆在这里。

阿曜瞪着药丸，拿起来闻一闻，有股子冲鼻的硫磺味。他往两边看，只见所有士族皆以垂涎欲滴的表情看着药丸，不停地吞口水。坐在首席的王衍点了点头，拿起自己面前的药丸，如咽山珍海味般吞下。其他士族见主人已经开动，便也迫不及待吞下药丸。

献容正在观察着众人的表情，目光瞥到王衍身后一位穿道袍之人，不由愣住。此人二十五六岁，长相周正，眉眼恭谦，面相平和。盘腿闭目而坐，双手静置膝上，仿佛与尘世间一切俗事格格不入，宽大的道袍和高耸的发髻更添一股仙风道骨之态。

献容垂下头偷偷往阿曜身后躲，心中暗自庆幸。那人一直半闭着眼，应该没看到她。其实来之前便该想到会遇见他。他是主人家王衍最小的女婿，这么盛大的聚会一定得来捧老丈人的场。东海王司马越，洛阳百姓更为熟悉的是他的绰号——修道王爷。

司马越也是个没啥权势的旁支宗亲，他爷爷是司马懿的弟弟，论辈分，他是当今天子的族叔。不过隔了太多层，跟权力中心的人实在不亲，他也不愿刻意去亲近。他崇尚老庄的无为，天天访道问友，修炼丹药，最不爱听朝堂政事。若有人在他面前讨论时政，他便会捂住耳朵骂人垢蠹，不可以如此俗气之语污染他。

献容想起自己与此人的渊源，心头微动，正沉在心绪中暗自感喟，衣袖被轻轻拉动。她抬眼，看到阿曜一脸疑惑，低声问她："这是在做什么？"

献容收回思绪，轻声回答："集体嗑药。"

阿曜不解地看向她，献容解释道："这就是大名鼎鼎的五石散。士族专用之修仙良药，放浪形骸之必备武器。"

五石散？阿曜想起，来洛阳之前上的课程里似乎有提过这个，但具体如何服用，为何要集体嗑药，他就不知道了。阿乐看见角落里有好几个大缸，问道："那个呢？"

那几个大缸在献容的最左边，献容正在回答阿曜，对阿乐的话没有反应。阿乐奇怪，捅了捅献容的胳膊，指向她左边："那是拿来做什么的？"

献容这才反应过来，顺着阿乐的手看过去："等会儿你就知道了。"

阿乐奇怪地看了一眼献容的左眼。

阿曜和阿乐瞪大了眼，看着眼前癫狂的众生相。那些服了药的士族们赤脚在马场内一圈圈快步疾走，披散头发，衣服袒露，放浪形骸，两眼赤红，暴躁怒骂。具体症状可见现代的吸毒者们。

一人指天狂笑："世人皆醉，唯我独醒！"

另一人狂蹦乱跳："不对不对，是天上地下，唯我独尊！"

王恺指着边上一名挺啤酒肚的土豪，凶狠地嚷嚷："你石崇算老几，敢跟我比富！谁不知道你的钱全是靠打劫商贩得来的。你那漂亮的侍妾绿珠，迟早要送来服侍我王恺！"

京城首富石崇可不是随便能骂的，他一把揪住王恺的头发："你敢动我的美人，我用珊瑚树打死你！打死你！"

俩人扭作一团很没形象地乱打一气，什么阴招都使出来了。周围没人劝架，大家都自顾自嗨着呢。这么大的马场没必要遛马，只要嗑了药，那可比遛马生猛多了。

另一边，许多士族围着那些大缸舀水，将水从头淋下，一脸陶醉状。

献容解释道："服了五石散后，人会性情亢奋，浑身燥热，所以需要以凉水浇身来降温。"

阿乐难以置信："为什么要吃这个？人不像人鬼不像鬼的。"

"吃了这个会让人有飘飘欲仙之感。这五石散极为名贵，一枚药丸的价钱足可让穷人家过上十年。所以，能吃得起五石散也是士族身份的象征。能请大家一起来享用五石散，更是不得了的大手笔。"

献容正说着，突然有个披头散发身穿道袍的人执剑向献容冲来，嘴里颠三倒四地嚷嚷着："好大一只苍蝇，待我仗剑为民除害！"

居然是刚刚惹得她感慨万千的东海王司马越！他坐在王衍身后时明明很正常，嗑了药立马进入癫狂模式。献容蒙住了，满脑子只有"他会不会认出我"，完全没注意司马越的剑正冲她胸口而来。突然一只手将她用力一扯，她站立不稳，跌入一个温暖的胸膛。司马越跌跌撞撞与献容擦身而过。

献容昂头，看到一双墨玉般的瞳仁闪烁着清冷的光芒，照耀进她心里。一时间献容有些恍惚，愣了一会儿才意识到自己被他抱在怀里。献容双手推他的胸膛，想与他分开，阿曜却是不放。献容有些着恼，愈加用力推他。没想到他一手搂着她飞快转了半圈，另一手的两根手指夹住斜处飞来的一柄剑。将剑甩在地上，阿曜猛地将来人的手扣住，一把掀翻在地，正是刚刚拿剑刺献容的司马越。

献容这才知道，柳光明公子刚刚抱住她不放，不是因为孟浪，而是在救她的命！

司马越躺在地上，充满血丝的混沌眼里终于有了些清醒的意识，疑惑地看向献容。献容急忙扭头，以头发遮住半边脸。

好在司马越嗑了药，神志不清，没再留意献容。他跌跌撞撞起身，指着阿曜尖声大叫："你，你……你不是士族……"

三人均是吃了一惊。阿乐握住袖中暗藏的匕首，上前一步，打算杀了此人。阿曜急忙按住他的手。这么多人在场，不能轻举妄动，何况这还是个王爷！

阿曜警觉地问："你凭什么这么说？"

司马越衣襟敞开，浑浊地嘟哝："士族怎会……怎会不服五石散？"

献容急忙从阿曜怀中挣脱，低声说道："你得装出样子来！"

阿曜立刻明白过来。这么多士族，唯独他清醒着，肯定会惹来怀疑。阿曜皱了皱眉，无奈地将自己的衣服扯得凌乱，也装出癫狂的样子。他指着司马越，脚步不稳，声音浑浊："谁……谁说我……没服药？来来来，咱们来比谁抓的苍蝇多……"

那个下午，阿乐真是大开眼界。他非但看到了王亲国戚们的种种丑态，还得憋住笑看阿曜尽情表演。他一会儿跑去淋水，一会儿舞起杂乱无章的剑术，最后甚至跳起了骑马舞。阿乐心里着实同情阿曜。想不到扮晋朝的贵族这么累，天天化妆加胡吃海喝不算，还得像个神经病一样迷乱癫狂。而献容，越到后来越是气定神闲，不再躲躲藏藏担心被人认出。甭管这里有多少人认识她，嗑过药后统统忘完。

夜色深沉，除了零碎的星光，几乎是漆黑一片。唯有七钉红漆大门前的灯笼，照亮了牌匾上的“赵王府”三个字。侧边小门“吱呀”一声开了小半条缝，在寂静的夜里显得格外刺耳。两个人一前一后走了出来。一人身着道士服，另一人虽是男子打扮，举动间宽大的男装仍难尽掩那玲珑的曲线。

两人没有言语，女子四周看了看，确定无人，匆匆离去。道士打扮的人则将门“吱呀”一声再度关上。周遭恢复寂静，宁静的夜里仿佛从未发生过这么短暂的小小插曲。谁都没有注意到，对面阴影中有个身穿黑色夜行服的人贴在墙边，浑身只露出一双眼睛，正盯着明灭灯火下的“赵王府”三个字。

阿曜与阿乐连续进出公侯之家，并没有得来真正有用的信息，至今仍不知道沈锦绣的藏身之处。没想到，天天吃喝应酬居然得到了古丽的肯定与表扬：“你们这几日做得很好。”

阿乐“切”了一声：“好个屁！天天去那些高门士族家里喝酒作乐，看他们用糖水刷锅、用蜡烛烧饭，上个茅房有十几个美女伺候，客人不喝酒就把敬酒的美人咔嚓砍头。这也叫好？”

他们昨天去首富石崇家的金谷园，多少重亭台楼阁就不必说了，陪酒的侍女有多美貌也不必说了。最变态的是，石崇让美女们劝酒，若是客人不肯喝，就把美女给咔嚓了。大将军王敦不买石崇的账，死活不肯喝酒，害得三个美女人头落地。最后，石崇最宠爱的小妾绿珠站了出来，亲自为王敦斟酒。王敦总不好让石崇把鼎鼎大名的绿珠杀了，总算是喝了酒。可那一番惊心动魄，已经足够让阿乐和阿曜震惊的了。

古丽娇媚地笑道：“这自然是好，我们来晋国还有更重要的任务。多亏了咱们有一位热心的羊小姐，有她带着才能迅速探出晋国虚实。”

阿曜的眼皮跳了跳，不动声色地看向古丽。他猜得果然没错，那人是想从晋朝内部入手。

阿乐苦着脸：“我们还要继续？”他实在是看不惯晋朝高官们的醉生梦死，对那些无聊的酒宴实在腻味透了。

古丽点头：“当然要继续，这些权贵的信息都很有用。不深入内部，怎知这外表浮华的大树早已是腹中空空，腐朽不堪？”这些信息递出去，那人一定会很开心。

“身居高位者只知道追求荒淫享乐，极尽奢靡，无耻之尤。百姓们受尽欺压，食不果腹，怨声载道。北有鲜卑、匈奴虎视眈眈，氐、羌、羯人皆心怀不甘。宗室在外拥兵自重，各州县的国兵却削减殆尽。最要命的是，统治这泱泱大国的竟是位什么主见都没有的白痴皇帝，他的皇后只会把朝政越搅越糟。”阿曜顿住，冷哼一声，眸光犀利，“晋国内乱，天下分崩离析，时日不会久了。”

阿乐愣了一下：“那……羊献容岂不是会被殃及？”

古丽冷冷看了阿乐一眼：“那就不是我们该担心的了。”

阿乐惋惜地叹了口气。

阿曜低垂着眼，沉声问道：“羊府的布局图什么时候能拿到？”

“应该快了。不过，有羊献容这张牌，我们现在无须用那么笨的办法。”她吃吃笑了起来，花枝乱颤，“从羊献容口中直接得到消息，不比拿着张图乱闯，更有用吗？”

在她看来，羊献容落入阿曜精心编织的情网只是迟早的事。届时，无须再用寻母的理由，只要阿曜提出要拜访她母亲，羊献容能不让心上人与母亲见面吗？至于阿曜之前坏事的庶族身份，她早已安排好了。届时，一定会让他麻雀变凤凰。

阿曜看古丽笑得邪魅，不由皱起浓长的剑眉。

是夜，阿曜房间内。明灭的烛光下，两人躺在各自的榻上想心事。

阿乐翻个身问他：“你昨晚上哪儿去了？”

“去羊府探路。”

阿乐坐起，看向对面榻上：“别骗我了，你去的是赵王府。”

阿曜一惊，也翻身坐了起来。没想到螳螂捕蝉，黄雀在后。他早知道阿乐功夫了得，居然藏踪匿迹的本事更大，自己竟连他跟在身后都没发觉。

阿曜沉默一会儿，决定对兄弟说实话：“古丽应该在给赵王传递消息。”

阿乐虽不识字，人却极机警，立刻猜到了：“古丽是在为——”

阿曜瞪他一眼，阿乐立刻改口：“是那人吗？”

阿曜默默点头：“只怕洛阳城内很快就会掀起一场腥风血雨……”

“羊献容会被卷入吗？”

阿曜无法回答。他不知道命他杀沈锦绣是不是那人更大计划中的其中一环，他也不知道沈锦绣死后羊家会不会有动荡。一切都在迷雾之中，他一点都看不清。眼望向窗外如钩的弯月，阿曜呢喃：“无论如何，我得尽快完成我的任务，才能从这一切中脱身而去。”

“不想再拖下去了？”

阿曜“嗯”了一声：“拿到羊府地图后我就去，尽早结束这一切。”

阿乐叹了口气：“我也不想再拖了。我怕时间越久，对羊献容的愧疚越大。如果不是这种情形下跟她相遇，我还真……挺喜欢她的……个性。”

阿曜沉默片刻，深邃的目光黑不见底：“如果不是这种情形，你我就不可能跟她有交集。”

阿乐仰倒在榻上，手脚张成个大字，长叹一声：“是啊……为什么这么好的姑娘，偏偏是个高攀不上的士族小姐呢？”

“怜悯了？”

“呵，怜悯……”阿乐轻笑一声，慢慢坐起身，解开了一直绑在额头的黑色抹额。光洁的额头正中，却是一个狰狞的刺字。肉芽横生，字迹显眼，是个触目惊心的“奴”字。

阿乐眼里闪着凛冽的青芒，仿如暗涌的波涛：“我最恨的就是额头这个字。凭什么有人生来富贵，而我却是贱命一条？我要凭我自己这双手，洗去这个羞辱的字，挣到人上人的地位。”他捏紧双手，铁拳上爆出条条青筋，定定地盯着窗外的明月，“我首先要做的，是得到自由！怜悯这种东西，待我有了足够大的能力，才有资格去给予旁人。”

阿曜不禁动容。他看着沐浴在月光中的铮铮汉子，起身走向他，举掌与阿乐对击。两人熟练地握住对方的手，以肩膀相碰。

阿曜举起两人相握的手：“我们一起努力！”

两人放开手，阿乐幽幽问出：“腰上的老伤，还会疼吗？”

“都过去那么多年了，没事。也就阴雨天会偶尔不舒服。”

阿乐正色看向他：“知道吗，这世上让我歉疚最大的，不是羊献容，而是你……”

阿曜有些不习惯这大老粗突如其来的抒情调调："喂，别说这么肉麻的话。"

两人虽然种族不同，可一起从死人堆里爬出来的情谊，比亲兄弟还亲。阿乐看着阿曜，思绪回到了五年前。

第十四章

准备行动

他看向阿乐，收敛住笑容，眼里闪着真诚，“也许是因为我只有妹妹，没有兄弟，就想要个兄弟吧。”

扮作尸体的两人成功地被晋军的辎重营拉进晋阳城。他们的原计划是等晋兵挖坑时，趁人不注意就偷偷开溜。可计划赶不上变化，那些人把他们直接抬上了柴火架！

有晋兵手执火把，在柴草堆下点起火头。眼见得火苗噼噼啪啪燃烧，两具“尸体”猛地从尸堆中跃起，所有人皆被吓得魂不附体。直到“尸体”掀开身上的白布飞速逃跑，晋兵们呆了片刻才大喊：“是匈奴奸细，快追！”

两人拼命飞奔，往人多的街道窜去，身后一队晋军紧追不舍。两人一晚没合眼，又没吃过东西，很快便力气不支。眼见得追兵越追越近，街对面驶来一辆装饰考究的马车。

阿曜叫阿乐：“你去截住那辆马车，我来应付追兵！”

阿乐往马车方向冲去。阿曜则停住脚步，返身与那群晋兵缠斗。

阿乐打了个口哨，那匹马突然停了下来。阿乐有一项天赋：极擅相马。因着这一特殊本领，他入匈奴为奴时倒也没吃太大苦头。

那车夫正自诧异，阿乐已跳上马车，一把将车夫推下车去。这边厢，阿曜已抵挡不住，身上被划伤了好几道。他连连后退，仍在奋力支撑。阿乐驾着马车赶到，大喊："快上来！"

阿曜一跃上车，阿乐拼命驭马向前冲去。那马脚程很快，阿乐又是驭马高手，晋兵见难以赶上，一名士兵搭起弓箭射去。眼见要射中阿乐，阿曜猛地向他扑去。那支箭刺入阿曜左侧腰间，他痛得几乎要昏倒。

后来，阿乐曾经问过阿曜："我逼着你逃跑，你为什么没有恨我，还为我挡箭？"

阿曜只是笑了笑："不知道，脑子一热就扑上去了。"他看向阿乐，收敛住笑容，眼里闪着真诚，"也许是因为我只有妹妹，没有兄弟，就想要个兄弟吧。"

阿乐认真地对阿曜点头："好，从今往后，我就是你兄弟。"

他们共历患难，同享秘密，共同度过这艰难的五年。两人都坚定地相信，他们的兄弟情能一路走下去，一直走到生命尽头。

"多少年前的事，我都快忘了。"阿曜吹熄蜡烛，走回自己的榻上翻身躺好，"睡吧。"

阿乐翻身下榻，走到阿曜面前，一把抓起他的手放进自己粗糙的掌心中。阿曜吓了一跳，想要抽出手，阿乐却不放。

阿曜拼命挣扎："喂，你干什么，我一身鸡皮疙瘩都出来了。"

两人这几天共睡一屋已是不正常，再有这种举动，那是跳进黄河也洗不清了。

阿乐的神情却是极严肃，无比认真地看着他：“阿曜，这是我欠你的，我不喜欢欠人……”他在想自己有什么可给的，可他连自由都没有，又能给出什么？

他思索片刻，猛地想到了：“这样吧，假如将来有那么一天，我必须与你相争——”

“我怎么可能与你相争？”

阿乐却是坚持将话说完：“我只是说个假设，谁也说不准将来会怎样，是不是？如果真有那一天，我一定会无条件让你一次。”

阿曜头大。这家伙今天肯定吃错药了，非要给出这种不可能发生的承诺。他随口应承：“好吧，那就说定了。”

两人击掌，熟练地握住对方的手，以肩膀相碰。这是两人做约定的习惯动作。那时的两人无法预料，未来某一天，这约定真的横亘在了两人面前。

三天后，阿曜又去赴宴了。这次是司徒何劭的宴请。

何家亦是洛阳七大世家之一。何劭的老子何曾是晋朝的太傅，领司徒，爷爷何夔是魏朝的太傅，还有个世袭的亭侯爵位。无论皇帝怎么变，他们家都高居显位。

一张长长的席子，中间是拼接起的长几。几案上摆满了各色山珍海味，两旁列坐着士族们，阿曜也坐在其中。几案尽头的主位上坐着个华服高冠的中年男子，一把飘逸的长胡须，正是司徒何劭。

何家的宴请不同于王恺、王衍和石崇家。王恺纯粹是炫富，王衍是集体嗑药，而石崇家，天哪，还是不提那血淋淋的劝酒法为妙。何家的做派才叫高大上，那是真正的饕餮大餐。所有菜色，若是之前已经被人在别处吃过，那绝对上不了何家的餐席。何劭的老爹何曾一天要花一万钱吃饭，这已被洛阳城内的士族们传为美谈。到了儿子手上更厉害，一顿饭得花两万钱，那是穷人家两年的花费。

阿曜身边的一名士族正在大力对付面前一道蒸肘子，不住点头赞叹：“乳香扑鼻，味道甚鲜，甚美。”

阿曜也尝了一口，味道果然不同凡响。

那名士族向端坐前方的主人询问：“不知司徒能否告知做法，下官也回去学个一二。”

何劭得意地抚着胡须：“秘诀无他，以人乳蒸之。”

阿曜顿感恶心，掩住嘴差点吐出来。他身边那人也有点难以接受，悻悻地笑了笑。

何劭拿着银筷，望着眼前满目的佳肴，不住摇头长叹：“无从下箸，无从下箸啊。”

一名士族拱手行礼：“司徒家中的菜肴，下官都是平生第一次品尝。如此美味佳肴，司徒仍不满意吗？”

何劭满脸惆怅：“这些菜肴都已过时，对老夫来说皆无新鲜感了。”他对仆人吩咐，“都倒了吧，重新上一桌。”

仆人们蜂拥而上，将盘子一个个撤下。阿曜的脸越来越黑，实在忍不住了，站起身往外走。坐在他身后的献容觉得奇怪，急忙跟了出去。

见河东柳三公子这般无礼，何劭的脸黑了下来。

阿曜站在花园里生闷气。献容走近他，见他脸色不好，小心询问：“为什么一言不发就离开宴席？你这样做，会得罪那些权贵的——”

他打断她：“你挨过饿吗？”

献容愣了一下：“啊？”

他目光炯炯地看向献容，眼里的光芒一闪一闪，好似暴雨前的青色电光：“不是只饿了几个时辰，而是连着几天什么吃的都没有，连水也只能喝那种掺着沙子的脏水。”

献容瑟缩一下，摇了摇头。

“你知道人的头骨是怎样的吗？”他声音冰冷，瞳仁愈发深邃幽黑，抚摸着自己的脸，自下往上，先是脸颊，“这里，没有肉的支撑，人的脸会有多么可怕？”

献容想象了一下。饶她是学医之人，竟不敢去想活人若是像个骷髅一般，那会是多可怕的样子。

他再往上摸到眼窝：“这里，两眼深陷下去，看着就像是两个窟窿。”再往上到额头，他冷笑，“还有这里——”

献容难过地打断他：“别说了！我明白你的意思。我知道高高的围墙外到处都有饿死的贫苦百姓，我也痛恨这群不劳而获、坐享其成的士族豪门，可我没有——”

他不容她说完，冷冷地打断她：“你回羊府去吧。”

献容没明白，瞪大了眼睛看向他。

阿曜将手背在身后，拒人于千里之外的冷淡令人心寒：“我不打算继续找了，所以，你也别再带着我参加这种无聊的宴会。我跟这些人不是一个世界的，他们的一切都让我憎恶。”

献容想到了灵儿姑娘：“可是——”

他再次打断她，目光冰冷如电：“没有什么可是，我厌倦了。”

阿曜说完便转身离开，不容置疑地叫阿乐驾车回去。临上马车前他曾有过片刻犹豫，却始终没有回头。

献容一个人被孤零零抛在了何家，满心疑惑加万分不解。他这是怎么啦？从未见过这样冰冷冷的柳公子，完全变了个人似的，陌生得可怕。

直到回到羊家，献容一直在想着柳光明今天的古怪言行。他那语气绝不像是编造出来的，他难道真的经历过极度的饥饿？他不是有钱的庶族吗？为什么会有那样惨痛的经历？自己对他，到底了解多少？

河东柳家嫡三公子在何家宴席上一言不发扬长而去，此事立刻传遍了洛阳士族。许多士族对他的无理举动极为不满，何劭更是放言日后不许他再登府拜访。

古丽气冲冲跑来问罪："为什么要这么做？何劭可是朝堂上最有权威之人，他放言不让你登门，意味着许多士族都会对你关上大门——"

阿曜只冷冷看她一眼："我的目的是找沈锦绣，不是跟这些败类交际往来。"

"可是，打入士族内部套取情报也是我们的任务——"

阿曜打断她："那是你的任务，不是我的。"他向古丽伸出手，"给我，羊府的布局图。"

古丽仍想隐瞒，阿曜犀利地盯着她："我知道你已经拿到了。"这么多天了，以古丽的办事能力，一张小小的地图绝对不在话下。

古丽无奈，只得从袖中掏出一卷纸递给阿曜："羊府戒备森严，护卫众多。就算有这张图，潜入也是相当危险。现在羊献容对你极有好感，何不利用——"

阿曜打断她："从她那里套消息太慢，我等不及了，今晚就去羊府。"

阿乐匆匆跑入："羊献容的侍女春儿来了。"见古丽和阿曜向他看来，阿乐笑了笑，"春儿说，明日是名士王导邀请洛阳众高士清谈，她家小姐想知道柳公子是否愿往。"

羊献容这说法给足了阿曜面子，其实王导家的邀请席位哪是这么容易得来。王导出身琅琊王氏，风姿飘逸，清越弘远，声名远扬。若能被他邀请参加清谈，便意味着正式跻身名士之流，那可是石崇王恺这类土豪难以企及的。若非他是琅琊王司马睿的挚友，献容得以讨到一张门票，寻常士族可是连王导的衣角边都摸不到。

岂料阿曜摇头：“你去告诉春儿，就说我抱恙在身，不去了。”

古丽气急败坏：“你疯了吗，王导可是天下名士的楷模，这么好的机会绝不能白白浪费——”

阿曜不理睬古丽，抬高声音继续对阿乐说：“还有，告诉她，我明日就会离开洛阳，从此不再回。山高水长，就此别过。”

阿乐猛地意识到了，凝重地看向阿曜：“你打算今晚动手？”

见阿曜点头，阿乐急道：“我跟你去。”

古丽对阿乐严厉呵斥：“不行！”她看向阿曜，语气凛冽，“你如果执意要去，就只能你自己一个人去。我不能让整个白羽舞团都陷入危险。”

阿曜将图纸收入怀中：“这是我自己的事情，你们不必插手。”

阿乐仍想说什么，却被阿曜打断。他拍了拍阿乐的肩膀，给他一个安心的眼神：“放心，我一个人行动更方便。你先去打发了春儿，将行李准备好。一旦得手，我们立刻离开洛阳。”

古丽反对：“不行，我还没收到撤退的通知——”

阿曜冷眼看向她：“你和白羽舞团留在这里，我和阿乐先走。”

古丽张了张嘴，却没再说什么。她知道阿曜从不肯听她的，这世上能收服他的唯有那人。可那人并没有指示古丽，杀了沈锦绣之后该如何继续布局阿曜这只棋子。

她看着那颀长隽秀的背影匆匆离去，嘴角浮出一丝冷笑。真是太天真了，真以为完成任务后就能如愿得到自由？那人不将棋子榨干用尽决不肯罢休。而你被罩在他手心中，只是一只小小的，随时可以捏碎的蚂蚁。

阿曜穿好夜行衣，做着最后的准备。他慢慢将几案上的打火石、地图、匕首、狼牙簪子放入袖袋，将一柄短剑插入腰带。最后剩下的是那个锦袋，他犹豫片刻，还是将锦袋收入怀中。突然，他觉察出身后有人，利索地一转身，将来人摔在榻上，以手肘扣住胸口，短剑出鞘抵在脖子上。

古丽有些受惊，却仍是媚笑："好身手。"

阿曜收起短剑："为何不敲门？"

古丽慢悠悠坐起，神情慵懒魅惑："想来看看你准备好了没有。"

"已经把布局图都背下了，还有什么要叮嘱的？"

古丽向他摊开手，掌心里是一颗药丸："万一行动失手……与其在酷刑下招供，不如自我了断。"

阿曜心里一紧，看着她掌中的药丸。沉默片刻，将药丸拿起，塞入袖袋。

古丽拿过阿曜的手，将他的掌心摊开，在上面细细地画圈："这只手，今晚就要沾上血了。这血污一辈子都洗不掉，会住在你心里，越来越稠，越来越大……"

阿曜猛地抽回手，冷冷地站起："我要出发了。"

古丽看着他的背，宽阔的肩部，紧致的腰身，被黑色紧身衣勾勒出性感的倒三角。她从身后抱住他，贴上他宽阔的背，毫不遮掩地诱惑："还有时间。要不要……我来安慰你……"

阿曜尴尬，想要拉开古丽的手。古丽却抱得更紧，嘤咛一声，声音更像是在呻吟："跟我，你不必有任何心理负担，我本就是用来安慰男人的。你释放一下自己，也许，弦就可以不用绷得那么紧……"

阿曜皱了皱眉，冷声问道：“这就是你要的条件吗？”

古丽愣了一下，阿曜慢慢转过身来。虽直直看着她，眼里却是冰冷如霜：“若你想要的是这个，那我答应你。”

古丽这才回想起来。当初阿曜托她打探杨嫣的消息时，她依照惯例讨价还价：“我凭什么帮你？”

“你想要什么？”阿曜嘴角上扬，自嘲地笑了笑，“你该知道我能拿得出什么。我只有自己一条命，还有个病恹恹的妹妹。”

“可你还有个不一般的身份——”

他飞快打断她：“这身份只有那人肯给，我才有。”

古丽思索片刻：“好，我帮你找这女子。作为交换，你必须答应我一个条件。”

阿曜皱起浓眉：“什么条件？”

古丽娇媚地笑了：“我现在还没想好，先欠着。未来当我想要索取时，你不能拒绝。”

阿曜点了点头，这是他唯一能给的了：“只要不伤天害理，什么条件我都答应。”

如今，阿曜问的正是此事。古丽原本像条鳗鱼一般黏在他身边，此时即刻退开一步。她才不会傻到把盟约白白浪费在这种事情上。阿曜得了自由，健步往外走去，古丽仍有些不甘心，冲着他背影喊：“你是不需要女人安慰，还是不需要我的安慰？”她刻意在“我”字上用力强调。

阿曜头也不回：“都不需要。”

古丽羞愤难忍：“你就这么看不起我？”

男人个个都是这样。想跟你上床，什么甜言蜜语都会说。下了床就开始道貌岸然，指责起她水性杨花、人尽可夫。

阿曜已走到房门边，顿住脚步，转过身来："我从未看不起你。一个为族人牺牲自己的女人，不该被人看不起。"

阿曜眼中只有怜悯，没有掺一丝杂质。古丽见过太多赤裸裸的眼神，除了欲念，看不到任何尊重。这是她第一次见到男人用不带欲望的怜悯目光看着她，古丽所有娇媚的表情瞬间崩塌。

阿曜没再说什么，转身离去。古丽看着他的背影，眼神思量，神色复杂。

高大的围墙，暗影幢幢的院落，在黑夜笼罩下隐隐显出森然的气氛。

一队巡夜的护卫走过，黑衣蒙面的阿曜悄无声息从房顶跃下。他抬头看向牌匾，"思过居"三个章草字体在月光下朦胧可见。

蹑手蹑脚推开房门，阿曜悄然走入。房内虽陈设华丽，气氛却有些凄凉寥落。烛台上只有一支蜡烛亮着，风吹过，烛光飘摇，平添了几分阴森。

前方轻纱帐后隐隐现出一张大床。纱帐扰动，能看出床上似有个女人躺着。阿曜紧紧盯着纱帐，深吸一口气，屏住呼吸，慢慢向那张床走去。

走近纱帐，他已能看到床上躺着的人影，双手不禁微微颤抖起来。刚往前踏了一步，突然地上青砖翻起，阿曜身子往下急坠！

锦献山房内，羊玄之早已就寝。床头有根细绳，上面系着一个铃铛。他正安睡着，绳子震动，铃铛响了起来，在寂静的夜里显得格外刺耳。

羊玄之睁眼，猛坐起身。

陷阱内，急速下坠的阿曜将短剑猛插入壁中，稳住身子，左脚点阱壁向上腾起，右脚再借力短剑柄，重新跃回地面。阿曜惊魂未定，往下探看，坑底是一排排朝上的尖刀，顿时冷汗涔涔。

他吸一口气，稳住自己的情绪，看向纱帐后的大床。慢慢靠近，猛地将纱帐掀开，一排飞刀迎面射来。这次阿曜早有防备，俯身避开，向床上扑去。掀开被子，一个长发女人正背朝他卧着。

其实阿曜只要停下来细想一想，便不会做出接下来的愚蠢举动。他触动了机关，又是陷阱又是飞刀，那床上的女人怎会一点反应也无，还在安心睡着觉？

可当阿曜见到床上的女人，不对，他只见到了背影。思绪紊乱纷繁，诸般杂乱的念头如潮水般涌来，令他失去了平素冷静的判断能力。他颤抖着伸出手，去翻女人的肩膀。

他只想问出那句藏在心里、折磨了他许久许久的话。

女人慢慢翻转过来，可入手的感觉却绝不是一个人体该有的重量，这是个人形布偶！

机簧响处，床头射出一支短箭！

阿曜正心神大乱，不提防被冷箭射中左边肩头。当剧痛传入大脑，他才醒悟，中计了！

第十五章

遇　险

●

献容扶住一处墙体，巧妙地一推，竟然开启了一扇暗门。

思过居外，羊玄之披着一件匆匆抓起的外衣，对护卫首领羊勇下令："将思过居围起来！"

羊勇做个手势，带着一队人四散开来，羊玄之则亲自带着几个侍卫冲入思过居。

门被大力推开，面露杀气的羊玄之闯入。他看了看已经开启的暗洞，还有地上横七竖八的飞刀，急忙奔向大床。他拿起床上的布偶，眼光看向床头设置暗箭的地方，机关已经启动。将床上的被子掀掉，再查看各处，并无箭柄掉落。

羊玄之大喊："贼子中箭了，赶紧搜！"

侍卫发现地上有几滴血，一直延伸到窗口："贼子从窗口逃出了！"

羊玄之吩咐："一定还在附近，快散开搜！"

侍卫们得令，蜂拥散开，布下天罗地网抓捕贼人。羊玄之看了看手中的布偶，嘴角露出阴冷的笑意：“跑不远的！”

夜色掩映下，院落之间的寂静巷子中跑来一个黑色影子。阿曜左肩上仍插着箭，血在滴滴答答往下流。他一手按在箭伤处，企图阻止血流的速度，费力拖着脚步逃。身后远远有脚步声，他听到有人大喊：“血迹往那边去了！”

另有个喊声回应：“老爷吩咐了，一定要抓活的！”

决不能被抓住！他咬紧牙关，使出全身力气逃命。

此刻，献容的闺房内，她还没睡，正用小药碾磨药。

献容的房间跟一般士族小姐的闺房不同，左边靠墙一排全是书架，各种卷轴将书架堆得满满。右边靠墙处则是一个个柜子，小抽屉里全是草药，连几案上都摆放着药材。墙上挂的是献容手抄的《三都赋》。十年前，大文豪左思做《三都赋》，时人争相抄写，竟使得洛阳城的纸供不应求，纸张大涨价，为后世留下了“洛阳纸贵”的美名。献容喜欢左思的文辞大气磅礴，花了好几个月才认真抄写完全。

羊玄之曾尝试劝说女儿几句：人家闺房里都是香粉味，摆着漂亮的花花草草。你这里却是满屋子的药味，好不容易摆些盆栽，也是各种奇形怪状的草药，哪像个大家闺秀的样子。

每每这种时候，献容便使出撒娇发嗲的手段，将她爹哄得心花怒放，不再数落她学医的罪状。献容一直庆幸自己有对好父母，能由着她的性子任她做自己喜欢的事。

献容听到外面传来嘈杂的声音，颇觉奇怪，走到门边。正打算开房门，门从外被推开了，是春儿，气喘吁吁地说：“小姐，府里进了贼，正在抓呢。老爷吩咐让你待在屋里别出来，一会儿会有护卫来日曜阁守着。”

献容慌乱地点了点头：“哦，好。”

献容并不知道，那个贼此刻离她很近，就在她院子外的长廊处。

一队护卫手执武器匆匆走入长廊，一人查看地上："血迹在这附近消失了，大家散开来搜！"

护卫们四散开来，连草丛也不放过。拉网式搜捕过后，没发现人影，护卫们又继续找下一处。

此时的阿曜正躲在房梁上，侥幸逃过了这轮搜捕。箭头仍插在肩上，他不敢拔出，只能用一片衣料死死缠住肩头，不让血继续流出。他从房梁上跳落，这种平常再轻松不过的动作却让他一阵头晕目眩，差点昏厥过去。他嘴唇发紫，好不容易撑着廊柱支起上半身，用沾满血的手，从袖袋中拿出那颗古丽给的药丸。

种种症状表明，他中毒了。这毒药的药性并不强，起码不会立刻要了他的命，估计是因为羊玄之想要抓活口。此刻他浑身无力，绝没有机会逃过下一轮搜捕。他不怕死，可他不想现在就死。一阵脚步声由远及近，朝着他这里而来。他眼里流出痛苦之色，慢慢将药丸放到嘴边。

脚步声已经离他很近了，再有片刻就能看到他瘫在地上。他已放弃逃跑，反正不可能逃过。突然一个声音大喊："老爷吩咐了，你们几个去日曜阁！"

药丸已在嘴边，阿曜手一顿，看向前方。被黑暗勾勒出的亭台楼阁很是秀气，原来这里就是日曜阁。

出发之前，古丽指点地图上的路径："你可以从此处翻墙入内，这里离思过居最近。"

阿曜第一次听到这名字："思过居？"

"就是沈锦绣的庭院。这里护卫人数最多，每隔半个时辰巡视一次。思过……"她扑哧一声笑了出来，"看来她也知道自己犯了什么过错，天天面壁思过呢。”

阿曜沉默片刻，试探着问出：“那她……犯了什么过错呢？”

古丽眼珠转了一圈：“我哪里知道，你得问那人去。”

阿曜没再说下去，指向地图上标着“日曜阁”之处：“这是什么地方？”

古丽饶有趣味地笑了：“这就是羊献容的闺楼。人家的闺楼起的名儿都是什么香，什么梅，这位羊家小姐倒是特立独行。日曜阁，光辉照耀之处。你的名字竟镶在其中，你说巧不巧？”

阿曜心思一动，心底竟隐隐生出一丝难言的感觉。他问自己：真的是巧合吗？

肯定是巧合！

他本以为，自己无论如何都不会去这个叫日曜阁的地方，可此刻居然误打误撞来到了这里。这是冥冥中的定数吗？难道，自己真还有机会活下去？

阿曜手里仍拿着药丸，略显涣散的眼神看向夜幕中秀气的阁楼。

羊玄之走入献容房间，献容急忙迎上。她已卸了妆，如黛秀发披散在肩上，慵懒的神情仿如刚睡醒的小猫。

春儿给献容披上外衣，献容一脸疑惑：“父亲，这么晚了——”

“见过可疑之人吗？”

献容摇头。

羊玄之神情严肃，声音沉重：“有人看到贼子朝这边逃来，还在院外发现了一摊血迹。”

献容“呀”了一声，缩了缩肩膀。

羊玄之见她害怕，语气变得柔和：“别怕，为父已调遣护卫守住日曜阁。”

“是什么人敢闯羊府？”

羊玄之冷哼一声：“不怕死的毛贼而已。”他眼神一转，变得冰冷狠戾，“不管是谁，只要敢动我羊府的人，都会叫他付出代价！”

献容第一次看到父亲流露出这般叫人害怕的神情，不由心颤一下。

羊玄之正要离去，眼角扫到窗边地上有血迹，眼神一凛，朝外大喝道：“来人！”

羊勇带着几名护卫跑进来，羊玄之吩咐：“贼人进了小姐的屋子，立刻搜，每个角落都不可放过。”

护卫们散开，在献容房间四处搜索。献容娇嗔：“父亲，我跟春儿一直在房里，没人进来啊。”

羊玄之指着地上的血迹：“那这是从何而来？”

献容将手指头伸给父亲看，一只拇指被包扎得严严实实：“是我刚刚切药时不小心切到手了，春儿帮我包扎的。”

春儿小鸡啄米般点头。羊玄之看向几案，上面放着切药的刀，刀上似乎还残留着血迹。

羊玄之瞪了一眼女儿：“怎么如此不当心？女孩子家学什么医术，又不以此为营生。”

献容吐了吐舌头，一脸娇憨的小女儿态。她扭头看到羊勇正站在她榻后查看被纱帐遮挡的暗门，皱起眉头，双手抓住羊玄之的袖子：“父亲，女儿还没出阁呢，这么多男人在女儿房里……”

羊玄之对护卫们挥手：“都撤了吧。”

羊勇正打算推暗门，听到羊玄之的吩咐，缩回了手。

护卫们悄声离去，羊玄之对春儿叮嘱：“守着小姐，有何异动立即叫护卫。”

春儿行礼答“是”。

羊玄之离去后，春儿关上房门，吓得瘫软在地。献容松了一口气，对春儿低声吩咐："你守在房里，若有任何人来，就说我睡了，谁都不见。"

叮嘱完毕，献容匆匆拿上一包急救物品走入纱帐后。谁都以为这里是一处空空的墙壁，只容一人侧身走过。献容扶住一处墙体，巧妙地一推，竟然开启了一扇暗门。这门只有少数几人知道，护卫首领羊勇也知道，所以他刚刚便冲着这里搜索。幸好羊玄之对女儿深信不疑，否则羊勇要是打开暗门，一切就都露馅儿了。

至于为何一个女儿家的闺楼竟会安置隐秘的暗门，羊献容自己也难以解释。她只知道，羊家凡是重要的地方，诸如父亲的书房锦献山房，母亲的住处思过居，等等，都有可以藏身的秘处。羊献容把这归结为：父亲在外带兵打仗多年，养成了未雨绸缪的习惯。即便如今三分归晋，天下承平已数十年，羊玄之仍有着强烈的忧患意识。

羊玄之怎样都没料到，自己用来保护妻儿的暗室，竟被女儿用来藏毛贼。

献容手执烛台走入暗室，迎面一把匕首正指着她。烛光照亮了匕首，寒光四射，冷气逼人。

献容吓了一跳，急忙低声："是我！"

阿曜紧握着匕首，直挺挺站着。即便献容发出声音，他也没任何反应。

献容大惊："柳公子！"

阿曜其实早已昏迷，只是靠着一口气强撑在那里。此时，他的身体瘫软下来，向前倒下。就在将要碰上地面之前，献容接住了他的身体。

献容被冲力所带，往后跌倒，跟阿曜滚在一起，他趴在了她身上。

献容万分尴尬，推一推他，却是毫无反应，他的身体沉得像一截铁锤，浑身烧得滚烫。

献容毕竟是学医的，立刻将尴尬抛之脑后，眼下这情形真的非常糟糕。

费力将阿曜翻个身，献容伸手脱他的衣服。阿曜烧得迷迷糊糊，感觉有人似乎在扒拉着他的衣服，他无力地握住那只柔软的手，呓语呢喃："不要脱……"

献容又羞又窘："你以为我愿意，不脱怎么治伤？"

阿曜仍在昏迷中，没有听到她的话。献容其实也没胆将个大男人剥光，索性不再脱了，用剪刀将他的伤口部位剪开。看到箭头插着的位置，血流出来竟是黑色的，献容大惊。

箭上有毒！

昏迷中的阿曜正在做梦。

那漂亮的小女孩正大笑着，纯净的笑声如铃铛一般清脆动人，丝丝沁入心脾。他想跟她一起笑，却被一阵剧烈的疼痛折磨醒了。刚要呼痛，嘴里却被塞入一截木头。迷糊中，阿曜看到一个清丽的身影，正从他肩头拔出那支毒箭。

阿曜吐出口里的木头，向那笑容美丽的女孩伸手，眼里满是期许与欣慰："你……是你……又来救我了……"

献容手上沾满血，诧异地看向柳光明："我？又……"

他眼睛虽大睁着，眸子里却无焦点，茫然盯着虚空。献容知道，他只是暂时被疼痛刺激，其实意识并未真正苏醒。献容将被吐出的木条又塞回他嘴里，狠着心将他伤口处泛黑的皮肉割开放血。他痛得浑身直冒冷汗，脸上痛苦的表情不忍直视。

好不容易做完了这一切，献容为他的伤口撒上止血药。幸好她这里药都是现成的，箭头上涂的也非什么厉害的毒药。不是她夸口，洛阳城内再有钱的士族也拿不出比她更好的药。可是，药材和医术再好，他中箭后强撑奔跑了许久，毒性已侵入身体。虽已拔除大半，接下来就要靠他自身的抵抗力去对抗残留的余毒了。

献容正为阿曜包扎伤口，不提防一只手被轻轻握住。献容窘迫地看向阿曜，只见他仍昏迷着，嘴角露出一丝笑意。惨白的脸上因着这笑意，略有了一线生气。

献容轻轻推开他的手："做什么好梦呢？"

阿曜的确是在做好梦。

他梦到自己又回到了十五岁，回到了那个破庙。他趴在草堆上，伤口真痛啊，痛得他睡不着觉。有人在推他，他茫然醒过来，看到阿乐蹲在火堆旁咬牙切齿："那小姑娘果然跑了！都是你心软，不肯让我绑住她！"

他勉强坐起身，环顾四周，女孩真的不见了。她的外衣还丢在角落里，早已被阿乐弄破，没法穿了。阿曜有些奇怪。女孩只穿了一身中衣，搭配一条白色裤子。那个时代的女子必须外穿襦裙，绝不可以裤装出去见人。何况她是有教养的官家女子，传出去的话她不用活了。所以他们也就捆了她的手，没有绑住腿。

阿曜摇了摇头："也许只是去方便了。她是个女孩子，不好意思在近处——"

阿乐气急败坏打断他："什么方便，我看就是逃了。滑不溜秋的小狐狸，抓到了，看我不好好修理她！"

阿曜站起，从火堆里抽了两根柴火，递给阿乐一根："我们分头去找。"

他倒是不担心她会逃跑。现在是夜半时分，一个女孩子家能跑去哪里。他更担心荒山野岭的，她不害怕吗？

阿乐拉住了他："你待着养伤，我去找就行。"

阿曜摇头："伤口没事。两人去找更容易找到。万一她真的逃走，这里我们也不能再待下去了。"

梦中的场景变了，不再是那个破庙，他孤身一人在树林里深一脚浅一脚走着。黑夜将山林勾勒出模糊而恐怖的形状，耳边时有窸窸窣窣的怪声。他正觉得害怕，身上越来越烫，左肩处似在被火烧灼着，烫得他难以呼吸。

阿曜昏迷着，额头上尽是汗水，身下也被汗水浸湿了，浑身似泡在滚烫的热水中。献容摸上他额头，吓了一跳，他在发高烧！

献容叫春儿赶紧去打水。春儿送水进来，本想帮小姐一把，献容却让她继续去打水，这一盆水完全无法让他降温。献容从水盆里拿出巾子，绞干后放上阿曜额头。等再绞干一块巾子，前一块已经被烫热了。

有人轻轻敲门，献容开了门，春儿气喘吁吁端了一盆水进来。献容接过水，将面前一盆已被焐热的水交给春儿："再去打一盆来。记得，要用刚打上来的井水，那水凉。"

春儿喘着气点头，端着水盆离开。献容摸一摸阿曜的额头，依旧滚烫。才这么一会儿又热了，单靠额头降温没有用，得全身一起散热！

这念头刚起，献容便犹豫起来。全身散热，意味着她得为他脱衣。他是个男人，而自己还是个未嫁女子，若是消息传开，她还怎么做人？平日里，她可以叫个男仆来做。可如今满府正在搜寻他的下落，除了她羊献容，没人能帮到他！

她犹豫许久，看到他之前惨白的脸如今已是满面通红，额头鼻尖不停渗出细汗来，终于下定决心。她给自己鼓劲：“医者父母心，羊献容，你是在救人！”

献容猛一吸气，闭眼解开阿曜的衣服。她摸索着，以巾子擦拭他的身体。这样闭眼乱擦，手总会无意中碰到他的肌肤。触手自然是滚烫，献容却被那滑滑的手感吓了一跳。这不是第一次触到他的肌肤，可之前为阿曜化妆时太过紧张，她并没有去留意碰上他是什么感觉。这次却不一样，她得大面积为他擦拭身体。人的肌肤竟是那样奇妙，男人肌肤的触感跟女人完全不一样。那温润的肤质，细腻的肌理，紧绷的肌肉，手下感受到的一点一滴都在提醒她，这是个跟她完全不一样的异性。

献容发现，她一点都不排斥触碰他的肌肤。

献容小心擦了一阵，再换上冷巾子继续擦。眼睛完全闭起真的太影响干活了，何况献容也担心闭着眼会无意中触碰到令她尴尬的部位。她给自己鼓劲，反正都已经到了这个地步，再闭眼也太矫情了。索性睁开眼，心里念叨着“这只是个病人，这只是个病人”，大义凛然地看向他。

献容发现，她太高估自己的意志力了。

躺在地上的可是寻遍全洛阳都难找到的俊男，而且是集健美与俊逸为一身。他的衣裳敞开，露出精壮的结实胸膛，宽阔的肩部肌肉，微微下陷的小腹上隐隐显出块块腹肌形状。再加上俊美的五官，阳光健康的肌肤，再矜持的女人也难以移开视线。

昏迷中的阿曜并不知道有个女子正呆呆盯着他赤裸的上身。他仍沉浸在梦中，仍是那个十五岁的逃亡少年。

第十六章

梦境与现实

●

女孩的心思像是五月的阴晴天，说变就变。他走也不是，留也不是，只能说：“那，那我在附近好了。”

十五岁的阿曜执着火把在树林中搜索，伤处仍时不时剧痛，走上一段就得停下来歇息。树林中寂静无声，偶尔几声猫头鹰的怪叫，听上去阴森可怖。

有个人影在前方跑过，阿曜大喝：“站住！”

人影没有停住，阿曜举着火把追赶。他力气不支，跑几步便停了下来，喘着气大喊：“这里晚上有野兽出没，还有毒蛇蜈蚣什么的，你要是希望明天早上我们来为你收尸——”

稚嫩的尖叫声响起，人影站住了。阿曜慢慢走过去，火把照亮了前方浑身战栗的女孩。

看见女孩好好地站着，阿曜松了口气，正打算朝她走近，女孩大喊：“别过来！”

阿曜好声好气劝道：“姑娘，我和我兄弟都不想为难你。等我们脱困了，一定会放你走。你一个人晚上在林子里不安全，跟我回去，好吗？”

阿曜向她靠近，女孩却是不停往后退，神情越来越古怪。阿曜奇怪，那身中衣不是将她裹得严严实实么，又不是赤身裸体，干吗这么害怕？女孩转身想跑，火光照亮了她的白裤子，臀部位置竟有一片血污。

阿曜吃了一惊：“你怎么了？哪里受了伤？”

女孩跑得更快。黑灯瞎火的，女孩慌不择路，竟撞上了一棵树。那“咚”一记闷声，连阿曜都替她疼。女孩蹲在地上，捧着额头“哎哟”“哎哟”叫唤几声，索性双手抱膝大哭起来。

阿曜知道她自从被劫持后一直装强悍，其实心里害怕得紧。设身处地想一想，换成是他，不见得能比她更坚强。眼前这女孩虽然长得比灵儿更高些，年纪只怕比她还小呢。阿曜小跑着赶过去，不知为何，他心里着实有些心疼。灵儿每次哭，他都束手无策。如今这女孩哭，他更是不知说什么，只会笨拙地安慰：“别哭了，别哭了好吗。”

女孩见他已经跑到自己面前，大吼一声：“说了让你别过来！”

阿曜站定了不敢再向前：“可是你受伤了，让我看看到底伤在哪里。”

女孩更是号啕大哭起来：“不是说会放我走吗？现在就让我走吧。我好歹算是救了你，你放我走好不好？”

阿曜束手束脚走到她面前，小心蹲下：“就算现在放你走，这么大一片林子，你也找不到出路。明天一早好吗，天亮了一定让你走。”

女孩不理睬他，哭得更厉害了。阿曜实在不知道该拿她怎么办，他只吓唬了她一下，额头的疼这会儿也该缓解了，怎么还在哭？他愈加手足无措，又担心她的伤：“你先让我看看你的伤势，到底伤在哪里？”

女孩泪眼婆娑看向阿曜。火光下他脏脏的脸上满是焦急，晶亮的双眸关切地看着她。女孩窘迫，垂头低语：“我……我没受伤……”

阿曜不明所以：“那怎么有血？难道是从我伤口上蹭到的？可是，怎么会蹭到你裤子上呢？”他记得女孩为他拔箭头包伤口时，明明还穿着外衫呀。

女孩收住了哭泣，头垂得更低：“你……你就别问了……”

阿曜还是一脸莫名，傻傻地看着女孩。女孩见他那副呆样子，实在羞得难以启齿，却又无人可以帮忙，只得捏着嗓子，声音细得如同蚊子叫：“我……我……那个……”她咬了咬牙，眼睛一闭，以赴死般的神情说了出来，“癸水来了……”

“什么鬼……”阿曜初时莫名其妙，过了一会儿才反应过来，瞬间红了脸，急忙转过身去。他幸好有个妹妹，对女孩家的事还懂个一分半分。否则，若是阿乐那种粗人，只怕更是不知道什么叫“鬼水”。

阿曜背对着女孩，有些明白了她刚刚为什么大哭。嗯哼一声，清了清嗓子，轻声问道：“你……你是因为……这个……才逃出来的？”

女孩低垂着头，好半晌才闷闷地“嗯”了一声。阿曜手脚都不知往哪儿放，猛地站起身打算离开。女孩急忙叫住他：“你去哪里？”

阿曜回头，又赶紧转过头，窘迫地嗫嚅：“我，我，你不是叫我别过来吗？”

女孩气急：“你走了，有野兽怎么办？”

阿曜无语。女孩的心思像是五月的阴晴天，说变就变。他走也不是，留也不是，只能说：“那，那我在附近好了。”

女孩仍是不放他走，咬着嘴唇，求助地看向他：“你……你能帮我吗？”

阿曜猛地回头，眼睛瞪得溜圆。舌头像是被打了结，语不连贯：“怎……怎么帮？”

女孩愣了一下，然后一脸颓然，又开始抽泣："我也不知道……我是第一次……这荒郊野外的，我该怎么办？"她越哭越伤心，以脚跺地，"我要我娘……"

阿曜先是没明白。好好的怎么又哭了，眼泪跟开闸的水一样，说来就来。后来渐渐明白过来了，原来这小姑娘是……那个……第一次……难怪把她吓到了。

他的脸更红了，想想眼下的情形，自己也觉得很头大。小姑娘平常在家肯定有一堆的丫鬟奶妈服侍，这种事不需要她操心，自会有人为她做得妥妥帖帖。可如今什么都没有，只有一个半大的傻小子在身旁，难怪她绝望得直哭。

阿曜语无伦次地安慰："那个，别哭了，我，那个……"他看向哭得好不伤心的女孩，咬了咬牙，"我来帮你好了。"

哭声戛然而止，女孩张嘴瞪着他，下巴上还挂着摇摇欲坠的泪珠。

献容面前放着好几盆水，她将巾子放入水中，疲倦地抹去额头的汗水。折腾了一整夜，天快要亮了。阿曜仍在昏迷中，脸色却好了许多。

献容摸他的额头，再摸自己的额头，松了一口气："烧终于退了……"

幸好她施救及时，再加上他身强力壮，总算是逃过了一劫。

轻轻的敲门声响起，是春儿，端着一个托盘走入，上面摆了一套男装："从羊军那里拿来的，是套没穿过的新衣。"羊军是管家羊喜的儿子，最近正对春儿展开强劲的追求攻势。

献容接过托盘："我吩咐的事，跟他说了吗？"

"天亮之前他会做好。"

献容还是不放心："跟他说过绝对不许泄露吗？"

春儿赌咒发誓："小姐放心，他嘴很牢的。"

献容逗春儿："我当然放心。你看中的人，怎会不可靠？"

春儿害羞地捂脸："小姐……"

献容笑，又细细叮嘱："你就说我昨夜受了惊吓，必须静养，不许任何人来我屋里。还有，多拿些吃的来。"

春儿立刻恢复了机灵模样："奴婢知道该怎么做。"

春儿离去，献容关上暗门。她回到阿曜身边，又开始犯难。他的衣服上沾了不少血，又被她用剪刀剪出个大洞。这些倒也罢了，关键是那衣服已经被汗浸湿，再穿下去对他病体不利，无论如何都得换掉。

献容苦笑，这辈子都是别人服侍她，没想到碰到了这个男人，她做了太多不该是贵族小姐做的事情。如今，连贴身伺候人的活计都开始干了。等他醒来，打死都不能向他承认干过这些。

献容看向沉睡的俊俏男人。昏迷中的阿曜嘴角又挂上了笑容，仿佛做到了好梦，眉间愁容尽散。献容平日见到他时，总觉得他似有什么心事，不经意间时常会露出一抹忧伤。如今他静静躺着，面容平静安宁，嘴角一丝淡淡的笑意。这样放松的状态，是她第一次见到。

她轻语："难道，你只会在梦里放松自己吗？"

献容其实错了。阿曜时常做噩梦，极难得能做这么美的一个梦，他真想永远沉醉其中不再醒来。

地上生起一堆火，男孩和女孩坐在火边。女孩脸色绯红，抱膝盯着火堆，男孩低头默默干着活，谁也不说话。

阿曜将已经燃尽的草木灰收集起来，放到女孩的帕子里，红着脸解说："你将这些用干净的布裹起来，这能吸……"

他不好意思再说下去，不过女孩毕竟学过医术，已经懂他的意思了。女孩窘迫地接过帕子："你怎知道这些女子的事情？"

阿曜的脸红得似要滴血，眼神躲躲闪闪："我有个妹妹……那个……我得帮她收集这些……"

作为尽职的大哥哥，阿曜在烧火时得帮灵儿收集起干净的草木灰，他们得把一切可用的资源都用上。贫穷人家没资格矫情，阿曜这么大了还得跟妹妹睡一个帐篷，因为他没钱再搭另一个。所以，女孩子的事情，他还真知道一些。

女孩忘了羞涩，居然一本正经跟毛头小子讨论起来："可是，我们家都是用白纸，就是祭祀那种，那样才洁净。"

这个时代，造纸方法已有极大改进，纸张极为普及。但普通人能用得起的纸仍很粗糙，唯有祭祀所用的白纸，既柔软又吸湿，白色的纸也更洁净卫生。但女孩根本没概念，这种纸有多贵，就连家境不错的庶族都用不起。寻常人家用棉花，穷苦人家就只能用不费钱的草木灰了。

阿曜倒吸一口气："我们哪里买得起纸，更别说那么好的纸了。"

女孩愣了一下，才明白贫苦人家都在过什么样的生活。没有遇到他之前，她从不知道草木灰还有这功用。

沉默片刻，她轻声问："有刀吗？"

阿曜将插在腰间的刀拔出，递给她。女孩接过刀，对他瞪了一眼："转过身去。"

阿曜急忙转过身，一动不敢动。女孩将中衣掀开，拉出内里的肚兜，这是她身上唯一干净点的衣裳了。女孩正要用刀割，见阿曜就在她身旁背对着她，女孩羞涩地喊："你走远些。"

阿曜站起往前走，走了一段距离，女孩又喊了起来："不用那么远啦。"

阿曜不敢回头，一步一步往后退着："这么远……可以吗？"

女孩轻轻"嗯"了一声。

身后传来窸窸窣窣的声音，阿曜不知道自己干吗这么紧张，他只觉得后背上有火在炙烤，热得他冒了许多汗。直到女孩纤细的声音叫他回头，他仍是身体僵硬，手脚都不知该往哪儿放。

两人坐在火堆旁，皆是一脸尴尬。女孩红着脸嗫嚅："谢谢你……"若没有他，她真不知该怎么办才好。

阿曜装作不在意，看了看天色。极远处的山边似有些转亮的迹象，阿曜回头看她："那个……天都快亮了，回去吧。"

女孩却是摇头。

阿曜奇怪："为什么不回去？"

女孩将头扭开，闷闷地说出："裤子上……都是血……"

阿曜恍然大悟，心里不由觉得好笑。富贵人家真是太喜欢穷讲究了。外衫没穿就是不雅，衣服上有血就不能见人。昨晚阿乐将干饼递给她时，她端坐着一小口一小口地吃，不知道的还以为她在吃什么大餐呢。

但他对女孩依顺惯了，转头看了看，有些犯愁："可是，溪水离这里很远，天又那么黑……"

女孩闷头不说话，阿曜没辙了，只得想主意："那，我陪你在这里坐到天亮？"

女孩想了想，点点头。手捂在小腹上，眉头微皱。

阿曜将火堆里的柴往女孩身边挪，尽量让女孩离火近一些。女孩奇怪："你在干什么？"

阿曜一边低头挪柴火，一边嗫嚅："你会肚子痛吧？暖和一些，就会不痛了。"

女孩先是红了脸，继而恍然：“又是你妹妹……”

“她每次痛了就叫我泡汤婆子给她。这里没汤婆子……”

女孩看着他挪柴火，心里飘过一丝温暖。火堆离自己近了，似乎肚子痛真的缓解了不少。女孩沉默半晌，低声说：“你还真是个好哥哥。”

火堆发出轻微的噼噼啪啪声，女孩犯困了，背靠在树上，抱着膝盖。刚想入睡，远处传来嗷嗷的狼叫，女孩被吓醒，恐慌地缩起身子。

阿曜温言宽慰她：“别怕。只要有火，野兽就不敢来。我会一直看着，不会让火堆熄灭的。”

女孩害怕地咽了咽口水：“那，会有毒蛇蜈蚣吗？”

阿曜憨憨地笑：“不会的，它们也怕火。”

女孩看了看他，见他脸上虽脏，却是忠厚老实的模样，吞吞吐吐地说：“我，我能不能……”

“什么？”

女孩鼓起勇气，直直地看向他晶亮的双眸：“我能……握着你的手睡吗？”

阿曜呆住，心怦怦直跳。

女孩很不好意思地将自己的怪癖告诉他：“我睡不着的时候，母亲就会让我握着她的手……每次我握住她的手，很快就能睡着了。”

她一脸娇憨的小女儿态让阿曜看呆了。他尴尬地扭过头，将手在脏得不成样子的衣服上偷偷擦了擦。不敢看女孩，却仍是将手伸给她，手指在微微颤抖。

女孩轻轻握上他的手，满足地叹息：“真暖和……”

阿曜的心在狂跳。他告诉自己，把她当成灵儿，把她当成灵儿。可是，这招行不通，他的心还是跳得那么急。他闭眼靠上树，伤处又痛得让他皱起眉头。他忍着表现出没事的样子，像个大人一样安慰她：“睡吧。”

女孩靠在树上，放心闭上眼睛，轻轻叹了口气："我想母亲……"

阿曜扭头看向她，因为疲倦，转眼工夫她已睡着。握住他的手似乎让她十分安心，嘴角砸吧两下，粉色的唇更显水泽盈盈。长长的睫毛上仍挂着泪珠，在火光照射下映出彩芒。

她真漂亮，像集市上看到的瓷娃娃。可他只能看，从来都买不起。

阿曜咽了咽口水。他知道，他无法把她当成灵儿，那完全是两回事。他心如小鹿乱撞，另一只手紧紧抓住地上的草根。

献容非常费劲地将柳光明翻成侧身，为他褪下一只手的衣袖。他衣服里掉出个东西，献容认出是那天为他化妆时，掉出的那个锦袋。献容拿起锦袋，不觉有些好奇。她清楚记得当时她想捡，却被他抢先捡起。他虽什么都没说，但献容能感觉出来，这个锦袋对他很重要。

献容的好奇心爆了棚，想打开锦袋一探究竟，又觉得偷窥这种事实在不是大家闺秀的范儿。正犹豫间，她的手被握住了。

柳光明仍在昏迷，却捧着她的手不肯放，喃喃呓语："我的手给你暖……"

这么暧昧的话，他是在对谁说？是灵儿？

献容心里一跳，看向他的面容。只见他笑容憨憨，像个懵懂的少年。她心里不知怎的有些不舒服，抽出手，继续为他脱衣。刚刚脱下一只衣袖，正想将他被汗水黏在后背上的衣裳掀开，阿曜一个翻身，仰面朝上，将她的手压在了身下。

他闭着眼呓语："不要脱……"

献容的手被他压着，身子被迫前倾，两人的脸之间只有咫尺距离。他身体太沉，献容一时抽不出手来，只得这样跟他大眼瞪小眼。不对，他是闭着眼的。长而密的睫毛随着呼吸微微颤动。他的呼吸很沉，鼻息一下一下落在献容脸上。献容觉得很痒，却腾不出手来。献容的脸不由自主红了。

费力将手抽出，献容窘迫地瞪他："算了，你死活不要脱，那也随你。"

此时，在阿曜梦境中，他仍沉溺在一生中最美好的时刻。

一片郁郁葱葱的林子里，晨曦初现，薄雾茵茵。阿曜的手被女孩握着，女孩靠在树上睡着了，一缕头发散落在脸上，随着呼吸一起一伏。阿曜慢慢靠近她，用另一只手将她的头发轻轻拨开。女孩脸庞如玉，安静祥和，透过树梢的光线照在脸上，仿如婴儿般的肌肤弹指即破。阿曜呆呆看着，眼神渐痴。

景物突然开始扭曲，似是水纹漾起的波澜，越荡越快。所有美丽在一瞬间坍塌，裂成无数碎片。那女孩仍在睡着，却是离他越来越远。阿曜徒劳无功地伸手，想要挽留这美好的瞬间，可女孩的面貌早已辨识不清，似被一团迷雾遮挡。阿曜想看清女孩的面容，入目的却是一张巧笑盈盈的脸，不再是稚气少女，而是独具风华的纤纤佳人。

那是……羊献容！

阿曜猛地睁眼，心跳得很急，口干舌燥。有光线刺入眼睛，是烛台发出的光，他眯了眯眼适应片刻。还好，刚刚只是个梦，羊献容并没有在他身边。喘息片刻，他觉察自己的手被什么握着，扭过头，他吓了一跳。

一名女子正靠壁沉睡，一头乌发如同墨水四散铺陈，未施粉黛的脸仿若细腻的白瓷，好似一朵清晨等待绽放的杏色牡丹。

再定睛一看，自己的一只手正被献容握在手里。

阿曜顿时心神大动，他想要抽回手，手指轻轻动了动，献容却没反应。阿曜回想起刚刚的梦境，那是他少年时的真实经历，可之前梦到时，从未有过像这次一样的真实感受。难道，这是真的？是因为献容在握着他的手，故而投射到他梦境中来的？

他没再抽出手，任由献容这样轻轻握着。

烛光照在献容脸上，温暖的光线勾勒出她的恬静安宁，温雅若兰。一缕头发散落在脸上，随着呼吸一起一伏。阿曜呆住了，这是梦境再现吗？一瞬间，那女孩与献容的脸重叠在一起，他再也无法区分。

他呆呆看着，鬼使神差慢慢靠近她，用另一只手将献容的头发轻轻拨开。

她砸吧一下嘴，微微噘唇，露出一丝调皮之色。润泽过的粉色唇瓣水泽盈盈，愈加诱人。阿曜眼神渐渐痴了。

他已分不清梦境与现实。

第十七章

日出有曜

献容笑得灿烂明媚："《诗经》云：'日出有曜。'我住的地方是光明照耀之地，阳光能照遍每一个阴暗的角落。"

锦献山房内，羊玄之正在听羊勇的汇报。他皱起浓眉，不满地看向羊勇："什么？让贼人逃了？"

羊勇惴惴低头："血迹顺着北墙一角，往外大街延伸了一丈有余，之后就再也寻不到了。"

羊玄之冷笑："本事真不小啊，中了毒箭还能走那么远。看来，下次不必想着留活口，须换用更猛的药性！"

羊勇半跪在地："属下无能，请老爷责罚。"

羊玄之却是冷哼一声，眼睛犀利地眯起："不怪你们，府里怕是有内应……"

他看向书房外一株株挺拔的竹子，捋着精心修整过的山羊胡子，心中冷笑。不管是谁，只要背叛羊府，掘地三尺也要挖出来！

日曜阁的暗室内，献容还在睡着。她累了一整晚，直到此刻才能睡上一会儿。她本有个好梦，却不知从何方吹来一阵阴风，让她不禁瑟缩了一下。幸好，手中传来一阵阵暖意，让她在梦里宽心不少。

“柳府”大堂内，阿乐急得像热锅上的蚂蚁，不停转圈。古丽端坐在榻上，脸色极其难看，鼻中冷冷地哼气：“让他不要轻举妄动，就是不肯听。如今他生死未卜，只怕会乱了我们的大计！”

阿乐面色一沉：“那是你的大计，我只管我兄弟。”他再也按耐不住，往屋外冲去，“我去羊府找他！”

古丽猛地站起：“羊府的人也在找他，你此刻送上门去是自投罗网。”

阿乐顿住了脚步，他知道古丽说的是实情，不由绝望：“不然该怎么办？”

“一个字，等！”古丽眼底闪过一丝不忍，瞬间恢复冷静，“羊玄之正在到处找他，不能因为他而暴露了整个白羽舞团。要不就是他自己回来，要不就是我们去乱坟岗给他收尸。”

阿乐愤怒地瞪红了眼：“你！”

古丽不理睬阿乐，自顾自半垂下眼帘，仿佛蒙着一层封住的薄冰，任何人都难以读懂。

时值正午，被阿乐苦苦担心的那人正在暗室内用单手费劲地脱衣，一边脱，一边遮遮掩掩。其实他完全没必要遮挡，献容正背对他端坐着，女孩子家绝不会掉转头来偷窥。

献容听到身后传来窸窸窣窣的声音，有些尴尬，嗯哼一声找话谈：“对了，你昏迷的时候，好像把我当成别人了。”

阿曜心下一惊，试探着问出：“我……没说什么或者做什么……不合礼仪的举动吧？”

献容大窘，她想起了柳公子握着她的手呓语，还压住她的手，两人之间只有咫尺距离。献容的脸不由自主红了，连忙摆手掩饰：“没有啦。你病成那样，高烧差点把脑子烧坏了，还能再说什么做什么。”

阿曜松了口气。

献容清了清嗓子，将脑中那些不合时宜的画面去除，轻描淡写地问道：“那你……是把我当成谁了呢？”

阿曜手一顿，垂下眼帘：“还能是谁？灵儿呗。我生病了，都是她照顾的。”

献容“哦”了一下，心里仍是存疑。那些无意间的举动，可不像是哥哥对待妹妹。身后的阿曜痛苦地发出“嘶”一声，献容急忙回头，原来是他换上新衣时拉扯到了伤口。阿曜疼得龇牙咧嘴，却在见到献容回头时慌忙将身子扭转一下，将衣裳遮住大半裸露的身子。

献容也忙着避开视线，想一想，嗫嚅着说出：“可要……我帮忙？”

阿曜摇头如拨浪鼓：“怎敢劳烦羊小姐。”

献容虽也尴尬，却不打算将时间浪费在客套上。非常时期非常对待，她索性不再避开视线，拿起衣裳的一角打算往他身上套：“柳公子，如今这情形，只得将就了。”

岂料阿曜眼神一凛，抬手握住她手腕。力道虽不重，那股子拒人于千里之外的态度却是明确不过。献容呆住，手臂高高举在半空，一时竟不知该如何反应。

阿曜醒悟过来，放开她的手腕：“我……不喜欢有人看到……我的身子……”

献容又羞又恼，噌地站起身：“谁喜欢看啊，没办法而已。”

阿曜哄她：“我知道，谢谢你救了我。可你是个闺阁女子，我不能损你清誉。”

献容偏过头，冷着脸轻哼了一声。整整一个晚上，为他做了太多不该做的，再多的清誉也全没了。幸好此时响起了敲门声，解了献容的窘状。是春儿的暗号，她送午餐来了。献容将食盒摆放在阿曜面前，自己走出暗室，给足他换衣服的时间。

献容在闺房里捣鼓着伤药，倒是慢慢冷静下来。说起来，柳公子这也是正常反应。之前昏迷中也就罢了，如今清醒状态下还这般贴身穿衣，实在不是自己这样身份的女子该做的。可柳公子实在太奇怪了，自从那次何劭的宴席上对她冷言相待甩袖离开后，连续几天再没找过她。献容那几日心里似有只猫爪子在挠抓，坐立不安，又不愿主动找他。

司马睿邀请献容与他一起参加王导的清谈聚会，献容却是第一时间想到柳光明。既然柳公子那么厌恶醉生梦死的权贵们，那就去与洛阳城内少数有见识有胸襟的士族青年结交。也许，能让他改善一下心情。她相信以柳公子的人品谈吐，不会被王导那些清流看轻。不料春儿却带回消息，柳公子要离开洛阳。

这实在太过意外了。他不是来寻母吗，为何只努力了半个多月就突然放弃？他难道不顾灵儿姑娘了？献容正打算去当面问清楚，不料，深更半夜他跌跌撞撞闯入她闺阁，昏迷前只来得及说一句：“请你……救我……”

献容叹了口气，掏出那个锦袋反复看了几眼。也许，打开袋子就能窥探出他几分真实的内心。可她犹豫片刻，终还是塞回了袖袋。这样的偷窥，实在不是她的风格。

献容带着配制好的伤药重新走入暗室。门打开的一刹那，靠坐的阿曜警觉地握住枕边的匕首，见到是献容，才松开匕首。他已换上了新衣，单手吃饭虽然费力，可他实在饿得紧了，几口就咽下了饭菜。

献容上前帮他换药，阿曜尽力背靠着墙，只袒露出受伤的肩头。因着换药的姿势，两人不得不靠得极近。

只要稍稍垂下视线，阿曜便能将献容那藕段一般的粉颈看个分明。献容一夜未睡，换了其他身娇肉贵的世家小姐，这么折腾一夜早已体力不支。可献容仍是生机勃勃，仿佛一股清泉，生生不息地流动着。

阿曜正惊诧于她百折不挠的生命力，献容一缕发丝掠过他的脸。那股幽香再度袭击他的心神，一瞬间，阿曜的整颗心酥软了一下。他有些把持不住，想起自己初醒来时见到的情形，偏过头去道了声谢。

献容边包扎边说：“你也救过我，咱们算是扯平了。”包扎好后，她掏出那个锦袋递给他：“从你身上掉出来的，是你很重要的东西吧。”

阿曜飞快地从献容手上取过：“谢谢，的确是很重要的东西。”转念一想，急忙问，“你有没有……打开看过？”

献容摇头：“不经允许，怎能随意动别人的东西？”

阿曜暗暗松了口气，将锦袋小心放入怀中。献容打量着他的动作，有些疑惑又有些失落。但这会儿还有更重要的事，献容盯着他的眼睛，一字一句严肃问出：“你为何要偷闯羊府？”

阿曜的手顿了顿，抬眼望向献容，终于要面对这个问题了。他深吸一口气，努力让声音平静：“我在思过居误触机关，被毒箭射中。”

“我知道。但你为何要去思过居？”

“因为思过居是羊夫人的住所。”

献容放下药瓶，警觉地问道：“你找我母亲做什么？”

“想给她看这个。”阿曜用左手从袖袋里掏出狼牙簪子。

献容猛地站起，胸口不住起伏：“我母亲不是你要找的人！”她深呼吸几下，压低声音，语气里已有愤懑之意，“我说过，她出身山东孙氏，不是庶族。更不可能在嫁给我父亲之前嫁过别人！”

阿曜仰望着献容，眼眸看似宁静无波，却又含着不见底的幽深：“你告诉我的这一切，都是她和你父亲说的吧？他们说的难道就一定是真相？”

一向好脾气的献容终于被惹毛了，竭力压抑着怒意：“我怎可能不知道自己母亲的出身——”

阿曜低沉着声音打断她：“你母亲是山东孙氏的嫡女，可孙家跟你母亲的来往屈指可数。即便你外祖父母已过世，可你的亲舅舅们为何对嫁入羊家的姐姐一直不闻不问？这正常吗？”这些消息都是他来洛阳前已探到的。

“那是因为舅舅们与母亲非一母所生，早年就不亲厚。”

“再怎样不亲厚，可家族利益重于一切，你父亲又是朝堂重臣，孙家理应多走动来维系这层姻亲关系。可为何孙家却像是与你羊家断了一切往来？”

献容愣住了。关于舅舅们，她毫无印象，脑中能搜索到关于孙家的信息也是寥寥无几。

阿曜见她已被说动，也放缓语气：“你对你母亲又了解多少？”

“那也不能说明我母亲就是你母亲！”献容愤懑地吐气。这假设实在太荒唐了，若是真的，那她跟眼前这人岂非是兄妹关系？

“我们找了这么长时间，七大世家里有可能是我母亲的人差不多都试遍了。唯有一户世家还没找过，就是你羊家。”

献容仍是难以置信地摇头：“母亲绝不会对我说谎。”

“你确定？”

献容恼怒地瞪他一眼：“我自然确定。”

“也许，她另有隐情。也许……”阿曜顿了顿，墨黑的双眸仿佛被冰封住，嘴角浮出一丝阴郁的冷笑，“她本就是冷酷无情之人。”

献容一口气哽在心口，彻底被激怒了："你不认识她，有什么资格这样评判她？她是天底下最好的母亲，心地善良，从不嫌贫爱富，怎可能抛弃两个孩子不顾？父亲也不是霸道无理之人，他对母亲百依百顺。就算母亲之前有过孩子，父亲也绝不会拦着她认回自己的儿女。"

她还真是维护沈锦绣。阿曜冷笑几声，声音带上了讥诮："如果没有隐情，那你如何解释她的住所里设置了重重机关？"

"那是因为母亲曾与人结仇，父亲这么做是为了她的安全。"献容狐疑地看向他，"你……该不会就是母亲的仇家吧？"

阿曜眸子里闪过一丝精光，仿如暗夜中升腾的焰火。他猛地起身，拉扯到伤口，身形一晃，钻心的剧痛让眼中的火焰瞬间寂灭。

献容这才想起他还是个伤病号，有些后悔自己不该挑这时候与他争论。她扶着阿曜慢慢坐下，递上水杯。阿曜喝了几口水，这才后悔自己有些话说得太过。他要的只是诱导出沈锦绣的下落，实在不该激怒献容。如今刺杀失败，羊献容已是他唯一的指望了。他稳一稳情绪再看向献容，原本苍白的脸色因着那阵子的剧痛染上红晕，反倒添了一丝难得的韵味，叫人心旌神荡。

他的磁性嗓音带着刻意魅惑："我是来洛阳寻母的。你觉得，儿子再恨母亲，会到成为仇人的地步吗？"

献容不敢直视他太过诱人的面容，低头思索片刻，觉得他说得有理："幸好你不是母亲的仇家。否则，我会恨死自己。"

阿曜目光深邃地看向献容，眼里的青色光芒一闪一闪。

暗室内，阿曜面前一张几案上有一个托盘，里面摆放着食物。阿曜将晚饭一扫而空。经过五日细心休养，他的伤口已恢复了许多。

献容坐在他身边，欣慰笑道："没想到好得这么快。"

阿曜由衷感激："是你医术高超，帮我捡回了一条命。"

献容揭开纱布查看，伤口愈合得不错，红肿已在消退。她一边上药一边说："阿乐跟春儿碰上面了，他知道你在这里，明日一早便会来接你走。"

献容每隔一段时日会去洛阳城内南市，那里有处破败的荒庙，是乞丐和流浪汉的聚集之地。献容隐瞒身份，免费为那里的人诊病。一方面是行善积德，另一方面也是为了提高医术。刚开始时，误诊或诊断不出病症也时有发生。好在都是底层的穷人们，献容怎么手忙脚乱也不抱怨，反而称她是活菩萨。献容遇上难题便去请教无住师太，时日久了，医术大有进步。

昨日本该是去南市的日子，可她要照顾柳公子，便派春儿将配好的药送去。就是在那里，春儿遇见了尾随而来的阿乐。两人互换信息，阿乐提出尽快接柳公子离开羊府。

阿曜有些为难："我肩背有伤，不能攀墙，须另想办法才行。"

献容想了想，要走出戒备森严的羊府确实不易："要不，我将实情告诉父亲吧——"

阿曜自然不同意，献容企图说服他："只要告诉父亲，你是为了寻母误中机关，误会自然能消除。为何——"

阿曜着急地打断她："我是庶族，却借着你的帮忙冒充士族。一旦被你父亲发现，后果不堪设想。"

献容愣了一下，觉得他说得也有道理，有些踌躇。

阿曜怎会不知道什么武器对献容最有杀伤力，他祭出撒手锏，语气变得极温柔，溺人的眼波更是能收割一片少女心："就算你父亲宽宏大量，没将我告上官府。只怕……未来我再也无法见到你了……"

果然，献容心如小鹿乱撞，脸上泛起了潮红。犹豫片刻，向他伸手：“将那根簪子给我吧。”

见他不解，献容解释：“在我这儿放几日。等母亲看过后，我会还给你。”

阿曜语结：“你……你不是说……”

献容一脸坦荡：“既然帮了你，就该帮到底。与其让你一直怀疑，不如我拿去给母亲看。”

阿曜胸腔微震，心神有片刻的涣散。他戴着面具与她周旋，一点点深入她的心，甚至差点丢了性命。没想到事情这么容易解决，是他们低估了献容的胸襟。此次冒险探入羊府，最大的收获便是她此刻的承诺了。这女子一次次刷新了他对她的认识，可也一次次加重了他的负担。

他心情复杂地从怀中掏出簪子，献容端详着簪子上已被磨得极为光滑的狼牙：“母亲肯定是不认得这簪子的。但是，总得给你一个交代，不是吗？”

阿曜垂下深邃幽黑的眼眸，将涌出的悲哀不着痕迹地抹掉：“不管怎样，谢谢你……”

翌日清晨，四周一片静谧，只有欢快的鸟鸣声声入耳。阳光射穿薄雾，轻轻淡淡的雾气带着几分凉意扑面而来。阿曜身穿羊府仆人的制服，随献容走出日曜阁。为防被人认出，献容为阿曜做了易容处理。贴上假胡子，加上有些病态的面色，如今的阿曜看起来就像是个四十来岁身躯佝偻的老男人。

阿曜看了看自己身上的制服，袖口上绣着一只羊做标志，不由感慨：“连家仆的衣服都用绸缎，不愧是士族。”

“我父亲不喜奢侈。只是别的士族皆如此，羊家也不得不随俗。”

献容关心地看向他的肩头，“肩膀还疼吗？”

阿曜小心活动一下肩膀，虽还有些疼，却是堪堪能忍：“没事了。”

他回头，看向晨光笼罩下雅致的闺楼，匾额上“日曜阁”三字章草如霞舒云卷，脚步顿住，问得颇有些艰难：“为何……会起这个名字？”

献容笑得灿烂明媚：“《诗经》云：‘日出有曜。’我住的地方是光明照耀之地，阳光能照遍每一个阴暗的角落。是不是很贴切？”

献容面朝旭日，带着满足的笑容，张开手臂似环抱太阳。朝阳的光芒洒在她脸上，微风拂过，顽皮的发丝仿佛有了生命般，逗弄着她的面颊。她好似刚刚绽放的牡丹花苞，清丽明媚，叫人难以收回眼神。

阿曜不由愣住，心底最深处的弦在颤动着，频率越震越大，震得他呼吸凝滞，犹如窒息。

他第一次认识这个“曜”字，是五年前杨嫣教给他的。那天两人在林子里等到清晨，他带着她在附近找到了一条溪水。女孩努力就着水搓揉裤子上的血迹，好半天才吞吞吐吐问他：“看得出吗？”

阿曜愣住：“什么？”

裤子上的血迹已经洗去，却仍有块淡淡的斑迹。女孩将头垂得更低，不自在地企图用手挡在那块水斑的位置。阿曜醒悟过来，顿时红了脸：“哦……那个……看，看不出……”

女孩蹲着，将那块水斑的部位摊开，竟是想要晒干。阿曜不自在地坐在一旁，有些焦急：“赶紧走吧，阿乐肯定等急了。”

女孩毫无想走之意：“你叫什么？”

“阿曜。”

“姓呢？”

阿曜苦涩地摇头:“连父母都不知道是谁,哪里有姓。”

女孩愣了一下:“那,是哪个耀字?”

“不会写。我只知道有一句诗跟我名字有关,叫……”他努力回想一下,机械地背出,“日出有曜。”

“我知道了,那是《诗经》里的。”女孩拿了根枯枝,在地上一笔一画写下一个清晰的“曜”:“这就是你的名字。”

阿曜看着地上写得极工整的“曜”字,笨拙地以手指临摹,描画了一阵,不由犯愁:“笔画这么多,好难写。”

女孩笑了,笑声如铃铛一般清澈动人:“给你起名字的人一定很有学问,这个字包含了他对你的期望。”

阿曜发怔:“期望?”

“曜者,耀也,光明照耀之意。日出有曜,太阳出来了就有光明,有光明就有希望。”女孩闭眼,面朝太阳站着,带着满足的笑容,张开手臂似环抱太阳。朝阳的光芒洒在她脸上,微风吹拂着她脸上细细的绒毛,好似尚在抽芽的牡丹花苞,恬静清新。

一只手顽皮地在他面前摆动:“怎么啦?”

眼前俏丽的面庞越来越清晰,是鲜活的羊献容,而不是心中那早已模糊的娇小身影。他仍有些恍惚,眯了眯眼:“许久没见过太阳了,有些晃眼。”

第十八章

月容阁

●

阿曜眼里闪过一丝绝望，怒意涌起，猛地将几案上的摆设全都扫落在地。青色瓷瓶摔在地上发出脆响，月光却将一地碎片染出柔和来。

马车早已等在羊府大门前，献容一行人顺利走出羊府，没遇上任何障碍。献容紧绷的精神终于松弛了下来，在春儿的搀扶下坐上车。春儿放下帘子，低声对献容耳语："羊军已等在柳府门口。"

献容点了点头，春儿冲外喊一声"走吧"。阿曜正准备去驾车，突然肩膀被人按住。好巧不巧，正按在受伤的部位上，随即一声喝令："站住！"

阿曜眉头一皱，强忍住伤口的疼痛，笼在袖子中的手握紧匕首，缓缓转过身来，面上却已换成谦恭的态度。

拍他肩头之人正是羊勇，带着几名护卫站在马车前。羊勇上下打量阿曜，语气有些不善："这位兄弟面生得很，怎么从来没在羊府见过？"

阿曜正寻思该怎么回答，献容已掀开车帘子："这是管家新找的车夫，有什么问题？”

羊勇向献容行礼：“老爷吩咐，所有进出府的陌生人等必须接受身份核实方能放行。大小姐这是去哪里？”

“去广化庵，好久没有去拜访无住师太了。”

羊勇看了看车内：“小姐就带一个婢女和车夫？”

“我出门不喜欢多带人，有他们俩足够了。”

“这怎么行？小的即刻召集人手，护送小姐去广化庵。”羊勇挥了挥手，立即有几名护卫走上前来。

献容皱眉：“不必了。我不愿意带这么多人招摇过市——”

羊勇却打断她：“府里前段时日进过贼人，至今尚未抓获。小的们怎敢不顾小姐的安全。”

话虽说得恭敬，却是不容否决的态度。阿曜趁着两人说话的当口看了看肩膀。伤口经过刚才那重重一按，隐约有血渗出。幸好羊府制服是紫色的，血迹尚不明显。阿曜强忍住痛，将手中的匕首握得更紧。

献容故作生气，板起俏脸训斥：“我与无住师太约好了上香的时辰，你却在这里耽搁我。难道我的话你都敢不听？”

献容虽然面上扮狠，心下却着急得很。她知道羊勇只听令于羊玄之，他若是执意，自己也没办法。好在羊勇还是忌惮她的身份，没再坚持：“小姐可要千万小心。”

羊勇侧身让开，阿曜松了口气，跳上车拿起缰绳，刚要策马，羊勇的目光瞥过他受伤的肩头，猛地伸手拦住马车，厉声喝道：“你的肩头是怎么回事？”

所有人都朝阿曜的肩膀看去，那里已湿了一小片。阿曜平静无波，说得轻描淡写：“刚经过洗衣房，有位婶子拧衣物时将水溅到了我身上。”

车内的献容和春儿连连点头，羊勇却并不相信：“水渍？”

他探手向阿曜肩头伸去，阿曜眼里闪过一丝凌厉，匕首已准备出鞘。

街对面有人大声尖叫，一下子把所有人的注意力全吸引过去。只见一名身穿粗布衣裳满脸络腮胡的男子担着一副扁担，正昂头看着羊府屋顶，浑身吓得直哆嗦。

羊勇奔过去，将那老实巴交的男人一把拉住：“你看见什么了？”

那男子指着羊府屋顶的某处，结巴着说：“有个人……有人从那上面探了个头出来。蒙着脸，一身黑，吓人得很。”

羊勇面色大变，对护卫们挥手：“快，随我来！”

献容和阿曜均松了一口气，朝街对面那男子看去。男子一头深栗长发，担起担子悄无声息地离开。阿曜忍俊不禁，又皱眉忍痛，迅速将车驶离羊府。

回到“柳府”时，阿曜已是脸色苍白，肩头伤口处已渗出大片血渍。扮成农夫一直尾随在后的阿乐急忙上前，搀扶着阿曜下车。身穿与阿曜一模一样衣裳的羊军迅速坐上车夫的位置。

羊军驾车离开。摇晃的车内，献容一直愣神，直到春儿的叫声才让她回了魂。

春儿有些不放心：“小姐这是在想什么？”

献容凝神注视着车厢内垂挂的一串风铃，随着微微颠簸发出清脆悦耳的铃声，半晌后才幽幽叹息，声音里带着怅惋：“我总觉得……他是在透过我……看着另一个人……”

春儿莫名其妙：“谁看着谁？”

献容不肯再多说什么，叮嘱春儿：“护院羊勇今早见到柳公子了，咱们回去后他见不到人，说不定会追查。若是来问，就说此人吃酒偷懒，被逐出府了。”

春儿点头。献容从袖袋里掏出一个钱袋子递给春儿：“这些给羊军。”

春儿急忙摆手：“小姐，他肯定半个字都不会说出去的。”

献容将钱袋塞入春儿手中：“他爹欠了那么多赌债，做儿子的也得帮衬些家里。”

春儿千恩万谢地接过，献容问道：“他打算什么时候来提亲？”

春儿的脸一下子涨红了，但也不回避这话题，说得颇为苦涩：“他是奴我是婢，自己哪能做得了主，就看老爷是否赏恩罢。”

“放心吧，你也知道羊家对下人绝不苛刻。我去跟父亲说，他必定会同意。”献容突然想起来了，春儿娘在春儿被卖给羊家之前已死，但好歹还有个爹在世，“你爹那儿……”

春儿一脸憎恶，冷笑道：“他？算了吧。一则他在上党，路途太远。二则，若他知道我要嫁，只怕会赶过来讨要彩礼，难保他不会狮子大开口。”

一个连老婆女儿都会卖了抵赌债的男人，能指望他慈爱嫁女？春儿出身原本不差，在山西上党，也算是个小康的乡绅之家。无奈父亲好赌，又喜欢结交各种狐朋狗友。天天吆五喝六、烂醉如泥，家产在他手中迅速减少。为了义气聚众伤人，被关入监牢几年，出来后家境更是惨败不如一介小农。偏他还不肯戒赌，什么都抵押完了，便出卖老婆女儿。春儿的母亲为此伤心至死，春儿算是运气，被卖入羊家。羊玄之见她干净伶俐还识字，便让她做了献容的贴身丫鬟。两人年龄相仿，又一起长大，情义非是一般主仆可比。

献容对春儿偏爱，总觉得羊军虽是管家的儿子，却无甚上进之心，只是个庸碌之人，配不上春儿。春儿却是心气很平。就算样貌不赖又识文断字，她始终是个奴婢，能配的也就是跟她一个阶层的，她才不肖想给有钱有权的男人做小妾呢。她感恩羊家，这辈子肯定是要跟着献容到死的。不如挑个平庸点的男人，可以一起带去小姐未来的夫家，一起为她办事。若是挑个脑筋太过活络的，谁肯去做陪嫁的奴仆呢？

春儿心中默默盘算着自己的未来，另一边，献容闷闷靠上坐垫，眼神又凝视在那串发出细微叮当声响的风铃上。她本该为柳公子安然脱身而高兴，可不知为何，只要一想到他那偶尔流露出的迷蒙又带着哀伤的眼神，心中竟会隐隐作痛。即便是笑着，他墨黑的眼眸中也带着一缕魂销肠断的惆怅和苦涩。那眼神蕴含了太多太多她难以解读的东西，她似乎一辈子都难以参透。

他在悲伤什么？他又在透过自己看着谁？自己对这个柳公子，到底了解多少？

“柳府”大堂内，阿曜已换下羊府仆人的装束，揭掉胡子，去除了脸上的易容。他一只袖子脱下，裸着受伤的膀子让阿乐为他上药。阿乐不小心扯到了伤口，阿曜疼得直皱眉：“你就不能轻点？”

阿乐翻了个白眼：“抱怨啥呀，本来古丽要帮你，是你非要我来弄。”

古丽倚靠着墙壁，两手抱胸正冷眼旁观，闻言轻蔑地笑了一下。阿曜想起去羊府前与古丽的那一幕，有些尴尬，不愿看她的神情，扭头朝向另一侧。

古丽婀娜多姿地朝阿曜走来：“既然你平安回来，咱们该商量接下来的计划了。”

阿曜想起自己探入羊府的种种惊险，仍是心有余悸：“你拿到的图只怕有误——”

古丽打断他：“图绝对可靠，那个思过居的确是沈锦绣的住所。而里面暗藏机关，恰恰说明羊玄之早有防备，就等着哪一天咱们踏进去！”

阿乐不解：“沈锦绣早知道我们会来？”

古丽阴沉沉地冷笑：“只怕已等了许多年。”她踱着细步思索片刻，猛一拍掌，“沈锦绣可能根本就不在羊府。那些天天送进去的食物，还有偶尔的踪迹，都是幌子，也许就是她那名贴身嬷嬷做的。”

阿乐沮丧：“她要是不在羊府，那我们上哪儿找去？”

古丽的碧色眼眸炯炯发光：“我们还有羊献容呀。这几日，她定会带着簪子去见沈锦绣。”她看向阿乐，沉声吩咐，“你务必整日跟踪羊献容，她的所有行踪都要向我报告。”

阿乐“哦”了一声，阿曜脸上则是波澜不惊，唯有幽黑的眼里闪过一丝隐隐的担忧。

夜沉沉，人已寐，几星萤火在浓密的空气中飘浮，窗外的虫鸣在静谧之中显得格外响亮。阿曜赤裸着上身在水盆边洗漱。湿布抹在身上，带来一丝凉意，冲淡了他心头那股子莫名的焦躁。

门被推开，却是古丽。见到他精赤的上身，古丽毫不避忌，索性倚靠上房门，以欣赏的眼光看着这具肌肉紧绷、骨骼匀称的身体。肩宽腰细，更衬出一双修长的腿，整个室内充满了令人窒息的男性魅力。

阿曜着恼，转身拿起衣服披上：“你怎么随便进男人房间？”

古丽娇笑：“自然是想起了一件极重要的事，一定得现在说。”

阿曜语气不悦：“什么事？”

古丽走向他，目光仍是放肆地在他身上游走，最后落在他宽厚的背上，语中带着深意：“她有没有看过你的背？”

阿曜呼吸紧了紧，沉默着摇头。古丽松了口气，媚眼若丝，似笑非笑：“你倒是谨慎。她那么好心为你疗伤，日日与你近身接触，你还是着意防范。”

阿曜沉下脸，语气中已带着不悦：“只是不想惹来麻烦罢了。”

古丽不理会他的愠怒，向前跨近一步，距离阿曜已是极近，芊芊玉手伸向他的背：“谁能想得到，为你烙上这字的，竟会是——”

阿曜一把抓住她的手，目光仿佛融进了无底的黑暗，语气冰冷如入寒窖：“我最恨的……就是有人看到我的背。”

他毫不怜惜地将古丽的手甩开，眼里没有一丝温度，厉声喝令：“出去！”

古丽凝视着他，褪去无时无刻不在放电的魅惑眼波，竟是流露出极难得的一抹同情：“还是放不开心结啊。”

阿曜索性转过身去，不肯与她对视。古丽看着他宽阔的背，犹如竖起一道高墙，生生隔断了所有他不需要的情感。片刻之后，她挪动脚步，只留下一句幽幽叹息：“其实，你与我何尝不是一样……”

等脚步声彻底消失，阿曜方才转回身。他颓然地垂下双手，肩头披着的衣裳滑落下来。月光清冷，将他的背染出一层惨白。除了左腰侧的旧箭伤与左肩仍缠着绷带的新伤处，他下背部的正中心还有处狰狞的伤疤，肉芽横生，却掩不住那赫然的字迹——“奴”！

只有极少人见过他背上的刺字，杨嫣便是其中之一。

五年前，女孩为他施救，以匕首割下一片自己的外衣，扯成布条包扎住阿曜的伤口。她以袖子擦去脸上的汗水，松了口气：“只能暂时先这样了，好歹止住了血。”

阿曜虚弱地对她道谢，女孩却对背上那狰狞的“奴”字起了好奇：“这是……”

阿乐冷哼一声，指了指自己额头上的刺字：“奴隶的标志，无论走到哪里，只要见到这刺字我们就会被抓。”

女孩点头：“我知道这个。只是……为何会烙在背上？不是都烙在额头上的吗？”

阿曜苦涩地吐出一口气：“我也不知道。从我记事起，这刺字就在背上了……”

女孩愣了一下，水灵的大眼睛里满是困惑与怜悯。阿曜看得出来，她完全无法想象他的世界，可仍是不由自主可怜起他来。那一瞬间，他第一次产生了难言的自卑，他平生最不希望看到的就是怜悯。五年来，他拼力想要摆脱这难堪的身份，未尝不是因为当年杨嫣那悲悯的眼神。

可如今，他又何尝摆脱了呢？他只是外表穿得光鲜亮丽，内里的他没有改变，仍是那个微不足道的小奴隶。阿曜眼里闪过一丝绝望，怒意涌起，猛地将几案上的摆设全都扫落在地。青色瓷瓶摔在地上发出脆响，月光却将一地碎片染出柔和来。阿曜心有所悟，昂头看向窗外那一轮银白的圆月。

一个清亮明朗的声音在耳中回荡：“白日有太阳，夜里有月亮，即便被云雾雨雪蒙蔽，那也只是一时。只要日月永存，昂起头来，光明永远就在头顶。”

那声音似乎有种魔力，让他的怒意渐渐平息。他痴痴看着那一轮皎洁的月，整个人凝在了银色的月辉之中。

翌日清晨，阿曜站在梯子上，初升的阳光照耀着他英俊的脸，一扫昨日的黯淡阴郁。他摆弄着屋子上方的匾额，朝下面问：“摆正了吗？”

阿乐打着手势："再往左一点，右边再往下一点，对了，这样就差不多了。"

阿曜摆正了牌匾，爬下梯子，满意地看着自己题的字："写得怎么样？这可是我第一次为自己的居所起名。"他写了好多张，只挑出这张看着像样些。他知道自己书法不佳，但来这里的访客寥寥无几，索性随着自己的心意，学一回风雅名士的做派。

阿乐左右看了看，惊诧地指着自己："你确定是在问我？"

阿曜笑了："我又没别人可问。"

阿乐嗤鼻："我只认识一到十。你这三个字比画越来越多，怎么读来着？"

阿曜指着牌匾上的三个字，一字一顿读给阿乐听："月、容、阁。"见阿乐迷茫的神情，他耐心解释，"月亮虽不如太阳光耀，却能照亮黑夜。所以，身处黑夜也能找到光明，有光明就有希望。"

阿乐吐舌："文绉绉的，听不懂你在说些什么。不过我倒是奇怪了，临时住所而已，你怎么突然有雅兴题字？"

"好不容易住上这么大的房子，总得整得像样些。"

阿乐没心情跟他继续装风雅，耸了耸肩："随你怎么折腾吧，我得去跟踪羊献容了。"

看着离去的阿乐，阿曜原本有些笑意的脸沉了下来，本想跟去，却是硬生生忍了下来。如今伤势未愈，不宜轻举妄动。

阿曜心神不定地在"柳府"静养，直等到阿乐晚间回来。阿乐向两人汇报羊献容一天的行踪："白日里都待在南市一处无主的破屋，免费为乞丐们看病，还送钱给他们抓药。申时回羊府，便再也没出来。"

古丽似笑非笑，转头看向阿曜："倒真是个心善的好姑娘，可惜了……"

阿曜扭开头不语。

古丽问阿乐："她头上戴了那根簪子吗？"

阿乐摇头。

古丽叮嘱："等到你哪天见到她戴了，必须紧跟住她，不能松懈片刻。"

阿曜的眼皮不由自主跳了跳。

明月浮在杨树梢头，照亮了地上一个孤寂的人影。阿曜靠坐在月容阁外的廊柱上，月光勾勒出他棱角分明的侧面，沉肃落寞如同荒原中的孤狼。悠悠胡笳声扬起，淙淙荡荡，宛若春愁，弥散在寂静的天地间，更添几分可望不可及的惆怅。

有人影走近，阿曜停止吹奏，看向来人，是阿乐。

"什么曲子？怪好听的，就是太悲伤了。"

阿曜轻拍了拍手里的胡笳："这是《胡笳十八拍》，蔡文姬作的。"

阿乐挠头皮，憨憨地问："蔡文姬？谁啊？汉人？"

"一百年前的汉人，素有才女之名。年轻时因战乱被掳到匈奴，被强逼为左贤王做妾，生下一儿一女。曹操花重金将她赎回，她就把儿女都抛弃了，回到中原再改嫁。她在匈奴时学会了吹胡笳，后来写下这曲《胡笳十八拍》，被世人传唱。"

阿曜没有告诉阿乐，他之所以学会吹胡笳，也是因为杨嫣。

那时，他陪着女孩晒干了裤子，两人走回破庙。女孩心情好了些，一路上便与他聊天："你会吹胡笳吗？"

阿曜摇头："不会，我只见别人吹过。"

"我本以为，匈奴人个个都会吹胡笳。胡笳的声音很好听，哀婉动人，又有大漠黄沙的大气与苍凉，我很喜欢听呢。"

阿曜心思一动，嗫嚅着："那……我以后学会了，吹给你听。"

女孩高兴地点头："那你记得要学会蔡文姬的《胡笳十八拍》，这是我母亲最喜欢的曲子。"

阿曜默默记住了这人名和曲名，回匈奴后第一件事便是寻师学吹胡笳。直到后来他读书习字，才知道这曲子和作曲人背后有个悲伤的故事。

阿乐来了兴致，在阿曜身边坐下："你念几句给我听听。"

阿曜头靠上柱子，用低沉的声音吟诵："我生之初尚无为，我生之后汉祚衰。天不仁兮降乱离，地不仁兮使我逢此时。干戈日寻兮道路危，民卒流亡兮共哀悲。烟尘蔽野兮胡虏盛，志意乖兮节义亏。对殊俗兮非我宜，遭恶辱兮当告谁？笳一会兮琴一拍，心愤怨兮无人知。"

阿乐虽是文盲，却也从这词句中听出了凄凉悲愤的味道，不由感伤："真是可怜，生逢乱世，一个弱女子能怎么办。一边是家乡，一边是孩子，舍弃哪一边，都是割肉一样的痛。"

阿曜眼眸一沉，仿佛蕴着无尽黑暗，浑身燃起一股煞气。看着手中的胡笳，嘴角浮出一丝绝情的冷笑："是她自己选择抛弃儿女，做再多这些悲伤哀怨的曲子又有什么用？她怎不想想，将年幼的孩子丢在匈奴，他们会过上什么样的日子？回来后才后悔，活该她一辈子活在悔恨中！"

阿乐奇怪："她跟你无冤无仇，干吗这么愤愤不平？"

阿曜猛地站起身，声音冰冷："夜了，睡吧。"

阿曜丢下阿乐一人回了屋。阿乐盯着他孤寂的背影消失在门内，纳闷地挠头："怎么得罪他了？"

第十九章

谁是沈锦绣

突然，无住师太直愣愣盯着献容的发髻，仿佛见到了鬼一般，眼里满是恐惧与震惊。

阿乐穿着奴仆制服，躲在树丛后偷偷往外看。

他一早尾随羊献容来到一处高门大宅，本来远远守着就可以了，但今日他必须近身跟踪，不但得看清楚羊献容跟谁说话，还要听清楚她说了什么。原因无他，今日羊献容戴上了那根狼牙簪子。

他尾随一名从大宅子里出来的仆人到了一处无人巷角，先用钱打探出这是琅琊王府，原来就是那位一直对羊献容有意思的小白脸王爷。他打晕这仆人，换上他的衣裳混进王府，果真在花园里看到头戴博冠，身穿浅黄袍服的司马睿向羊献容献殷勤。那张漂亮的脸蛋满是灿烂笑容，一个大男人皮肤如此白皙，五官如此精致，阿乐看了心里着实不爽。

好在这种时候总有人要出来打扰，娇滴滴的一声“琅琊王”，让藏匿树丛后的阿乐也抖落了一地鸡皮疙瘩。

献容一听到这声音就无比头大，只得不情不愿地慢慢转身，看向前呼后拥走来的天敌——石明玉。石明玉仍是一身土豪金，浑身带着“我是土豪我怕谁”的霸气，对献容看也不看一眼，只满脸带笑向司马睿行了个礼：“父亲特意为王太妃准备了一株珊瑚树贺寿，足有三尺多高，世所罕有。”

说完这话，石明玉才用眼角不屑地瞥了瞥献容。献容自然读得出这眼神的含义：豪礼送不停，有本事咱来比！献容不由腹诽：你家土豪老爹除了珊瑚树，还能不能有点别的创意。

司马睿广袖长袍，一派高华儒雅的风采。他虽对石明玉无意，场面上的客套总是要的：“如此重礼，怎么敢当？”

“王太妃地位尊贵，寻常东西哪能看得上呢。”石明玉吃吃笑着，为自己又压了羊献容一筹而兴奋不已，“这珊瑚树已经搬到大堂，不如琅琊王与明玉一起先睹为快，如何？”

司马睿不易觉察地微皱了皱眉，婉言谢绝：“小王须先陪献容去见母亲，随后便来。”

石明玉脸上维持着笑容，心里酸得能拧出水来。好家伙，直接喊上名字了。献容却没领司马睿这份情，客气地向他躬身：“琅琊王，我自己去拜见王太妃即可——”

司马睿急了，生怕献容又将他推向石明玉：“你是客人，主家岂能不陪？请。”

司马睿把手势都摆好了，献容无奈，只得随他离开。石明玉看向两人离去的身影，愤愤地绞着手中的帕子：“他眼里就只有羊献容，对我瞧也不瞧！”

一旁的婢女煽风点火：“小姐看到了吗，羊献容头上还戴着那支掉入河塘的簪子。”

阿乐闻言，眉毛不由自主抬了抬。那日赵王妃做寿，献容被石明玉欺负的事他也知晓。等石明玉带着一大群婢女离开，阿乐刚要起身追踪献容，身后响起一声娇斥："什么人，躲在树丛里做什么？！"

阿乐心里飞速转动着念头，故意装作战战兢兢转过身来。一名长脸瘦削的年轻女子风风火火走来，身后还跟着几个担着食盒的小丫鬟。看周身颇为得体的服饰，该是个有脸面的大丫鬟。

阿乐低眉顺目、态度恭敬："这位姐姐误会了，小人今日刚进府，还不熟悉府里的路，不小心冲撞了姐姐。"

来之前阿乐做了伪装，带上假发套，掩盖了深栗卷发，将自己的异族特点减去不少。那名大丫鬟见阿乐身形高大，眉目俊朗，顿起好感。加上今日事多，的确新招进了不少人手，遂不再对阿乐怀疑。她指了指身后那些丫鬟费劲提着的诸多大食盒，对阿乐吩咐："你赶紧提上，跟我走。"

阿乐单手便将需要两人才能扛得动的担子提起，另一手又接过一个沉沉的木桶，身姿依旧稳如泰山。如此大力却长相俊朗，不是那种满脸蛮横的莽汉，连那些小丫鬟们眼里也冒出了红心。

因着这机缘，阿乐得以顺利混到正堂。他是男人，不能入内服侍女眷，只能在外廊上做粗重的活计。他心不在焉干了一阵，趁着众仆忙碌之际，脚底抹油开溜，跑到正堂后庭一处无人的地方，透过窗缝往内偷窥。

正堂前方端坐着一位中年女子，身穿鹅黄绸衫，头戴掐丝金凤。周身虽是矜贵端庄，却难掩眉间淡淡的愁容。司马睿站在她身侧，下列依次排排坐着各家的贵妇小姐。

王太妃目光扫视众人，声音和蔼："也不是整寿，累大家跑这么一趟，权当是来陪我这个老婆子解闷罢。"

坐在前排的石明玉抓住机会献媚：“看王太妃说的。我们平常想来亲近王太妃都不得机会。今日这样的大好日子，岂有不来讨几杯酒的道理？”说罢，掩嘴吃吃笑，座下几位平常奉承她的贵妇小姐们也跟着笑，气氛倒是一下子热闹了起来。

王太妃回了个淡淡的笑容：“还是明玉会说话。”转头看向献容，语气关切，“对了，献容，不知你母亲身体可好？”

献容站起，躬身行礼：“谢王太妃关心。母亲身体弱，无法亲来参加寿辰，她心里着实过意不去。献容代母亲向王太妃赔礼。”

王太妃点头，态度不咸不淡：“献容不必多礼，替我向你母亲问好。”目光落在献容的头上，却是微有些吃惊，“这簪子倒是别致，从来没见过这种式样的。献容可否让我一观？”

此言一出，厅堂内的人皆无异样，却惊到了屋外一人。阿乐正猫着腰躲在窗旁，透过缝隙打量着屋内。献容摘下簪子交给春儿，春儿走到王太妃身边交给她的贴身婢女，婢女再交给王太妃。

王太妃端详着簪子，感喟道：“果然样式奇特，该不是汉人工匠所做。以狼牙为材质，似乎是匈奴人的习俗。”

献容吃惊：“王太妃认得这簪子的来历？”

王太妃凝神思考一下：“来历嘛，我倒也说不上。只是当年曾随老王爷镇守边关，知道一些塞外异族的习俗。据说，匈奴人崇拜狼，狼牙是护身辟邪之物。匈奴男子看中了哪个女子，会亲自猎杀一匹狼，以狼牙制成簪子做定情信物。”

王太妃将簪子交给婢女，婢女走向献容，正打算还给她，横伸过来一只白皙的玉手，石明玉笑得假模假样：“王太妃真是见多识广。如此奇特的簪子，也给我赏玩一番，如何？”

那婢女看了看献容，大庭广众之下献容不好拒绝，只得点头。婢女将簪子递给石明玉，石明玉从怀中掏出一方香气浓郁的丝绸手帕，以帕子托着狼牙簪子端详片刻，交还给婢女：“我石家富甲天下，什么新奇玩意儿没见过，用狼牙制成的簪子倒是第一次见到。回去我也让父亲弄一个来。”

簪子回到献容手中，献容只是笑了笑，将簪子重新插回发髻。

屋外，阿乐正凝神屏息看着，一只手拍上他肩膀。阿乐条件反射地扣住来人的手，回头一看，正是引他到正堂的那名大丫鬟，名叫牡丹。

阿乐急忙放开牡丹的手，牡丹一脸娇羞，扭捏着身子：“你，你这是干什么？”

阿乐点头哈腰：“小人一时头脑发热，任自己的臭手去碰姐姐的香手，请姐姐宽恕。”

牡丹嗔笑：“什么臭啊香的，不会说就别学那些油嘴滑舌的话。”

阿乐嘿嘿憨笑：“小人没上过学，不识字，以后还请姐姐多多教我。”

牡丹越看他俊朗的长相与健壮的身形越感满意：“只要你肯好好上进，我自然教你。”将他拉到一旁，轻声嘱咐，“你在偷瞧些什么？里面可都是各家的贵妇小姐，若是被人发现，当心吃板子。”

阿乐装出害怕的样子：“小人是第一次见到这么多贵人，所以才……”

牡丹将手中食盒交给阿乐：“把这交到厨房去，再将今儿煮的瑶柱海参汤端来，叫他们手脚都利索着点。”

牡丹指点阿乐厨房该怎么走，阿乐只得接过食盒离去。走了几步，回头瞧见牡丹离开，阿乐又偷偷溜回去，隔着窗缝往里偷看。屋内，其余人都在喝茶聊天，唯独不见了献容和坐在上首的王太妃。

就这么一错眼的工夫，自己到底漏看了什么？

只片刻工夫，不可能去太远。阿乐猫腰贴着墙角，沿着正堂后墙搜索过去，眼观六路，耳听八方。一队仆人端着食盒走过，他急忙蹲在地上做拔草状。待那队人走过，他继续沿着墙根移动，听到一间屋里传来轻轻啜泣声。是羊献容的声音！

阿乐以唾液沾湿窗纸，往里偷窥。

屋内，献容与王太妃站在一起。献容正在抹眼泪，她从发髻中拔出那根狼牙簪子，王太妃接过，凑近鼻子，然后也开始流泪。阿乐惊诧，难以置信地透过小洞看向流泪的两人。只见王太妃低声说了句什么，献容抽泣：“都是……都是她害的……”

王太妃慈爱地拍了拍献容的肩膀，又低声说了一句。阿乐听不清王太妃的声音，暗暗焦急，索性将耳朵贴在窗上。

“你在这里做什么？”是牡丹的声音！

事关那支簪子，此刻王太妃跟羊献容说的话一定极其重要，可他却没听到！阿乐眼里顿起凶意，反手准确地抚上来人的脖子。正要发力，阿乐却停住手。

牡丹惊奇地看着阿乐抚在她脖子上的手：“你——”

阿乐急忙捂住她的嘴，将她拖入一旁的草丛。

一炷香后，琅琊王府的两名小丫鬟诧异地发现，她们的“大姐大”牡丹居然面若桃花，与一名年轻男子躲在后堂一棵大树边促膝长谈。看那娇羞妩媚的神情，牡丹姐姐的春天终于来到了。小丫鬟们心照不宣，装作没看见，蹑手蹑脚地离开。

牡丹以手帕掩面，声音却是透出欣喜：“原来……原来你是去找我，那怎么乱闯到后堂来了。”

“小人对府里不熟，一心想找姐姐，都没顾得上别的……”阿乐故作羞涩，笑容憨憨，“自从见了姐姐的仙姿，小人就……那个什么辗什么侧了。”

他刚才确是起了杀意，却在最后一瞬生生刹住车。今日琅琊王府来往的人太多，他对地形又不熟悉，杀了人万一被发现，反而更加麻烦。幸好他从这丫鬟眼中看出了对他的好感，索性学起阿曜，以美男计稳住这丫鬟，说不定还能套点情报出来。

牡丹扑哧一声笑了：“是辗转反侧。那是形容睡不着，你见我到现在都不到一个时辰，哪里睡不着了？”

阿乐憨厚地嘿嘿笑：“今晚肯定就辗转反侧了。小人以前哪里见过像姐姐这么漂亮的人，怕姐姐是仙女变的，一眨眼就不见了。所以，无论如何想要再找到姐姐。”

牡丹又喜又羞：“往后有的是机会，今日得先忙完正事。你赶紧去干活吧，别再这么鬼鬼祟祟的。不知道的，还以为你是来刺探王太妃呢。”

阿乐急忙摆手：“这怎么可能？多谢牡丹姐姐提点，那，小人去干活了。”

他松了口气，刚想离开，牡丹又叫住他，扭扭捏捏绞着手帕：“你还没说你叫什么呢。”

阿乐飞快想着：“小人叫……”他看到一旁的假山，灵机一动，“小的姓石，名乐，叫石乐。”

好不容易摆脱了牡丹，阿乐重新回到之前挖出的窗眼前继续偷窥。屋内献容含泪向王太妃下跪，郑重磕了一个头。王太妃抹了抹眼泪，长长叹了口气。两人均是默默无语，献容擦干眼泪，昂首离去。

阿乐在“柳府”大堂将琅琊王府里见到的场景如实描述出来，古丽猛拍几案，恍然大悟：“终于找到了，原来她就是沈锦绣！”

阿曜震惊："这能说得通吗？之前的情报一直说沈锦绣是羊玄之的妻子，怎么突然变成了琅琊王府的王太妃？"

古丽掰着手指数："她一见到羊献容便说要看这根簪子，还能准确说出簪子的来历。若她不是沈锦绣，为什么要与羊献容避开众人，躲到后堂偷偷哭？羊献容又为什么向她叩头行大礼？"

阿曜难以反驳，可仍觉得匪夷所思："羊玄之有那么大本事将沈锦绣变成王妃的身份吗？"

古丽冷笑："寻常女子自然是说不通，可你别忘了沈锦绣背后有谁的支持，她变成什么身份都有可能。难怪我们始终找不到她，原来使了招声东击西。"她想了想，又露出个自信的微笑，"琅琊王……倒是比羊玄之好对付多了。"

阿乐闷着声音问道："那我还需要再监视羊献容么？"

古丽眼里精光闪闪："再继续跟踪一日吧，挖不出更有用的线索就不必再跟。接下来，我们得开始抓黄雀了。"

因着古丽的叮嘱，阿乐潜伏到了羊府正对面的屋檐上。他本以为今日不会再有收获，可当羊献容袅袅婷婷走出羊府，阿乐的眼神蓦地直了。

阿乐施展出全身本领追踪羊献容的马车。原因无他，羊献容再次戴上了那根狼牙簪子！

此时此刻，摇晃的马车内，羊献容和春儿全然不知身后有人跟踪，犹自说着女孩专属的悄悄话。春儿看着献容头上的簪子，犹豫片刻仍是问出了口："小姐打算什么时候还给柳公子？"

献容想了想："今日先拜访无住师太，明日再去柳公子府上。"

春儿鼓起勇气建言："小姐，将簪子还给柳公子后，就不要再跟他来往了。"

献容诧异地看向春儿。

春儿叹气："柳公子品貌俱佳，可毕竟是庶族。你们……是没有可能的……"

献容瞬间红了脸，玉白肌肤染上了一层桃花之色："谁想跟他……"

春儿见献容那透出媚意的娇羞模样，怎会不清楚自家小姐已是动了春心，苦口婆心劝道："小姐，你那样帮他寻母，又近身为他疗伤，怎可能一点都没有——"

献容毅然打断她，微微昂起脸来，神色斐然："春儿，我有眼睛，自会判断。他若真是可以托付终身的人，什么出身我毫不介意。"

春儿不由焦急："可羊家人绝不会同意的！"

献容默然，脑海中迅速飞过一帧帧画面：他救她时那磊落潇洒的身姿，看向她时目光中的柔情与难言的怅然，闭目任她化妆时如同雕像般的立体五官，发着高烧时的无助与倔强。他的一言一行，每个举止神态，都仿如磁石，将她的心一点点吸过去，渐渐沉沦，难以自拔。

微风从窗帘灌入，拂起她鬓角的一绺发丝，在她如玉般的面颊上调皮地舔弄。她怔怔看着被风拂起又飘落的窗帘，半晌之后，昂起头来，先前染上的那层娇羞粉色还未褪尽，眼里又跳动起那股子百折不挠的灵动劲儿，更加坚定地微笑："是我羊献容嫁人，与他人无关。"

春儿急了："小姐——"

献容打断她："你要说的我都明白。放心，我不会被冲昏头脑。"她深吸一口气，清澈的眼眸中横波流盼，"我得先了解，他是不是值得我放弃一切。"

春儿的脸如同被马车碾压过，难看得都发灰了。她怎不知道小姐的倔劲儿，可其他任何事她羊献容都能随心所欲，唯独这件事情上，老爷再宠她疼她，也不会任她胡来。她一介弱女子，拿什么来对抗整个士族阶层？以卵击石的下场，只能是卵白白碎成一摊糊状。春儿还想说什么，广化庵到了，春儿只得住口。她心下急得不得了，看小姐这样子，似乎已是铁定了心。如今唯一能劝住她的，只有一个人了。

庵堂正中供奉着佛祖，两旁边却是一排排小柜子，草药味反倒比香油味更浓，更像是个药房而不是佛堂。无住师太拉开一个个小抽屉，抓出草药称重，配药，动作娴熟，仿如行云流水。

献容悄悄走近，调皮地蒙住她的眼睛。无住师太带着淡淡哀容的脸上即刻显出笑意，轻轻将掩住她眼睛的手拿下，转过身来，慈祥地嗔怪："就知道是你这丫头，怎么好多日子没来了？"

她转身，灰色僧袍也遮掩不住美好的身段。突然，无住师太直愣愣盯着献容的发髻，仿佛见到了鬼一般，眼里满是恐惧与震惊。献容捕捉到她异样的目光，将发髻间的簪子取下递到她面前："师太认识这簪子？"

无住师太猛地转身，不让献容看到她表情，声音虽镇定，却有一丝颤音："这簪子……造型颇为奇特，故而多看了两眼罢了。"她深呼吸几次，缓缓转过身面对献容，声音微微发颤，"这东西不是中原所产，你从哪里得来的？"

献容打量着无住师太，不放过一丝细微的表情："是一位年轻公子的。他来洛阳寻母，说这是他母亲留下的唯一纪念。"

无住师太彻底石化了，献容在她面前晃着手："师太，师太！"

无住师太总算回过神来，秀丽的面容上闪过几分慌乱，又急忙掩饰："就凭一支簪子，茫茫人海中如何寻找？"

献容叹气："他也知道寻找不易。只是，他妹妹如今身患重病，恐怕不久于人世，唯一的希望就是能见生母一面……"

无住师太身子一晃，如遭雷击，浑身震颤如风中树叶。献容打量着她的神情，心慢慢凉了下来，脸上神情肃穆得可怕：“他找的，该不会就是你吧……母亲……”

屋外，正在偷听壁角的阿乐心房猛地一颤，差点惊出声来。

无住师太厉声呵斥：“献容，跟你说过多少次，在这儿不许喊我母亲！”

献容上前一步逼问：“那……师太可否告诉献容，你以前是不是有过两个孩子？”

无住师太脸上飞快闪过一丝慌乱，却立刻掩饰过去，苦笑道：“我倒是真希望有。还记得吗，你小时候最希望有兄长与姐姐。”

她轻轻握住献容的手，声音柔和：“献容，你可知道怀胎十月之苦，临盆生产之痛？每个孩子来到这世间，都要依赖母乳活命，那是母亲的血液化成。为了照顾幼儿，做母亲的憔悴消瘦，孩子生病了不眠不休地照顾。试问天底下有哪个母亲舍得丢弃自己的孩子，更别说狠心不认自己的骨肉。”

献容动容，不由泫然欲泣。回想起自己年幼时体弱多病，若无母亲对自己无微不至的照顾，想尽一切办法为她调理，她怎可能健健康康活到今天？这样无私善良的母亲，怎可能弃自己的亲骨肉于不顾？

献容投入无住师太怀中，内疚地道歉：“母亲，对不起，我不该怀疑你……”

屋外，阿乐猫腰准备离去。之前他以为琅琊王太妃是沈锦绣，可细细想来，昨日他只见到两人对哭，却未有切实的证据。如今这一声“母亲”再容不得分毫怀疑，他的任务已完成。无住师太便是沈锦绣！这个重磅消息得尽快带回去。

刚迈出一步，屋内传来沈锦绣的声音：“你的眼睛近来如何？”

第二十章

眼　睛

●

他抄起丢在一旁的刀，以刀柄砸向女孩的左眼。女孩惨叫一声，凄楚的声音仿如尖刀，深深刺入树上两名少年的心。

阿乐一愣，又偷偷猫回来，以唾沫沾湿窗纸，往内偷瞧。

屋内，献容坐在榻上，沈锦绣正凑近查看她的左眼，声音中满是疼惜：“最近我学了一套新的针法。你每日来一个时辰，可以试一试——”

献容轻轻拉住她的手：“就这样吧，随便它了。”

“怎么可以随便呢？这可是你的眼睛啊。”

献容却是毫不在意：“我还有一只好的眼睛啊。过了这么多年，靠一只眼睛我也习惯了。我能做所有别人可以做的事情，跟正常人没有任何不同。”

沈锦绣嗔怪：“人统共就两只眼睛，怎可能完全不受影响？”

献容转动自己的左眼，骨碌碌滴溜溜，宛若水洗过一般，流淌着灵动的波光：“真的没有任何影响。而且外观看起来好好的，能转动，能流泪。我不说，谁知道我这只眼睛是看不见的？这都是母亲医术高超，才能治得这么好。”

沈锦绣却是一脸沮丧：“都怪我，那时就该把你留在洛阳。再不济，也得跟着你们去。你这眼睛若能早点医治，也许就——”

献容站起，扶住沈锦绣的肩头：“五年来母亲殚精竭虑，试遍了天下所有方法。这是上天注定的，就不要再强求了……”

这番对话一字不落传入窗外阿乐的耳中。他倚靠在墙上，耳边反反复复只回响着几个词：眼睛，五年，不在洛阳……

他急切想要再听下去，可屋内的两人却不再深谈，而是闲聊起了家常。直到羊献容出了广化庵，阿乐也无法再听到这个他最想探听的话题。

回羊府的路上，献容依旧是双眼红红。摇晃的马车内，春儿盯着小姐的眼睛，关切地问：“小姐怎么哭了？”

献容掩饰：“没什么，只是跟无住师太聊了一下以前的事，有些感触罢了。”

春儿急了：“小姐不是个爱哭的人，怎么连着两日都哭？这可对身子不好。”

献容愣住：“两日？”

“昨日在琅琊王府，王太妃单独见小姐，小姐不是哭过吗？不光小姐，连王太妃也哭了。真闹不懂是怎么回事。”

献容想了想，原来是这个，不由哑然失笑。

昨日王太妃单独要见她，将她带到后堂，盯了她许久才艰难说出：“献容，你活泼能干，家世又好，我本是极喜欢你的。若由你来做琅琊王妃，定能帮睿儿主持中馈，管理好这偌大的王府。睿儿中意于你，已在我面前提了许多次，连非你不娶的傻话也说了出来……”

这些话倒也不是故作姿态，王太妃真是这么想的。可没成想她正哀叹着，一旁的献容竟抽泣起来。王太妃吓了一跳：“你这孩子，又没说你什么，怎么就哭了？”

献容心里窘得要命，却怎样都控制不住这该死的流泪。她一边抽泣一边摆手：“王太妃，实在抱歉，我不是故意的。只是，有一股味道，闻了就忍不住流泪。”

王太妃诧异，四处闻一下，好像是有股奇怪的味道。她眼睛落在献容头上的狼牙簪子，献容醒悟过来，急忙拔下簪子。王太妃将簪子凑近鼻子一闻，好家伙，连她也开始抽泣了。

献容一边流泪一边咬牙切齿：“石明玉，又是她！”

难怪石明玉会莫名其妙对这簪子起了好奇，非要拿过去看一眼。肯定是那会子的工夫在狼牙簪子上动了手脚，想让她羊献容出丑。

王太妃一边抹泪一边回想，也是哭笑不得：“这孩子，都是被石崇惯坏了。”

献容恨得牙痒痒，说出话来却仍是抽泣之声：“都是……都是她害得……”

王太妃拍了拍献容的肩膀安慰她，可说出来的话却是一抽一抽：“只是无伤大雅的作弄，你别跟她一般计较。”

这便是屋外阿乐看到的两人对哭场面。可惜，不等阿乐看完，便被春心萌动的牡丹姐姐打断了。

待两人停住哭泣，王太妃继续刚才的话题：“献容，刚刚我说的，不知……”

献容哪会不明白她的意思，急忙躬身：“献容无德无能，不精女红，又不端庄，哪里敢做此妄想？”

“女红之类对我们这等人家不算重要，你喜欢医术也无妨。只是……”她犹豫片刻，吞吞吐吐说出，“你母亲……”

献容愣住：“我母亲怎么了？”

王太妃眼神闪烁：“有些传言……虽不知这传言是从何来的，也不知真假……”

献容可以容忍旁人说她，却无法接受任何一丁点对她母亲的诋毁，昂头正色道：“我不知这传言是什么，我也不屑去听假造的污言秽语，但我母亲为人正派、品性高洁，绝无任何不端之事！”

王太妃急忙打圆场：“谁说不是呢？只是，我们这等王室宗亲，绝不可让人说三道四……”

献容深呼吸几次克制怒气，跪下向王太妃行磕头大礼：“王太妃请放心，献容在此发誓，绝不会嫁进琅琊王府！”

王太妃用帕子抹去眼泪，叹了口气，故作无可奈何点了点头。这便是阿乐摆脱了牡丹姐姐，赶回来看到的最后一幕。

待献容解释完了缘由，春儿愤愤不平：“有什么了不得，明明是琅琊王死乞白赖非要求娶小姐，小姐你又没看上他一个破落王爷。”

献容哭笑不得，纠正春儿：“他哪里破落了。”

“起码他跟皇上关系不亲。洛阳城里有的是跟皇上更亲的王爷，豫章王司马炽，长沙王司马乂，再不济还有分封在外的王爷，成都王司马颖，河间王司马颙——”

献容头大，摆手做个叉叉：“等等等等，你这是要告诉我，你把这些司马王爷背得有多熟？这一箩筐的司马，有些名字还那么难读，连我都分不清谁是什么王。”

春儿讪笑：“这不是要给小姐寻个合适的？啊对了，听说自从齐王妃死后，齐王一直未再娶，他不会还在等着小姐吧？”

提及这位当年的定亲对象，献容脸色变了变。齐王司马冏虽来过几次羊府，但都是去拜访羊玄之，献容只远远打过照面而已，才不会自恋到认为人家至今未再娶是因为她。献容放下脸色，义正词严：“我早就说过了，甭管哪个司马，都！不！合！适！”

车身猛地一震，车外传来马的嘶鸣声。马车剧烈震动几下，停了下来。车夫羊秀的惨叫声传来，只来得及叫一声就没了下文。春儿掀开帘子一角偷瞥一眼，脸色煞白：“劫匪！”

献容一脸衰样，最近一段时日到底走了什么霉运，怎么劫匪老是跟她过不去！

帘子被掀开，一个身材雄健、头脸全用黑布蒙住的大盗钻了进来。大盗目标明确，伸手向献容抓来，献容迅速拔下头上的簪子刺去，大盗却早有提防，抓住献容的手腕往后反扭，将她抵在马车壁上。

春儿螳臂当车，妄图做些无用功。大盗以手刀砍向她颈项，春儿立即瘫倒。

献容大喊：“救——”

只喊出一个字便被大盗捂住她的嘴。那大盗沉重的身子铁石般压住了献容的小身板，单手扣住她两只手，另一只捂住她嘴巴的手却挪到了她右眼上。献容嘴得了空，开始猛叫救命，完全没注意这大盗的怪异举动。

大盗只专心致志做一件事。他眼里闪着锐利的光芒，盯着献容仍在叫喊的嘴，俯身亲去。将要触碰到，又及时刹住，仔仔细细观看献容的反应。献容瞪着波光灵动的左眼，却对大盗这样危险的举动没做出半分反应。

大盗莫名其妙地松开了手，居然失魂落魄起来。

趁着这个不专心搞抢劫的业余大盗失神，献容猛地抬起膝盖，向他最要命的部位撞去。大盗不提防，痛得弓起身来。献容得了空隙，不顾形象地跳下车，边跑边喊：“救命！”。

大盗忍痛从车里出来，看着山道上如小兔般奔跑的背影直摇头，懊恼自语：“连这么阴的招也会，还是不是世家小姐？”

是夜，阿乐弓着身子回来，阿曜不由关切问道：“怎么了？伤到哪里了？被谁伤的？”

阿乐没好气地瞪他：“我自己撞的。”

阿曜立刻接受了这说辞：“也是，以你的功夫，这洛阳城内怕是寻不出能跟你打平手的。”

古丽没过问他伤势，问起了她最关心的事：“羊献容那里有什么情况？”

阿乐眼里蒙了层阴霾，叫人看不清真实情绪，摇了摇头：“一整日都在那个尼姑庵里，扯些闲话而已。”

跟古丽汇报完毕，阿乐径直走入阿曜房间，他要问一个盘旋在心头许久的问题：“杨嫣的左眼到底怎样了？”

阿曜欣慰而笑：“我问过古丽，说是没有任何问题。”

阿乐吃了一惊：“怎么可能？那样重的伤势……”

“你忘了吗，她说过她母亲医术高明，定能治好她的眼睛。”阿曜长长吐出一口气，“幸好如此，否则，我这一生都不会原谅自己。”

阿乐闪烁着眼神，没有吱声。

阿曜奇怪地看向他：“怎么突然问起这个？”

阿乐往屋外走，声音平静：“没什么。我跟你一样心有歉疚。她没事，我就心安了。”

回到自己房间，阿乐从袖袋中摸出一支银簪。这是他扮劫匪第一次见到献容时，献容用来对付他的武器。当时他将这簪子收缴了，却鬼使神差一直揣在自己身上。银簪子并不华贵，只是简单的百合造型，从磨损程度来看，已是用过许多年，只怕比献容的年龄还要大。

阿乐盯着簪子，轻语自问："到底哪个是她？"

唉，还是得怪自己。当年阿曜找回女孩后，两人走回破庙。阿曜问女孩叫什么名字，女孩指向身边一棵杨树，刚说了句："就是这个，杨——"

后面的话却被飞奔而来的阿乐打断。阿乐一把将女孩的嘴捂住，另一只手对阿曜比画个噤声的手势，拖着女孩躲到树后。阿曜不明所以，也跟着阿乐隐身到树后。阿乐指向前方，阿曜看过去，竟是十几名晋兵手执刀矛走入破庙。

阿曜大惊，焦急低语："这么快就找到了？！"

阿乐一手仍捂着女孩的嘴，一手抽出腰带又想捆住她："得赶紧离开。"

阿曜拦住阿乐："放她走吧。"

阿乐愣住："你疯啦！她不是普通人家出身，带着她起码可以挡一挡。"

阿曜却是神情认真："我答应过她的。没有她，我们也能少个拖累。"

阿乐看向女孩，她正满怀期望地看着他，眨巴着水灵灵的大眼睛，一副人畜无害的萌样。阿乐不禁心软，虽放开了女孩，仍企图用腰带封她的嘴："还是得把她的手脚和嘴扎住——"

阿曜看到有晋兵走出破庙，急忙拦住他："来不及了，赶紧走吧。"

阿乐仍在犹豫："你对她就这么放心？"

那些晋兵四散开来搜索，阿曜来不及回答，拉上阿乐往相反方向逃去。阿乐一边将腰带绑回身上，一边匆匆回头看了一眼。女孩站在树后，正望着他们，眼里的担忧绝非作假。那一瞬间，阿乐觉得很安心。虽相处还不到一整日，他们已从单纯的绑匪与肉票关系，生出一种微妙的友情。

只跑出了一里多地，两人收住脚步。前方远处，有更多晋兵向这方向一路搜索而来。四处空旷无处藏身，只有刚刚与女孩待的位置附近有大片林木掩护，两人只得又跑了回来。

女孩还站在原地，见到他们不由诧异："怎么又回来了？"

阿曜正解释有大批追兵过来，阿乐不容他说完，眼里闪过一丝凶光，又抽出了腰带："只能用她了！"

女孩急忙摆手："我有办法！"她手指身边那棵枝繁叶茂的大树，"你们上去，我去引开那些晋兵。"

阿乐踌躇："我怎么能确定你不会出卖我们？"

阿曜拉住他，语气坚定："我相信她。"

不知为何，阿曜这种语气让阿乐没来由地不爽了一下。看着阿曜与女孩两人对视，眉目间竟像有一股别样的情愫在浮动，更似一种难言的默契。阿乐凭直觉感知到，黎明前他们单独相处的那几个时辰，定是发生了一些他不知道的事情。他心下其实也是信任女孩的，但总得防上一手，他们可经不起"万一"两字。

两人躲在大树上，紧张地看着女孩跑向破庙外那十来名晋兵，边跑边喊救命。

晋兵们迅速围住女孩，女孩大声喊道："我好不容易从那几名贼人手中逃出，快带我去找我父亲。"

那些晋兵的反应却很古怪，对女孩没有丝毫应有的尊敬，相互看了几眼。突然，其中一人抽出刀抵在女孩脖子上，女孩被吓住了。那人用不标准的官话喝道："那两人在哪里，快说！"

这些人都留着短须，高鼻宽颧。女孩不置信地打量着他们，猛地想到了："你们是匈奴人！"

藏身于树上的两人闻言呆住。本以为只有晋军在搜捕，没想到匈奴那边同样不放过他们。一名匈奴兵将女孩拖到胸前，用刀背轻拍她白皙稚嫩的脸："乖乖说出来，我们就放了你。否则……"他没有说下去，只邪气地笑了两声。

女孩吓得浑身颤抖，不争气地流出了眼泪，哆嗦着说道："我不知道，我真不知道他们在哪里。"

另一人哼了一声："不过是两个低贱的奴隶，就这么护着他们？"

抓住女孩的匈奴兵淫笑着上下打量女孩："别跟她废话了。虽嫩了些，倒是个上好货色。"

树上的两人出离愤怒。阿乐紧紧拉住阿曜，对着他微微摇头。他们只有两人，阿曜还受了伤，下去必死无疑。

女孩吓得脚都站不稳，那匈奴兵刚拽住她领子，女孩吓得大叫："我说，我说就是了！"

树上的两人对视一眼，心情极度复杂。虽然心下很失望，但这种情形下，怎能指望女孩以失身的代价保住他们呢。

匈奴兵放开了女孩的衣领，她哆哆嗦嗦地说着："他们，他们就在……"

事到如今还能如何？树上的两人苦笑一下，做好了束手就擒的准备。回去匈奴营中，他们铁定会被处死。阿曜想起灵儿再无人照顾，心不由抽痛起来。不料，树下传来一声惨叫。原来是女孩趁着匈奴兵不备，对着他的眼睛丢了一把土。那匈奴兵眼里进了沙土，急忙以手搓揉。女孩得到机会，飞快地转身逃跑。

十二岁的小女孩怎跑得过身高体壮的匈奴人，很快便被其他几名匈奴兵抓了回来。

那眼里吃了沙土的匈奴兵瞪着血红的眼睛，怒气冲冲上前，一把将女孩推到地上："娘的，老子杀了你！"

他抄起丢在一旁的刀，以刀柄砸向女孩的左眼。女孩惨叫一声，凄楚的声音仿如尖刀，深深刺入树上两名少年的心。女孩捂住左眼，痛得在地上号呼打滚。鲜血从她指缝间缓缓流下，衬着她白皙的肌肤，红得瘆人。

匈奴兵瞪着狰狞的眼，狠毒地威胁："再不说，把你两只眼睛都废了！"

一声大喝响起："放了她！"

那伙穷凶极恶的匈奴人转头，只见一名少年站在不远处的树底下，穿着破烂的晋兵服，浑身肮脏，满脸气愤。

一名匈奴兵喊道："就是他！"

阿曜拔腿便跑，所有人紧追他而去。女孩仍躺在地上，阿乐溜下树来，背起她便跑。

阿曜与阿乐分开两个方向跑，被伤势所累，跑了一段便缓下速度。眼见得即将被追上，前方出现了一小队晋军！

这种时候只能赌一把了，阿曜急中生智，指着身后冲前方晋兵大喊："他们是匈奴人！"

两拨人皆是大惊，冲上前混战起来。这宝果然押对了，一边是匈奴兵，一边是晋军。趁着两方混战，阿曜趁机逃走。

阿乐背着女孩，脚程也快不了，阿曜很快追上了他们。两人跑入一处密林，阿曜腰间伤口崩开了，鲜血不停渗出来，脚步越来越慢。阿乐背着女孩也停了下来，大口喘着气。

阿曜皱眉忍痛："阿乐，赶紧给她找医生。"

阿乐气喘吁吁地点头："我知道哪里找得到。"

他环顾一下周围，将女孩放下，小心抱着让她倚靠在一棵树上。女孩仍用手捂着眼，脸色苍白，虚弱地摇了摇头："你会……被抓住的。"

阿乐飞快将身上的晋兵服脱下，露出肮脏的里衣。他扒乱头发，愈发像团鸡窝，又从地上抓灰土抹脸："扮成乞丐，没人会注意的。"扭头对阿曜叮嘱，"照顾好她。"

阿曜点头，阿乐飞快离开。

阿曜看向女孩流血的眼睛，这么恐怖的伤，对一个娇生惯养的官家小姐来说得有多疼啊。他手足无措，心疼地轻语："是我们绑架了你，为什么还要这样帮我们？"

不料女孩却显出内疚的神情："因为……是我把晋兵引来的……"

阿曜不由愣住。

女孩解释："那支簪子上……有我家的标记……"

阿曜这才想到，阿乐去城中抓药前，女孩曾给他一支簪子去换钱。穷苦出身的他们，怎样都没想到有钱人家做个簪子还要刻上家族标记。阿乐不但用那支簪子换来了药，还带回足够吃几天的面饼。药铺老板很有可能认出这是高门大户的标记，送到官府，继而官兵往阿乐出城的方向搜寻过来。

阿曜不由苦笑。那时他和阿乐还以为女孩善良，是真心为他们考虑。没想到，她的心思竟这么缜密，不放过任何一线可能逃脱的希望。

女孩见他那震惊的表情，更加歉疚，低声道："对不起，是我让你们陷入困境的……"

阿曜回过神，看到女孩捂着眼，一条条血线凝固在她手指缝间，触目惊心。刚刚涌起的那一点失落，瞬间又被惭愧填满。他哪有什么资格指责女孩。那时候的他们对她来说，仅仅是两个要害她性命的恶人，换了是谁都会这么做。

他心里哽得慌："说什么傻话。那些匈奴兵可是在追踪我们，反而连累了你……"

伤口太痛了，女孩忍不住又抽泣起来，看到阿曜腰间衣服渗出了血，倒是转移了注意力："呀，你的伤口崩裂了！"

阿曜没去管伤口："这点伤算什么，倒是你的眼睛……"想到女孩这么爱漂亮干净，如今这伤势只怕会给她落下一辈子难以去除的疤痕，他心中难受，"要是有什么三长两短……"

女孩握住他的手，吸了吸鼻子，强笑一下："我母亲医术很高明，她会治好我的。"

阿曜猛地站起："她在哪里，我带你去找她。"

女孩却是叹气："她在洛阳，父亲没把她带来。"

第二十一章

誓　言

“我会一辈子守护你，做你的左眼。”

好在女孩没有等多久，阿乐带着一名手被绑、嘴被堵上的医师回来了。那医师年约五十，矮小枯瘦，被阿乐拽着，倒像是拎着个鸡崽。阿乐给医师松了绑，拔刀架在医师颈间，让医师给女孩看眼睛。医师只得战战兢兢让女孩把手放下。

女孩强忍着痛放下一直捂住眼睛的手，左眼红肿像是涨起个小馒头，连带着左边脸蛋都红肿了。伤口处仍有血丝渗出，女孩完全没办法睁开眼皮。

医生需要水清洗伤口查看伤势，好在阿曜腰间水囊里有清晨刚刚打来的水。医师清洗时女孩疼得浑身战栗，惨叫连连。阿乐听得一颤一颤，心都快被撕碎了。正想上前做些什么，不料阿曜竟然不顾男女大防，将女孩抱进怀中，一手将她的身体按住，一手握住她的手。

阿乐只得悻悻地缩回手，焦急问道：“到底怎么样？”

医师轻轻扒拉上下眼睑，撑开女孩眼皮。女孩疼得弓起了身，哀号声如断线的珠子，听了让人好不心酸。医师看一眼血丝模糊的眼眶，啧啧摇头："怕是不成了……"

阿乐黑了脸，刀略沉了沉："什么意思？"

医师慌忙放开手："就……就是……这位姑娘的左眼，怕是再也看不见了……"

三人皆是震惊。阿曜与阿乐没想到，伤势居然这么严重。这女孩一向狡黠多谋，滑不溜秋，可在紧要关头，她竟没有选择出卖他们。她是将两人当作了朋友，真心维护啊。可换来的却是失去一只眼的代价，这对两人来说实在太沉重了。

女孩这时反而镇定了下来："医师，请你先为我消肿止血。以后我会让我母亲来医治，我一定还能看得见。"

医师摇头："眼睛是人身最脆弱之处。这么重的外力伤害，内里血管破裂，神仙也治不好啊。"

女孩仍是不肯相信，竭力摇头："不会的，医师，你再看看，你再帮我看看。只是外伤，消肿了应该就会没事的……"

医师只得叹气："老夫医术有限，姑娘还是另请高明吧。"

阿乐大怒："治不好她，你休想活着回去！"

医师急得眼泪都下来了："小英雄，华佗在世也没办法，你杀了老夫也没用啊。"

女孩轻声喊："阿乐，别逼他……"她张了张口，伤心得难以说话，又努力吸口气，声音虽还平静，却满是绝望，"他说的……是对的……"

阿乐与阿曜呆住，两人竟不知该说什么。半晌，阿乐单膝跪在她面前："对不起，是我们害了你。这辈子，我阿乐欠你的……"

他这辈子没欠过人，也不喜欢欠人。没想到这趟前途未卜的逃亡，他欠了阿曜，又欠了女孩。这是他要用一辈子去偿还的债。

想到自己失去了一只眼睛，女孩好不容易摆出的镇定全然不见，绝望地哭了起来。先是低声抽泣，渐渐越哭越伤心，像只受伤的小兽一般。红肿着半边脸，左眼部位又是血淋淋的，此时女孩的哭泣已是全然不顾形象，哪有什么梨花带雨娇俏动人。可就这毫无美感的哭泣，让两名少年心都碎了。

阿曜握住她的手，声音低沉有力："我来做你的左眼。"

哭声戛然而止，女孩满脸泪痕，张大着嘴看向他。阿曜用这辈子最认真的口吻一字一句说得无比清晰："我会一辈子守护你，做你的左眼。"

阿乐也急忙握住女孩另一只手，郑重发誓："我也是，我也一样会保护你，一辈子。"

那个明媚的春日，白云如絮，随风缓缓飘动。日光透过树荫缝隙，点点洒落在三人身上，好似金色叶子。两名少年在手掌中割开一道血痕，让带着血的手掌与女孩掌心相握，这是匈奴人起誓的方式。女孩手中本就沾着自己的血，与两人相握，三人的血就此融在了一起，再也分不清彼此。

惨白月光下，已长成壮实青年的阿乐倚在靠枕上，凝视着手中的簪子。簪子根处雕刻了一只羊头，阿乐知道这是羊家的徽标。不知是否心理作用，这根有些年头的簪子，此时看来竟有些眼熟。阿乐竭力回忆，当年卖掉的那根簪子究竟是什么模样，可无论如何也想不起来。当时的他，哪里会在意这点小事。

摩挲了很久，他将簪子放回怀里，仰头看向月亮。

阿乐失踪了，屋内只留下一张字条：“回老家一趟，十日后必回。”字迹中规中矩，一看便知是让人代写。

古丽气急败坏：“正是紧要关头，他居然这时候玩失踪？！”

阿曜知道阿乐老家早已毁于一场蝗灾带来的饥荒。一家人逃荒途中，母亲与哥哥被俘为奴，从此下落不明。他回去那破败的村子，估计也难找到任何家人的线索。何况在这节骨眼上突然回老家，其中必有什么蹊跷。但他信任自己兄弟，为阿乐开脱：“回趟老家看看也没什么，他说十日后必回，就一定会如约回来。”

古丽还是生气：“这岂不是多浪费我十日？我们在洛阳多待一日，便多一分危险！”

可阿乐不知所踪，古丽再生气也没办法。阿乐在所有人中武艺最高，绑架沈锦绣绝对少不了他。为今之计，只能等他回来。

与此同时，洛阳城郊南市一处无主的破屋里，羊献容正头戴轻纱帷帽，跪坐在一张席子上为乞丐看病，门外一群乞丐们在排队。旁边的几案上放着文房四宝，春儿坐在几案后一笔一画写着。望闻问切，献容说出方子，春儿写下。

主仆二人正忙碌着，一支箭射向献容身后的屋柱子。箭杆上绑了一卷字条，被吓了一跳的春儿小心拆开，上书“羊儿亲收”。

春儿不敢私自拆封，交给献容：“小姐，是给你的。”

献容惊诧地拆开信，里面只有几个中规中矩的字：“千万别将你娘的下落告诉柳光明，否则——”

献容看到最后一行，吓了一跳，急忙跳起往屋外奔。站在屋门口，她四处探看，可除了路人，见不到任何可疑之人。献容焦虑地再次将信打开，最后一行是：“否则她会有性命之危。”

这天下午，献容是带着沉沉心思来到柳府的。她一早就打算好，在南市为乞丐们看完病，再绕行来见柳公子。她想看看这些天他的伤养得如何，还得把狼牙簪子还给他。可那张莫名其妙的字条似是一块巨石，压得她的心直往下坠，以至与柳公子行见面礼时，都有些心不在焉。

“羊小姐有心事？”

献容回神，看到一双明亮的眼睛正关切地注视着她，瞳仁似墨玉一般闪闪发亮。她将药包放在桌上，微垂下眼帘：“上次给你的药应该快用完了，这是新开的，添了几味温补调理之药，你让阿乐天天熬给你喝吧。”

阿曜动了动肩膀：“已经大好，都不必天天换药了。”

献容急忙阻止他的动作：“小心，动作不能这么大。还有，肌肉筋腱还未完全长好，三个月内不可以负重。”

阿曜笑：“知道了，羊医师。”他坐下，为献容斟茶，殷切地招呼着，“先喝口茶吧。”

他身穿碧色长袍，面如冠玉、丰神隽朗，闲闲坐在榻上，好似画卷里充满禅意的风流名士，绽放出烁烁光华。献容在他对面几案边坐下，不敢再多看他，低头喝茶，任由青丝飘垂在白嫩的颈间。阿曜这样静静看她，竟有些口渴，给自己斟了杯茶。

两人低头喝着茶，一时无话。

“哦对了——”

两人愣住，竟是同时发声。

“你先说——”

又是同时说话。两人呆住，气氛有些微妙。献容憋不住先笑了起来，阿曜有些不好意思，只得再倒了杯茶一饮而尽。

献容将袖袋里的狼牙簪子掏出：“还给你。”

阿曜看到簪子，神情凝重起来："你……给你母亲看过吗？"

献容点头，语气坚定："但她不是你要找的人。"

阿曜将簪子收进袖袋。他已知道沈锦绣的藏身之处，这道具可以收场了："也罢，还是要多谢你。"

献容欲站起告辞，一阵头晕目眩袭来，急忙扶住案桌。阿曜诧异，起身想要扶持献容，不料自己的身体也在摇摇晃晃。

献容费力说出："茶里有药！"

献容刚说完便一头栽倒。阿曜强撑一阵，终于也抵挡不住药劲，倒在献容身侧。

阿曜昏沉沉醒来，茫然四顾，自己正躺在一张榻上，屋子却不是他刚刚待的正堂。整间屋子除了紧闭的门和极高处的小窗，全是厚厚的墙壁。那小窗是唯一的光线来源，但离地太高，根本够不到，整间屋子阴暗中透出一股诡异。

他扭头，讶异地看见献容正睡在身旁。一抹窗口进来的光线恰巧落在她脸上，好似绽放正盛的牡丹花。阿曜的目光不由自主往下移动，献容起伏的曲线，纤细的腰肢，在半明半暗的光线中是如此撩人。

阿曜顿觉血气上涌，咽了咽唾沫，难以遏制自己，慢慢靠向献容。凑得越近，她身上的幽香越浓。每一次呼吸带来的轻微起伏，令他血脉偾张。软香温玉的身躯诱惑无比，教人恨不能立时按压在身下，好好搓揉一番。他颤抖着伸出手，摸向她那张漂亮脸蛋，呼吸声愈发沉重。

即将触上那吹弹即破的粉嫩肌肤时，他猛一个翻身，几乎是直挺挺跌下榻。这刻意的跌倒令他拾回片刻清醒，一边重重喘气，一边仔细回想。身体是如此不对劲，全身血液似乎都在往下涌，那令他昏倒的茶水里肯定放入了什么龌龊的药！是谁想要构陷他？

身后传来一声懵懵懂懂的轻唤："柳公子……"

如此绵软无力的呼唤简直比杀了他还难受。浑身血气更是翻江倒海，他刚想扭头，又强行克制住。以残存的一丝清明迫使自己将身子挪到墙角，头靠上冰冷的墙面。

献容迷迷糊糊地下榻，看向四周，仍有些迷蒙：“这是哪里？为何我会在这里？”

献容看向柳公子，他正蜷缩在墙角，额头贴在墙上，似是非常痛苦。献容大惊，急忙奔过去：“柳公子，你怎么了？”

阿曜眼神迷离，满脸绯红，额头冒出一层细密的汗珠。恍惚间，他似乎看到十二岁的杨嫣正站在他面前，浅笑盈盈。献容的声音仿佛从极远的另一空间传来，他一点都听不清楚。唯有蜜色红唇在他脑海中越放越大，那是他抵挡不了的诱惑。

献容手按上他额头，吃了一惊：“好烫——”

话音未落，已被大力扑倒在地。献容想要挣扎，却根本挣不过柳公子的力气。献容企图唤醒他的意志：“住手！快住手——”

阿曜喘着粗气，咽了咽唾沫，再也按捺不住，垂头凑将上去。献容急忙扭开头，他的唇擦着脸颊落在她的长发上。

献容焦急，双手捶打阿曜坚硬的胸膛：“柳公子，你中了药，快醒醒！这样不行——”她浑身战栗，又惊又惧。他若是硬来，她毫无反抗能力。无媒无聘而失去处子之身，等待她的只有死路一条。

阿曜愈发烦躁起来，一手撑起自己的身子，另一只手握住她双腕，反举过她的头顶。他双眼发红，面目狰狞，已经完全不似那个举止得宜的谦谦公子了。献容挣扎不得，眼里流出泪水：“柳公子，你是要我死吗？”

她绝望地闭眼，心中已抱了必死的决心，战栗着等待命运的宣判。哪知等待片刻，身上如铁钳般压制着她的人却无进一步的举动。献容试探着睁眼，只见柳公子仍骑坐在她身上，眼里似要喷出火来。他猛地放开钳制她的手，撸开袖子，以指甲在手臂上用力一划，顿时现出血淋淋几道抓痕。

献容吃惊，刚想出声，阿曜翻身下来，靠上墙面，粗重喘息着："你快走！不要靠近我！"

献容得了自由，慌忙爬起冲向大门。门反锁着，献容大力拍门呼救，却是无人应答。献容侧着身子撞门，门依然紧锁。她揉着被撞疼的肩膀，怒不可遏："是谁要这样陷害我？"

她看了看暗室，周边有一排高柜，房间正中除了一张榻，就只有榻上一张几案。她羊献容可不是那种哭哭啼啼干等着的弱女子，撩起碍事的袖子，献容抓起榻上的几案，用力砸向门，哐当一声巨响，门还是没有砸开。

都闹出这般动静了，外头还是没人开门，献容愈加确定自己是被坑了。看柳公子的表现，他只怕也是不知情的。只是不知，在他柳光明自己的府邸中，究竟是谁这么大胆子，敢给主人下套。

她看向柳公子，他蜷缩着倒在地上，浑身战栗，以额头触地，企图用地面的冰凉冷却身子的火热。献容想起他以自残放过自己，又是感激又是心疼，向他走去："你——"

阿曜大吼："滚开！不许说话，不许靠近我！"

说完他便以头抢地，咚一声撞得着实不轻。献容吓了一跳，忙道："好，我不说话，不靠近你，可你别再伤害自己了。"

阿曜以痛感恢复了半刻清明，仍不肯看献容，咬牙从齿缝中挤出一句："不伤害我自己，就会伤害到你……"

看他如此煎熬，献容怎能不感动。她环顾四周："我们必须做些什么，不能这样坐以待毙。"

阿曜以牙咬唇，一丝血顺着嘴角流下，妖艳的红色更衬出脸上狰狞的青紫：“别理我，我撑过去就行……”

屋子里空空荡荡什么能用的材料都没有，献容急中生智，翻开自己的袖袋。还好还好，天可怜见，东西没被搜缴掉。她从袖袋里掏出一把枯萎的草根，递给阿曜：“来，嚼着吞下去！”

阿曜看向她，眼里已是混沌一片。献容只好塞进他手中：“这是藜芦，催吐用的。”她上午义诊时看到屋外有一片野生藜芦长势正旺，职业病犯了，顺手拔了两株，取其根茎，叫春儿洗净晒干了塞进袖袋。这会儿倒是真能派上用场。

阿曜混混沌沌接过草根，干嚼着吞下去。这样干咽实在很苦，献容也是无奈，这屋里连杯水都找不到。阿曜强忍着苦味好不容易咽下去，献容教导他：“来，按我说的做。将手指放入嘴中压住舌根，让自己吐出来。”

发涩的苦味让阿曜神志清醒了不少，他依言以手指抠入喉咙，拼命让自己吐出来。他呕吐好一阵，为了彻底去除那龌龊药物的干扰，几乎把整个胃都呕空了。这滋味实在不好受，倒是抵消了控制着他整个大脑的强烈欲望，让他回归理智。

他撑着手臂大口喘气，筋疲力尽靠在墙上。献容探他的额头：“太好了，没那么烫了。”

阿曜费力撑开眼，声音虚弱：“谢谢你……”

“其实，应该是我谢谢你才对。”献容顿一顿，声音放得很轻，脸上飞起红晕，“你本可以不必这么难受的，我根本反抗不了你……”

阿曜摇头：“那样做有什么意义？为了一时的兽欲，换来一辈子的悔恨。”他眼神一沉，带着隐隐凌厉的锋芒，“我不愿苟且，更不愿被人利用。”

他站起身来，稳一稳自己有些发虚的脚步，走到门边举起被献容丢过的几案。随着一声大喝，几案以惊人的力道砸去。两扇门页轰然倒下，扬起一阵灰尘。

献容张大嘴，看着站在门洞口的柳公子。逆光，看不清他的脸，只有阳光勾勒出他高大的身躯，一片光明。

献容是带着满腹疑惑、仓皇逃离“柳府”的。当然，她遵守了与柳公子的承诺，对发生在暗室内的事只字未提，这对她来说也是最佳选择。

摇晃的马车里，春儿看出她容色有些憔悴，献容只说自己一上午义诊累了。斜靠在锦垫上，献容不住回想门打开后两人的对话。

“赶紧离开，以后不要再来柳府。”他说这话时神情严肃得可怕，眼里似乎闪烁着杀伐之气，叫人不寒而栗。

献容问道：“究竟是谁？为何要这么做？”

他沉默片刻，咬牙道：“我会给你个交代。”

献容相信他其实已有答案，正想再追问下去，柳公子已匆匆离去，背影被夕阳余晖拉出长长的影子，像个孤寂的问号，将献容的心笼进一片阴影。

回想起那张神秘的字条，母亲虽竭力否认却泄露内心的表情，献容觉得这一切绝非简单，可她想爆头也无法窥视其中的秘密。她只有等待，等待着命运将她裹挟进一场看不清前路的暴风骤雨。

第二十二章

父　亲

●

见他震惊得说不出话来，古丽神色缓和下来，试图安慰他：“你父亲——”

他暴怒着打断她：“我没有父亲！”

与此同时，柳府后院一处隐蔽的三进院落里，阿曜将古丽牢牢扣在墙上，一手掐着她颀长的脖子，一手执着匕首：“为什么要做这么下三烂的事？”

古丽呼吸困难，却仍在嘴硬：“你有胆子杀我吗？别一时冲动毁了自己想要的自由。”

阿曜冷笑：“说对了，我的确没胆子杀你。”他将匕首往上移到古丽白皙的脸旁，声音不带任何温度，“但我可以在这张漂亮的脸上划几道。”

他以匕首在古丽脸上比画个叉字，眼里仿如千年古井幽深莫测：“只要两刀，你赖以生存的资本，就什么都没了。”

古丽从未见过这样的阿曜，双眸中满是暴戾狠绝，如狼一般的眼神像极了那人。古丽身子不由自主瑟缩着，眼里闪过一丝恐惧。他不是嘴上说说，他真会这么做。看来这次是真将他逼狠了。

古丽刚想说什么，却一阵干咳，眼皮上翻。

阿曜松开了些手劲："说吧，这么做，对你有什么好处？"

古丽大口喘息，边咳边说："对我……当然……没好处，可我必须……这么做……"

阿曜的匕首贴得更紧了，离她的脸庞只差分毫。

古丽冷笑："这是那人的命令。当知道沈锦绣的藏身之地后，便得为你们安排这样一场……"

古丽没有说下去，阿曜难以置信："他为何要下这种命令？"

"因为……除了沈锦绣，他还恨一个人。"

"羊献容？他根本没见过她——"

古丽打断他："是羊玄之。"

阿曜愣住，手放开了古丽的脖子。古丽修长的脖子上已被掐出一道红印。她抚着脖子缓解不适，冷笑道："你毁了羊玄之的女儿，就是对他最大的报复。"

见他震惊得说不出话来，古丽神色缓和下来，试图安慰他："你父亲——"

他暴怒着打断她："我没有父亲！"

阿曜头也不回大踏步离开。古丽目送他离去，微不可闻叹了口气。执行这道命令时，她其实暗中留了一手。两人在昏迷中，那下三烂的药她只灌给了阿曜一人。她知道羊献容通医术，不在羊献容身上用药也许能为她留一条生路。瞧，她古丽也不是铁石心肠的，只是……

一想起那双如狼一般没有任何温度的眼睛，她整个人如同被沉入了一望无际的冰湖。她紧紧抱住双臂，哆嗦了许久才回过暖来。

夜色狰狞，惨白的月光洒在窗前，屋内没有点灯，阿曜坐在暗黑中一动不动。他手握那柄镶嵌着红蓝绿宝石的连鞘匕首，耳边一遍遍回响起那个冰冷彻骨的声音："杀了她，杀了她……"

五年前，他跟阿乐向女孩发誓会照顾她一辈子。现在回想起来，他们真是不知天高地厚。自身都难保，他们又有什么资格保护她？当晋军消灭了那十几个匈奴兵，再次搜索过来，他与阿乐也只能抛下受伤的女孩逃命。好在这次追来的是正牌晋军，他们躲在树上，远远看着女孩被一名将领小心托起放入马车。

这些晋兵是为了搜寻女孩而来，并没有再追杀他们。本来两人该趁机往南方逃，可他不放心女孩，想进城探听一下消息。阿乐虽有些不情愿，可他也挂念着女孩的伤势，便与他一同混入了城。

两人扮成小乞丐在城内走着。看到一家面饼摊正烤着热腾腾的面饼，已经大半天没吃东西的两人不由饥肠辘辘。晋军来得猝不及防，那些面饼被阿乐留在了破庙中。阿曜袖袋里还剩下最后几个铜板，那是阿乐卖了簪子换药后剩下的。他拿着钱走到面饼摊，那小贩正要给他饼子，阿曜却摆手不要："这位大哥，钱你拿去，我只想打听一件事。"

阿乐冲天翻翻白眼：他可知道这是两人最后一点财产吗？

阿曜问小贩："晋阳城内有哪家高门大户姓杨？"他指了指路边的杨树，"就是这个杨。"

"姓杨的大户有好几家呢。"小贩掰着手指头数给他听，"城中第一富户杨九如家，左仆射杨建家，哦对了，还有晋阳长史杨泅家，他家家境稍差一些。"

"那，家中有夫人懂医术的呢？"

小贩想了想："那就只有——"

可惜，还没等那小贩说出口，阿曜眼前一黑，人事不省。不知过了多久，他悠悠醒来，眼前却是一片昏黑，不知身在何处，只觉地上冰冷，颈间竟被一条铁链锁住！他沿着铁链摸索，才发现自己被锁在一根柱上。他大声呼叫阿乐，周遭死寂无声。

腰间伤口传来阵阵灼痛，阿曜浑身发烫，这一刻无言的恐惧将他全身笼住。他真不该逃。他不怕自己身上的伤，不怕被处死。可他会害死灵儿，他还害得一个无辜女孩失去一只眼睛。阿曜倒在冰冷的地上，滚烫的身体却无法降温，打摆子一般浑身颤抖。

一阵由远及近的脚步声在黑暗中响起。强烈的火光从掀开的门帘处透入。阿曜的眼睛在黑暗中太久，急忙眯眼，半晌才适应过来，慢慢睁眼环顾四周。他立即认出这是军中大帐，但与自己待过的不同，这里有厚实的垫子寝具，有精致的用具，配置比他之前待过的高级太多。

脚步声不快，却是沉稳有力，慢慢踱着走近，间杂着火把发出的噼啪声响。一双狼皮靴子映入眼帘，随着视线上移，裘皮大氅配着深紫色锦袍，厚重的深色衣服衬出一双如狼一般带着杀气的眼睛，幽暗中竟闪着诡异的绿光。

高耸的颧骨，粗浓如箭的长眉，如刀切削过的凌厉五官，这令人看了便生出丝丝寒意的面貌，阿曜并不陌生。他心中一凛，费力撑起身子跪拜，颤抖着声音喊出："大单于……"

站在阿曜面前的，便是定居在河套地区的匈奴五部头领。西汉时，高祖刘邦嫁宗室之女给匈奴首领冒顿单于，并与冒顿单于相约为兄弟。从此，冒顿单于的子孙都以刘氏为姓。眼前这位人人敬畏的大单于便有个汉人姓名——刘渊。

"可知为何我非要将你抓回来？"

身为大单于的家奴，阿曜曾对他无数次下跪，却从未有与他单独对话的机会。阿曜浑身一颤，无法回答，身子抖动得更厉害了。

他挥了挥手，身边有人上前给阿曜解开铁链。他再挥挥手，那人又悄无声息离去。大帐中只剩下万人之上的大单于，和微贱如泥的小奴隶。

插在柱上的火把发出细微的噼啪声，大单于俯视着浑身战栗的阿曜许久。他双手背在身后，声音一如既往的冰冷："因为……你是我的儿子……"

一股刺痛狠狠扎进胸口，阿曜的身体仿佛被这句话生生剖成了两半。心口传来的被钝刀割肉般的疼痛，却让他有想笑的冲动。这是他活到十五岁，听到过的最大笑话。从小到大他就被告知，他与灵儿是孤儿，连父母的名字都不知晓。他们还告诉他，他是汉人，所以就该被匈奴人奴役。一个汉人小奴隶，居然是匈奴大单于之子，这不是天大的笑话又是什么？最搞笑的是，他竟然就在这个口称是自己父亲的人家中做奴隶，服侍着他一肚子坏水的大儿子刘和，还有脾气暴戾的二儿子刘聪。若大单于说的是真的，那岂不是一个儿子服侍着另两个儿子？同为儿子，为何如此不公？

阿曜如同打摆子一般战栗着问出："那灵儿……"

刘渊点了点头，平静地回答："她也是我的女儿。"

阿曜只觉得周身血液上涌，直欲喷出喉头。自小到大，他与灵儿受了多少苦。缺衣少食不说，还时常被刘聪打得头破血流、浑身青瘀。灵儿服侍大阏氏呼延氏，虽大阏氏待她不算太差，可灵儿体弱多病，须常年服药。身为哥哥，他必须担当起照顾她的责任。他之所以求刘和允许他从军，只因为刘和告诉他，若是立了军功，他就可以不再是奴隶，为灵儿争取个好一点的未来。他那么努力想要摆脱这个微贱的身份，可眼前人却告诉他，他其实是生来口含金匙的贵公子。

阿曜强力按压下喉中涌动的血气，艰难问出："这是……为什么？"

刘渊凌厉的五官没有任何表情，声音比冰霜还冷："你不需要知道原因，我只问你，你可想摆脱奴隶身份？"

阿曜终于忍不住冷笑出声，抬眼看向刘渊，竭力让声音平稳："大单于是想要认我和灵儿？"

刘渊却是摇头："我儿女众多，不缺你和一个体弱多病的女儿，你们不过是我一时痛快得来的无用废物罢了。"

阿曜愤懑难忍，刚一张嘴，却是呕出一口血。虎毒尚不食子，这人的心到底是什么做的。看着血一滴滴落在自己褴褛的衣裳上，阿曜慢慢冷静下来。他想起了第一次上战场，亲眼所见的一件事。

匈奴军队将晋阳团团围住，准备发起攻城。战鼓擂动，风将旌旗吹得呼呼直响，他无甲无盔站在最前沿，等着一声令下冲锋向前。晋阳城头排列着大量执弓士兵，那冰冷的弓箭正对着他们，他甚至能看到晋国士兵眼中有着跟他一样的恐惧。就在他身后不远处，一匹优良的汗血宝马上，端坐着他们的首领：大单于刘渊。

晋阳城头号角响起，一队晋兵匆匆押解着一人走向城楼，领头那名全副铠甲的武将冲着这边大喊："刘渊，看看此人是谁！"

被押解之人长得白白胖胖，身穿汉人的宽袍，双手被绑在身后，满脸惶恐，大声哭号："父亲，父亲是我！"

刘渊猛地驱马上前，来到匈奴队伍的最前排，就在阿曜身侧。阿曜这些下等士兵慌忙退开，为他让路。他身后跟着几名匈奴将领持盾保护他。

刘渊仔细辨认了一下，对那年轻人大喊："贺儿……"

圆滚滚的年轻人从萎靡不顿的状态中亢奋起来，急切探身冲刘渊喊："父亲快救我！"

晋军将领将刘贺趴在箭垛上的身子拉回来，冲着城下的千军万马喊道："刘渊，若想救你儿子，即刻退兵，陛下仍会像以往一般封赏匈奴，让你们丰衣足食。若你执迷不悔，非要违抗朝廷……"他猛地抽刀抵住刘贺的脖子。

刘贺吓得面色惨白，浑身如筛糠般哆嗦，声嘶力竭地哭喊："父亲救我，贺儿不想死啊！"

刘渊死死盯着城墙上的孬种儿子，眼里似要喷出火来："贺儿，给我站直了，别丢了匈奴的脸。"

刘贺似乎完全没听懂，还是一迭声嚷嚷着让刘渊救他。刘渊身边将领小心建言："大单于，不如暂且退兵吧。"

刘渊猛地一甩鞭，打在那将领脸上。将领龇牙忍痛，却不敢偏头躲避。刘渊沉下脸来，仿佛酝着暴风骤雨来临前的气息，令人毛骨悚然："不准后退！"他眼里闪着冰寒彻骨的光芒，用马鞭指着城墙上的刘贺，"我这个儿子已经被汉人养废了，这就是他们要的！"

没人敢再发声，所有人沉默着等他下令。

刘渊看向城墙高处，眼里燃着阴烈的火焰。被这样的眼神盯着，胆小些的甚至会哆嗦不已，汗出如浆。他如宣言般大喝道："我们的族人被连年征发，我们的妇孺被终身奴役。我们交出最精良的战马和皮毛，也不过像被施舍乞丐一般换来粗粝的茶叶和食盐。你们将我们锁在苦寒的塞外，时常威胁闭市来饿死我们。我们全族遭受天灾饥馑时，你们的高官重臣们榨取租税徭役却更加凶狠。我们的祖先亦是天之骄子，凭什么百年来被迫低你们一等，受你们这些贪官酷吏的奴役？"

这番慷慨激昂之语激起了身后万名匈奴将士的满腔热血，纷纷振臂呐喊，喊声连绵一片，地动山摇。

城墙上的汉人将领不由心惊，大喊道："你这逆贼仍不思悔改，那就怨不得我们了！"

刘渊没有回答，突然伸手取过一旁将领肩头的强弓。那弓极沉，可刘渊却一下拉个满怀。见刘渊引弓搭箭，城墙上除了刘贺，众军皆附身躲避。刘贺仍眼巴巴望着父亲，满怀冀望。

刘渊深吸一口气，凝神再看一眼刘贺，旋即闭眼。箭镞呼啸着射向城楼，准确无误地刺入刘贺胸口。刘贺满脸愕然，瞪大眼，不置信地低头看胸口的箭杆，再看向城下面无表情的父亲。父亲将他留在洛阳做质子时只有十二岁，他已十五年没见父亲了。这十五年里他在洛阳过得不赖，吃穿用度女人玩乐，什么都不缺。他甚至不愿回匈奴，不想去苦熬塞外的风霜。但他仍思念父亲。没想到再见面时，竟是自己殒命之际。

刘贺挣扎着倒下，眼睛始终圆瞪着，至死也不相信他竟会死在父亲手下。刘贺身边的晋兵全都退开几步，心中对这位匈奴单于充满了恐惧。而匈奴这边，全军默然。

回想起亲眼目睹的惊愕一幕，刘曜只有满心悲凉。大单于连儿子都能亲手射杀，怎能指望他顾惜骨肉亲情？让自己的亲生儿女在眼皮子底下做了十几年奴隶又算什么，让他们继续做一辈子奴隶也不在话下。儿女的荣与辱，全在大单于一念之间。

刘渊看向阿曜，像是看着笼中的猎物："天底下没有白来的食物。你想要得到这个名分，就必须有付出。"

阿曜将嘴里的血强咽了下去，昂头直视这个之前绝不敢直视的人："大单于要我做什么？"

"你去杀一个女人。"一柄匕首丢在脚下，刘渊眼中闪过一丝复仇的快意，"杀了她，我就认你……"

看着面前这柄镶嵌着红蓝绿宝石的连鞘匕首，年满二十岁的阿曜咧开嘴，无声地冷笑。五年前他捡起了这柄匕首，为自己和灵儿换来了丰裕的物质条件和极珍贵的读书机会，也救出了阿乐。刘渊对外宣称收他为义子，尽管偶尔还有刘和刘聪们的鄙视与欺负，但这些贵公子的恶作剧对他来说算得了什么。

如今，还债的时刻已经到来。他并不在乎公子的名分，但灵儿的咳疾越来越重，须长期服用昂贵的药材。若他无法完成任务，兄妹俩一旦被打回原形，灵儿只怕活不过一年。

他本以为自己可以顺利完成任务，却碰上了意外的难局。银色月辉在匕首锋刃上流转跃动，清冷的光芒照出他棱角分明的冷峻五官。他眯眼看向手中的匕首，愈来愈沉，沉得他几乎无力握住。他的手指关节因太过用力而泛白。这匕首无论多沉，他都必须握住。

他已经没有回头路。

十天后，阿乐如约回来了。他风尘仆仆，眼里布满血丝，神情极倦，只敷衍了句家乡什么都没了，其余便不肯再提。古丽责骂，他也只是嬉皮笑脸却油盐不进。从大局着想，古丽虽恼，还得帮阿乐瞒着，让他歇息了一日。好在近来的西晋朝堂发生了一件匪夷所思之事，古丽得先向那人密报。

皇后贾南风对着众臣羞答答地宣布，自己当年在武帝丧期曾受孕生子。因国丧期间杜绝一切房帏之事，只得秘密产子。这孩子一直养在她妹妹家，如今该让孩子认祖归宗了。这一说辞让所有朝臣面面相觑，大家都明白，贾皇后又开始拿继承人问题各种花样作死了。

贾南风自从嫁给司马衷，严防死守，杜绝一切宫中嫔妃接近皇帝的机会。曾有不怕死的妃子暗结龙胎，被贾南风知晓后以手戟刺入腹部，生生掉下个成形的男婴。可皇帝总得有继承人啊，贾南风肚子不争气，连生了四个公主，愣是生不出儿子。

司马衷虽然子嗣艰难，但好歹仍有儿子司马遹，是他尚未娶妻时，由伺候他的宫女所生。这孩子之所以能活下来，完全是因为司马衷老爹司马炎的庇护。在司马炎的后宫里长到三四岁，晋武帝司马炎才让太子认了儿子。据说司马炎见太子实在太傻，多次起念想要废黜太子，之所以最终没废成功，也跟这孩子有关。司马遹少时便多有聪慧的表现，司马炎曾当众夸奖孙子说："这小子将来会兴旺我们司马家。"有了这个聪明孙子，司马炎也就熄了废太子之心，把天下交给了自己的傻儿子。他也不想想，有贾南风这样的儿媳，岂能允许这孩子将来登上龙椅。

司马遹战战兢兢活到了成年，为了韬光养晦，故意装作各种嬉闹风流，还在后宫设集市卖肉。但这些举动都没法让贾南风将注意力从他身上挪走，关键是他还生了三个儿子。这成了贾南风的眼中钉肉中刺，不拔除便永无安宁之日。此时的贾南风已四十三岁，再没可能生出儿子了。若是司马遹顺风顺水继承了帝位，她贾南风还想留下全尸吗？

所以，第一步就得先弄个孩子出来。

可甭管贾南风将谎言编织得如何漂亮，谁不知道那就是她亲妹子的孩子，长相跟她妹夫一模一样。于是这段时日贾南风到处撒钱拉拢，争取更多朝中人支持她将这孩子划拉到老司马家的谱牒下。

朝堂之上，贾南风天天在折腾。古丽密切关注着朝政，收集情报往外发送。阿乐不在时，古丽天天就在干这些事儿。如今得力干将已经归队，行动也该开始了。这次行动命名为：瓮中捉鳖。

第二十三章

表　白

献容听说他愿意来，笑容愈发灿烂，眉梢眼角都是横波流盼的光彩。

琅琊王府王太妃怎样都想不到，她就是古丽眼中的那只鳖。她去洛阳第一大寺白马寺进香，半路上被一群蒙面人劫持。当她被蒙着眼拖入一间小屋，不知身处何地之时，她还抱着侥幸。这伙贼人应该用钱就能搞定。毕竟她已年过四十，就算保养得不错，也难成为劫色的对象。

领头那个高大强壮、眼神凶狠的家伙蒙着头脸，开口问道：“你就是琅琊王妃？”王太妃刚应了声“是”，闪着寒光的尖刃已劈向她的颈项。还没开谈赎金呢，这就迫不及待要撕票了。王太妃吓得闭目等待跟这个世界告别，一声金属交错的脆响，横插过来一把剑，将那刀格挡开来。

“等等，还没问清楚！”

王太妃战战兢兢睁眼，看到了另一名身穿青衫的蒙面劫匪。比那凶煞之人高了少许，但眼神却复杂得令人难以猜透。

“还问什么，一刀下去，这件事就结束了。”凶煞之人的口气相当不耐烦。

青衣人却不理睬他，走到王太妃身边，从怀中取出一物，俯身问道：“知道这是何物吗？”

王太妃抖着身子看过去，是一根狼牙制成的簪子，形制独特，颇有些眼熟。青衣人眼里闪着寒光，一瞬不瞬，紧盯着王太妃的脸，连她最细微的表情也不放过。

王太妃正眯着眼回想，凶煞男人又不耐烦了，催促道：“她不会说的！”

青衣人仍死死盯着她，幽幽说了一句没头没脑的话：“灵儿她……活不了多久了。”

凶煞之人愣了一下，看向同伙。王太妃一脸迷茫，以眼神哀求着，身子如筛糠般抖得愈加厉害。青衣人眼里初时似抱有某种期待，如今却慢慢熄灭，目光越来越冷。他直起身，将簪子塞入怀中。

突然，凶煞之人竟在毫无预兆的情况下举刀刺向王太妃心口。青衣人急速回身，以剑将来势汹汹的刀格挡开。那刀刃错开心口，沿着王太妃的手臂划了一道。丝绸衣料被割开，血立即涌出，转眼便将衣袖染红。

王太妃被吓傻了，呆呆愣住。待得手臂上的剧痛传入脑中，她低头见到了染血的臂膀，浑身抽搐一通，头一歪昏厥过去。

凶煞之人冷哼一声：“装的！”

青衣人俯身拍她的脸，又翻开眼皮查看：“是真晕，不是假装。”他再检查她的伤口，还好，伤得并不深。

他将蒙面巾子扯下，露出浮雕般的俊颜，不悦地看向同伙：“阿乐，你今日究竟是怎么回事？杀心居然如此之重！”

阿乐也扯下了蒙面巾子，目光有些躲闪："费了这么大劲，不就是为了今日吗？早早了结，大家都解脱了，可以去做咱们一心想做的事。"

阿曜看向面色惨白、不省人事的王太妃，摇头道："她不是沈锦绣。"

阿乐吃惊："你怎么知道？"

阿曜冷笑："沈锦绣医术高超，不可能见血便晕。"这一丝半星的信息，也是那人在他再三询问下透露出的。

阿乐愣住，眼里飞快闪过一丝懊恼。

待王太妃醒来，已是黄昏。她被扔在郊外一处草坡，四野无人。手臂上的伤做了简单包扎，但身上值钱些的东西被一劫而空。她颇吃了番苦头才辗转回到琅琊王府。蓬头垢面、饥肠辘辘时，她想起了那根狼牙簪子。为何跟羊献容的那根如此相像？

她跟儿子详谈此事，司马睿却死活不肯相信羊家大小姐会跟劫匪有所勾结。天下一模一样的簪子不止一根，难道不会有巧合？再说了，也不方便直接去问献容，谁会承认呢？若是报官，羊家可不是随意能被府衙刑讯的。

除了这根簪子，王太妃提不出任何别的线索，何况此时洛阳发生了一件更惊天骇地之事：太子司马遹欲谋反篡位！

这可是件不得了的大事，一时间洛阳城内传得风风雨雨。但所有人都知道，这又是贾后栽赃陷害。她弄了亲妹子的儿子硬充自已所生，可这谎言太明显，朝臣们并不买账。太子已经成年，智商毫无问题，又没有亲兄弟做竞争对手，未来皇位必定是他的。朝臣们都不傻，贾南风撒再多钱也挡不住他们暗中站队到太子那边。贾南风非常清楚，别看现在贾家不可一世，一旦太子继位，姓贾的一家老小届时能保住全尸都是开恩。

为了家族利益，贾南风必须对太子下手。

谋反的罪状是一封书信，上面写着："陛下宜自了，不自了，吾当入了之。中宫又宜速自了，不自了，吾当手了之。并与谢妃共要，刻期两发，勿疑犹豫，以致后患。茹毛饮血于三辰之下，皇天许当扫除患害，立道文为王，蒋氏为内主。愿成，当以三牲祠北君。"

字迹潦草，甚至有大半字不成字形，明显看得出后来修改的痕迹。而最令人难以信服的是，堂堂一个太子，智商完全没问题，咋会有如此拙劣的文笔？后来不断有各种消息传出，是贾后将太子强行灌醉，让他在酒醉迷糊之中写下的。

尽管证据是如此不足，理由是如此牵强，可贾后手中掌握着傻皇帝呢，愣是以皇帝之名下诏废掉司马遹的太子之位，将他与三个幼子囚禁在冷宫金墉城，又杀了司马遹的生母淑妃和一位生下儿子的太子宠妾。太子妃因是尚书王衍之女，阿曜曾参加过他组织的集体嗑药，王衍这老狐狸赶紧让女儿跟太子和离，断了跟太子的所有关系。

洛阳城内一片腥风血雨，司马王族人人自危，生怕跟太子牵扯上一星半点的关系，谁还关心琅琊王府王太妃遇袭这种芝麻绿豆的小事呢？连儿子都不支持自己去讨公道，王太妃只能不了了之。她吃了个闷亏，从此对羊献容更加不喜，司马睿的求亲之路愈加艰难。

"柳府"内的三进小院里，古丽的脸色难看得能拧出一碗浓浓的药汁来。

"来洛阳两个月了，什么进展都没有，三月之限只剩下一个月，难道我们三个都要提着头回去交差！"她气不打一处来，只能猛拍几案聊以发泄。

阿乐目光闪了闪，扭头看向窗外："起码阿曜死不了。"

阿曜面色沉沉："我跟你们俩是一样的。"

“羊献容，只有羊献容！”古丽在屋中慢慢踱步，目光越来越凌厉，“从现在起，整日盯着她！她做了什么事，见了什么人，都要向我细报！”

阿乐点了点头，抬脚想往屋外走，阿曜拦住他：“我跟阿乐轮流。”

阿乐急忙摆手：“我一个人足够。再说了，还有舞团的弟兄们呢。”

古丽却是点头同意：“好，你们轮流，每人负责一日。”

古丽是行动小分队首领，阿乐无法再反驳，只得同意。只是在没人注意到的时候，阿乐眼底飞快闪过一丝焦虑。

羊府本就戒备森严，近来异事频发，整个府邸的警戒提高了好几个级别。所以跟踪羊献容只能蹲守在羊府大门外，等着她出门。幸好，羊献容不是那种大门不出二门不迈的娇贵小姐，她那辆专属马车隔三岔五便要出门溜达一圈。

之前皆是阿乐负责跟踪羊献容，当阿曜接手这活计，他发现自己的心情真是极度复杂。虽无法在献容面前现身，可这样从另一侧面去窥视她的生活，他心底深处竟有一丝难以言说的兴奋。

献容每隔五天便去南市为穷苦人家看病。除了参加必要的应酬，或者去药店采购药材，她去得最多的地方是广化庵。

只要跟无住师太在一起，献容脸上会有一种难以描述的光芒，整个人就像个活力满满的小太阳，走到哪里，草木皆暖。这时的献容，是他阿曜最最羡慕的。心中常年黑暗的角落，因着献容的一颦一笑，似乎也能漏进一缕阳光，在心中化作春雨无声润开。他如吸毒成瘾之人，明知那分毫暖意在可怕的现实面前随时会被浇灭，他却怎样都戒断不了。

郁山脚下挤满了衣衫褴褛的穷人，手里拿着空碗，排队等着施粥。

今日九月初九重阳节，山上的广化庵为穷人们派粥。献容跟着无住师太，像个小蜜蜂忙前忙后。脸上出汗了，她就用衣袖随意抹一下，才不管头发凌乱是否会影响世家小姐形象。跟穷人脏兮兮的手触碰到了，她也笑盈盈的毫不介意。

献容不知道，就在不远处的一棵松树后，有个人正偷偷望着她阳光健康的身影。粥派完了，穷人们大都散去，剩下少数人聚在松树林边喝粥。献容满头是汗，跟着无住师太和庵里的几名姑子收拾摊子。无住师太干着活，跟献容聊天。说了一阵，似是随意问道："对了，那位来寻母的柳公子，他寻到母亲了吗？"

献容摇了摇头："好多天未见，也不知找到没有。"自从上次在柳府发生了那样的不堪，她再没见过柳公子，更不敢贸贸然再去柳府。这柳公子身上有太多谜团，她已不像初相识那般，对他毫无防备。可是，心底深处她却抵挡不住思念的潮涌。她很想再见他一面，哪怕什么都不问，就这么静静地看着他，也抵过那刻骨蚀心的思念。

无住师太的手顿了顿，面上却是毫无变化："他住哪里？"

献容有些不解："师太，你为何想知道他的住处？"

无住师太温和地笑了笑："因为——"

树后的阿曜凝神静听，冷不防身后一股大力击在他肩上，踉跄着跌入林边喝粥的人堆中。他急速回头看去，却无踪影！阿曜有些狼狈，急忙想要背转身去，却已被认出。献容瞪大了眼叫唤："柳公子！"

阿曜无奈，只得走向献容，心中仍存着疑惑。他自持武艺不弱，能推动得了他的，必定是个武力值不弱于他之人。究竟是谁？又为何要这么做？

"羊小姐。"阿曜走到献容面前，以得体的仪态行礼。

"柳公子，你怎么来了？"献容回礼，虽讶异，但仍保持着淑女的姿容。

“来此走走，不料偶遇羊小姐。”

这理由其实很牵强。郁山远在郊外，哪能随随便便就偶遇。但献容无心去理会这话里的逻辑是否通顺。而阿曜，也不比献容好到哪里去。

两人再度见面，其实心头都在剧烈颤抖。嘴上说着平淡的对答，心里仿如被万千匹烈马奔腾碾压而过。同闭密室中发生的一切历历在目，虽未实质发生过什么，但肌肤的触感，紊乱的呼吸，压抑的情感，全在两人对视的那一刻如过电影般迅速回闪。

“这位是……”

温柔娴雅的声音打断了两人的思绪，献容回头，见无住师太正打量着柳公子。献容急忙掩饰内心，为两人介绍：“这位就是来洛阳寻母的柳光明柳公子。”

无住师太秀丽端庄的面容仍如止水，双手合十向阿曜行礼，口念阿弥陀佛。阿曜急忙合十还礼。无住师太抬起眼，目光瞥向阿曜的左手。只那样一瞥，面色转瞬间变了变，又隐回安宁祥静之中。

阿曜帮着众人将摊子收拾好，送回到广化庵。三人淡淡地闲聊，阿曜与无住师太约好，十天后为百姓派粥，他也会来帮忙。献容听说他愿意来，笑容愈发灿烂，眉梢眼角都是横波流盼的光彩。

阿曜看得有些呆了。

心底深处，他极乐意这样与献容相处。没有负担，不带目的，仿佛岁月真能这般静好。而无住师太，虽与她交流极少，但不知为何，他喜欢看她恬静的面庞，似有一种慰藉人心的力量在吸引着他靠近。

其实，阿曜和献容都没注意到，无住师太笼在宽大僧袍中的手，一直在微微颤抖。而两人的微妙神情，偶尔对视时脉脉的目光，也一丝不落掉在了无住师太眼里。

广化庵不远处有一片竹林，竹林掩映下有座孤坟。坟头修整得很干净，看得出来时常有人在打理。可坟前却竖了一块无字碑，完全看不出被埋葬的究竟是何人，更别提生卒年月。只能根据碑的新旧程度判断，这坟已有不少年头。

献容表情肃然，从随身带来的竹篮中取出祭品，一一摆放在坟头空地上。阿曜站在她身后，不由好奇："这是谁？"

阿曜一直等候着献容向无住师太辞行，他也一并告辞，跟着献容来到庵堂之外。献容看出他有话要说，让春儿和羊秀等在不远处，带着他一起来此坟前祭拜。

献容在瓶里插入菊花，看着无字碑摇头："我也不知。每年父母亲都要带我来此祭拜，今日重阳，也得来看看他。"

献容以打火石点燃三支香，执在额上，跪下来郑重磕了三个响头。阿曜站在她身后，也礼节性地鞠了三下。

祭拜完毕，献容带着阿曜来到林中凉亭。微风吹得竹叶沙沙作响，伴着偶尔的鸟鸣，静谧恬淡。阳光透过竹叶照射下来，在献容身上投下斑驳的点点光芒。

阿曜长身而立，一身如远山般青黛色束腰长衫，将颀长的身影衬出淡然的清光。献容静静看着他，等着他先说话。他眼中看似一滩无波的湖水，可眼瞳深处却冒着一簇奇异的火焰，明暗交替，变幻莫测。

"我说过，我会给你一个交代。"阿曜确定四周无人，单刀直入，"那次的事，是我府中人所做。"

献容讶异："为何？"

阿曜苦笑："为了成全我。"

献容仍是不解地看着他。

阿曜深邃的目光定在她脸上，一字一句说得清晰："我对羊小姐心悦已久，我府中尽人皆知。可我们的身份差距，让我没有资格求娶你。”

晴空似落下一个霹雳，献容浑身不受控地微微颤抖起来。心剧烈地蹦跳着，似要跳出胸膛。

阿曜冷冽墨黑的双眸，沉沉地锁住她："故而，有人出此下策，想要生米煮成熟饭，让羊府不得不将你下嫁与我。”

献容睫毛微颤，想努力看清阿曜的脸，可眼前斑驳的光影在跳动，那清秀俊雅的五官也变得模糊起来。耳膜鼓鼓地跳动着，听得见他所有的话，却似来自遥远的空间，雾气般飘浮不定。

“可是，他们根本不知道，即便你真的失身于我，羊府也绝不会打破士庶界限。这么做，反而会将你逼入死地。”他撩起长衫一角，单膝向献容跪下，字字铿锵，掷地有声，“无论如何，这都是我的错。”

献容的神志慢慢归位，眼前阿曜重新变得清晰。当然不可能惩罚他，红着脸让他站起。献容不再有疑虑，脸若红霞，一颗少女心早已怦怦跳得不行。她何尝不知道自己早已动心。是从什么时候起呢？是扮娈童被他搂在怀中时，还是为他密室疗伤时？具体时日已不可考，她的心早就在与他的点点滴滴相处中沉沦。

可面对着如此深情的表白，她无法给出任何回应。犹豫半晌，也只能支支吾吾："我……我……”

阿曜凝视着那张酡红的小脸："本不打算让你知道，如今说出来了，我也轻松一些。”

一股难以抑制的冲动涌遍周身，她再也顾不得了，急切地说道："公子，我愿——”

“不要说！不要说出来。”他后退一步，拉开与她的距离，厉声打断她。献容愣愣看着他，无力地张了张嘴，却再难将涌到嘴边的话说完。

阿曜微微叹息，怅惋而哀伤："羊小姐不必介怀。我不会缠着你，只会感激上天让我们相遇。很快我就会离开洛阳，愿羊小姐找到如意郎君，从此夫唱妇随，儿女绕膝。而我……会祝福你。”

献容狂跳的心似被一只无形之手紧紧揪住，一下一下钝钝地生痛。细碎的光影从竹叶间筛下来，像一条条光芒织就的金针，从她脸上直扎入心脉。她动弹不得，一碰便疼痛万分。

献容回羊府的一路上，失魂落魄如浮在虚空中，无论春儿怎么问都不肯说一个字。理智上献容不能答应他，可感情却无法受自己控制，眼里心里全是那颀长孤独的身影。望而不可得，思念而不敢近，这世间最难熬的痛苦，将她撕扯得死去活来。时而想要索性抛弃了这该死的士族身份，效仿卓文君，与他私奔。可一念及老父，尤其是广化庵中的母亲，冲动便会瞬间被浇灭。

私奔？放弃。

放弃？私奔。

两股念头将羊献容变成炖在文火中的石块，苦苦熬着，却怎样都熬不出个结果。难道他们俩注定只能是两条偶尔交错的平行线吗？在彼此心中烙下一个深深的印痕，却再无交集的可能。

阿曜也是怀揣着满腹心事回到“柳府”。走入厅堂，古丽正烧着一封信，阿乐站在她身边，将水和粟米喂给一只信鸽。

见阿曜进来，古丽面色凝重，放低声音：“新命令下来了。”

阿曜却是心神不定，随口问道：“啊？什么？”

古丽不满地瞥了阿曜一眼：“向羊府提亲，求娶羊献容。”

阿曜和阿乐一愣，脸色瞬间转了好几番不同颜色。阿曜震惊得话都说不利索：“我……这……怎么可能？我凭什么？”

古丽胸有成竹地笑了：“你已麻雀变凤凰了。”

第二十四章

求　亲

●

“我……不在意你姓柳还是司马，或是别的什么，不在意你是庶族还是士族。我只希望抹平你眉间的哀伤……”

几天后，一辆金灿灿的超豪华马车停在了“柳府”大门口，身穿锦缎的丫鬟仆役和侍卫们肃穆排列在马车前后。每个仆役袖口上，都绣着一个“赵”字。如此奢华的阵容，吸引了众多洛阳市民围观。

帘子掀开，一个干瘪老头被搀扶下来，宽衣博带，高冠大袖，头戴金丝制的漆纱笼冠。随即下来的是名贵妇，高高的假髻上插了层层叠叠的头饰，各色珠宝镶嵌在黄金上。这头得慢慢转，才能保证发髻和头饰纹丝不乱。

围观群众中有好事者，认出这是当今天子的叔祖——赵王司马伦和王妃秦氏。

据当事人讲，那柳府主人柳光明公子，带着贴身侍从等候在门口。秦氏眼圈红红，一见到柳光明更是按捺不住，三两步上前抓住柳公子的手，眼泪哗哗地流，场面好不凄凄切切。

司马伦身为辈分最高的王族，如此位尊德显，怎会亲自上门来见一名年轻人？洛阳城内的世家大族圈被这个重磅消息炸开了锅。各家聚会时都在传这宗劲爆的八卦，说得有鼻子有眼，似是多人亲眼所见。各路细节陆续被补充进来，最终凑出了一个狗血的完整故事。

赵王司马伦的王妃秦氏，在嫁给赵王为继妃前，曾短暂嫁过人，却只有一个月的幸福时光。家中为了攀上赵王府，逼她秘密和离，以未婚女子的身份又嫁进了赵王府。秦氏入府时日不久即生产，却是前夫之子。赵王命人将这孩子秘密送走，对外隐瞒了一切。司马伦娶继妃时已四十多岁，身子早被掏空，王妃从此再未生育，这是她心头永远的痛。

二十年后的今天，那孩子已长大成人。他来到洛阳，伪造了谱牒，顶着河东柳氏嫡支三公子的名头，在各世家大户出入，苦苦寻找生身母亲。功夫不负有心人，小伙子终于在赵王府找到了母亲。赵王妃惊喜交加，据说搂着儿子哭了一整宿。她多年未育，如今已年过四十，再无机会怀孕。王妃向赵王苦苦哀求留下儿子。赵王念在王妃操持王府多年，兢兢业业、勤勤恳恳的分上，答应了王妃的请求。

所以有了陪夫人认子那感人肺腑的一幕。

赵王司马伦收这个小伙子为义子，改名司马明，上报朝廷，列入司马宗室。惠帝司马衷呵呵傻笑着批准了，一举轰动了整个朝野。在这个阶层固化，所有上升渠道全被死死封闭的时代，居然还能有屌丝逆袭高富帅的超小概率事件发生，这小伙子绝对是人生赢家，几乎让所有庶族嫉妒上了天。

有了名正言顺的身份，之前冒充士族在大户之家混吃混喝这等小事从此无人再提。士族们更关心的是接下来另一桩劲爆2.0的八卦：这位司马明公子，在赵王司马伦的心腹孙秀陪同下，带着满车的礼物上羊府提亲，求娶羊家大小姐羊献容。

“求娶我家献容？”羊府正厅崇正堂内，羊玄之诧异地看向对面。

这崇正堂的摆设中规中矩，正中是花梨木雕的宽榻，三面围以百鸟朝凤屏风。博古架上摆着玉石盆景，墙上挂着蔡文姬老爹蔡邕的字，还有钟繇的《郁冈斋》帖本，彰显出簪缨世家低调的奢华。

一张几案搁在榻上，一边坐着羊玄之，对面并坐两人。一人身穿道士服，骨骼清奇，一身的仙风道骨。这是司马伦最信任的心腹孙秀，信奉五斗米道，也是这次求亲的媒人。

这个时代对人的尊称，有官职者首称官职。比如羊玄之任职尚书郎，便以“侍郎”称呼。若是亲近之人，可称呼对方的字。直呼其名者，要不此人不在场，要不就是对此人极不客气。

孙秀只是赵王府的文书，没有官职，所以无法以官职来尊称。但因他极得司马伦信任，在洛阳城内也算是个能人，所以都以“先生”呼之。在与羊玄之寒暄之初，孙秀已自报家门。他也是出自山东孙家，与献容外祖父孙旗是同族。献容的舅舅们与孙秀也有结交，故而与羊家颇有渊源。

论资排辈结束，孙秀提出了此行目的：“婚礼者，将合二姓之好，上以事宗庙，而下以继后世也。”他指向身边的阿曜，笑着说道，“羊侍郎想必已知晓，这位是我家王妃唯一的亲子，司马明公子。”

阿曜微微躬身行礼，半垂着眼不敢直视羊玄之。今天他穿上了士族的宽袖大袍，这让他颇有些局促，面对着容颜威仪、眼神犀利的羊玄之，更是惴惴不安。羊玄之可不是他之前见过的不学无术的贵族，那是经历过战阵，筹谋于朝堂的人物。一个眼神一个表情，都能让阿曜起一身鸡皮疙瘩，似乎无论自己隐藏得多深，那双老辣的眼睛总能窥探出什么。

孙秀递上一份庚帖："明公子深受王爷与王妃喜爱，定要为他求娶一位洛阳城内知书达理的世家小姐。明公子今年刚满二十，与羊小姐年岁相当。羊府与赵王又是门第相配，朝堂上互有提携。这桩婚事实是天作之合，不知羊侍郎意下如何。"

孙秀这番话暗含了几个意思：一、虽然明公子不是司马伦亲生的，但有赵王妃罩着，将来前途大有可为。二、你家羊献容都十七了，我家明公子娶个更年轻的也不是不可以，你过了这个村就没那个店了。三、虽然司马伦不涉朝政有些年头了，但影响力还在。与赵王府结亲，对你羊玄之在朝堂上很有帮助。

这三条杀伤力确实强大，即便清高如羊玄之，也不得不认真考虑。羊玄之捻着山羊胡子微微颔首："羊某请人测测八字，看看是否合婚吧。"

孙秀大喜，将庚帖放在几案上。羊玄之的态度颇为明确：阿曜是可以考虑的对象。第一次上门就能迈出如此喜人的一步，这计划看来实施顺利。

当消息传遍了洛阳各大世家时，有个人按捺不住了。

第二天一早，羊府就接到了琅琊王府的拜帖。琅琊王司马睿不顾母亲的强烈反对，在崇正堂亲自双手递上庚帖，正式向羊府求亲。羊玄之没有当即拒绝，收下他的庚帖，同意测八字合婚。

这下子洛阳城内炸开了锅。羊家大小姐之前不论定亲议亲都屡遇解约，又有种种奇怪的传言，许多门当户对的大户人家都对跟羊家结亲有些顾虑。何况献容活得太另类，即便士族未婚男子投以青睐，也会被各家母亲打压下去。延宕至今都十七岁了，人人以为她成了滞销品，此时居然一下子成了香饽饽，有两位高富帅争着抢她，真真让那些待字闺中的大家闺秀们红了眼。

吃瓜群众们正在猜测羊家小姐到底花落谁家，半路又杀出了个程咬金，齐王司马冏回洛阳了！他回来也不算什么，但回来第二天一大早便来羊府拜会。吃瓜群众们结合当年之事发挥想象力：齐王这是也要来掺和一脚？

献容便是在这种谣言满天飞的情况下，再次见到那位艺术家风范十足的齐王司马冏。彼时她正要去锦献山房给老父亲请安，在门口即被护卫羊勇拦住了。羊勇轻声告诉她，老爷正在接待齐王，旁人不得入内。

献容不由纳闷。齐王只是偶尔回洛阳，一回来就大清早来拜访，这是无事不登三宝殿吗？献容已有许久未见过司马冏了，仅有的几次见面，也都是在他拜访羊府时远远瞥见，连一句私底下的交谈都没有。记忆中此人五官算不得俊美，跟司马睿司马颖都比不了。但却胜在气质高雅，飘逸脱俗。

他擅作山水画，寥寥几笔便神韵天成，意境悠然。洛阳权贵之家以收藏他的画为荣，但他却吝惜笔墨，很少有画作流传在外。羊玄之有好几幅珍藏，但也轻易不示人。其中最有韵味的一幅就挂在锦献山房，献容时常鉴赏。丘壑山岭浑然大气，江水惊涛拍岸。江心中一叶扁舟逐浪而上，上有两个人物。一人博冠广袖，一人看衣饰是个舟公。两人皆看不清面貌，却是意蕴悠长，如同他本人一般孤高，不染风尘。

门被打开，传来寒暄之声，是羊玄之在送别司马冏。献容眯眼看向清晨阳光笼罩下的司马冏。他穿得十分素净，玉色长袍，湖蓝色云雷纹镶边，配上一根同色腰带。如此简单的白蓝搭配，却衬得整个人纤尘不染，英姿出尘。跟洛阳城内那些高冠大袖的化妆青年们相比，简直是一股别样的清流。

司马冏转头看到了她，嘴角含笑，向她微微躬身行礼。浑身的气度高华如云，那微笑也宛若清澈溪流，透着淡淡清凉。献容恭敬地回礼，一面想着：他被早早赶出洛阳，反而没有沾染洛阳权贵子弟的浮华奢靡之气。可知塞翁失马，焉知非福。

司马冏就这么走了。仍是与从前一样，只是客气地寒暄，没有跟献容私下交流。献容还在揣测他的来意，下午羊玄之便到了日曜阁。问的果然是她最关心的问题。羊玄之不是那种一言堂的家长，他想知道女儿的态度。

地上铺着百合图案的绒毯，博古架上摆着釉彩瓶，一枝荷花开得正盛。满屋子的药香味，目所能及处，皆是各种药材。

羊玄之端坐在几案边，皱眉看向女儿："这是为何？琅琊王那样的品貌，你竟看不上？"

出乎献容意料，老父看中的竟然是司马睿！献容为父亲斟上一碗亲手煮的忍冬茶，字斟句酌说道："父亲应该知道，琅琊府王太妃对女儿有些成见。"

"琅琊王来求亲时便已表态，他不会做愚孝之人，定以一生来珍视你。洛阳城内那么多王孙公子，唯有他一人能觉出你的好来，而非只为与我羊家攀亲。"司马颖虽然地位更高，但求亲的唯一目的是羊家这个姓氏。虽尚未娶正妻，但妾生的孩子已有一大把。羊玄之无论如何不会让爱女去遭那份罪，跟那些宅门里的女人们乌鸡眼般斗一辈子。

因司马睿曾提过那个传闻，羊玄之冷落过他，但司马睿始终不气馁。他对献容的爱慕之意，羊玄之心里明镜似的清楚。求娶得如此艰难，司马睿更会将献容真正放心尖上疼爱。老父苦口婆心劝道："何况琅琊王府人丁单薄，除了王太妃，你嫁过去无须处理太过繁杂的事务。他与当今天子关系不亲，反而是件好事，你们俩安心过小日子即可，不必卷入朝堂纷争。”

献容急切地反驳：“琅琊王虽长相秀美，却少了些男儿气概。女儿觉得，还是司马明公子更有父亲年轻时的英姿。”

羊玄之犀利地看向献容：“你难道之前就已认识他？不然，为何只见过一两面，就对他情有独钟？”

献容不敢告诉父亲，早在男方提亲前，两人就已交往甚密，她甚至被热情表白过。魏晋时期男女风气虽比后世开放许多，但在世家大族眼中，私相授受仍是被唾弃的行径，尤其是明知门第不相配的私下往来。献容更不敢让老父亲知道，她曾可耻地动过背叛家族私奔的念头。

献容眼巴巴看着老父，搬出唯一可用的理由：“父亲，您曾答应过母亲，婚事可由我自己选择。”

羊玄之猛地站起，粗浓的双眉皱在一起：“不行！你可以选择洛阳城内任何一家世家大族，唯独不能是这个司马明！”

献容也站起身，追着父亲问道：“这是为何？”

羊玄之一脸忧心忡忡：“你可知道，昨日太子暴毙了。”

献容惊呼一声，又急忙掩住嘴。毋庸置疑，这一定是贾后干的。自从贾后强行废了太子，这个结局也是必然的了。但这是晋惠帝唯一的儿子啊，最根正苗红的继承人。他一死，接下来岂不乱了套？

“朝堂上必定又要起一阵腥风血雨。”献容也跟羊玄之一样忧心，却仍有疑问，“可是，这跟司马明公子有何关系？”

“贾后废太子，朝中臣子皆不赞成，每日为太子恳求者甚多。贾后不敢得罪太多朝臣，才暂留太子一命，囚禁在金墉城内。”羊玄之眼里闪着精光，看向尚在懵懂中的女儿，“你可知贾后为何会在此时痛下杀手吗？”

献容茫然摇头。她这些天纠结着自己的婚姻，对朝政之事并无太多关注。

“因为贾后听到风声，说宫中有人密谋废后，迎太子回宫。”羊玄之冷笑一声，显出凛冽之色，“你可知是谁在贾后耳边吹这股风？”

献容再度摇头。

“正是孙秀。”羊玄之目光如电，射向献容，“谁指使的孙秀，难道还不明了吗？”

献容终于恍然：“父亲反对我嫁给司马明公子，是因为赵王？”

“赵王虽多年前退隐，但不轨之心未灭。如此敏感时刻无端冒出个干儿子，必有蹊跷。我怎可能将你嫁给一个来历不明之人？”

献容几近哀求：“父亲，他只是赵王义子，赵王对他并无感情。我嫁过去后另开府邸，女儿会让他远离赵王府，更不去理会朝堂是非。”

“怎可能毫无关联？一家获罪株连九族。他与赵王妃这层母子关系，已经注定他必与赵王利益相连。”羊玄之长叹一口气，言辞切切，“献容，你听父亲一言，定要警惕这个司马明，身世太过复杂之人绝非良配。甚至，跟他断了来往对你来说才是最安全。”

献容刚想开口，却被羊玄之打断：“你不喜琅琊王文弱，其实为父也不喜。”

羊玄之几次与司马睿谈论朝政要务，想知道他如何看待当前局势，却总是被司马睿绕到玄学清谈上去。他看出司马睿对朝政兴致缺缺，也没有放眼未来的大气概。这人只适合过小日子，舞文弄墨、吟诗作对，完全不是他羊玄之的菜。但对女儿家来说，没有野心反而是好事。

献容赌气撒娇：“那父亲为何还要逼女儿嫁给他？”

羊玄之皱起浓眉，眼中有一丝怅然：“其实为父心中有更佳人选，只是……”

献容的心猛地一跳，似乎能猜出答案，微微颤着声音问出："是谁？"

"如今这时势太过敏感……"羊玄之叹了口气，拧出个川字眉，不肯再往下讲，挥了挥手，"造化弄人，已是不可能了。过几日，为父便让琅琊王府送纳彩礼来，绝了赵王府的心思。"

羊玄之说完便摆着宽袍大袖走了，全然不留献容任何辩驳的空间。献容在屋里如热锅上的蚂蚁团团转，她知道父亲心意已决，要劝服他真是千难万难。

如今，办法唯有一个。

洛阳城内有处豪华酒楼，非世家大族的名帖难以订上一间雅座包厢。阿曜跟着酒楼伙计在院内弯弯绕绕，来到一处四面环水的幽静碧阁中。已过中秋，荷花已闭，荷叶只剩最后一点繁盛，仍是铺满了整个湖面。

阿曜步入亭子间，献容带着春儿正等候在其中。她身着淡碧色上衣，下配散花如意嫩黄长裙，透着清丽淡雅的气韵。见到阿曜与阿乐，献容仪态万方行了个常礼。

两人将各自随从打发了出去，春儿体贴地关上房门。献容与阿曜相距五六步站着，一时竟相视无语。少女就这样静静站着，似一幅美丽迷人的画卷。

"柳公子，哦，不对——"献容打破微妙的僵局，露出明媚的笑容，"该称呼你司马公子了。"

阿曜涩然苦笑："如今，我都不知自己到底姓什么了。"

"不管姓什么，你就是你，心中永远有一片光明。"

阿曜愣了一下，看向献容。阳光透过窗纸照入屋中，将她的肌肤衬出一层剥壳鸡蛋般的滑腻，头发散了几丝在鬓边，添了几分调皮。

阿曜心中涌出暖意："哪有什么光明。若说有，那也是你给我的。"

献容目光挪向他左肩："伤口怎样？"

阿曜甩动一下胳膊："已经全好了。"动作幅度大了些，扯到了痛处。阿曜刚露出少许痛苦的表情，献容已一手按在他肩头，阻止他继续动作："别用力拉扯。"

阿曜静静看着她。她的眼睛如一泓清泉般透彻，闪动间波光潋滟，整个人因着这双眼，灵动若仙子。

这样近的距离，她能闻到他身上传来的淡淡茶香。血气上涌到脸颊，献容猛地醒转，急忙退开两步。

"本以为，你我难以跨越这条巨大的鸿沟，没想到，上天如此眷顾……"献容红着脸垂头片刻，将呼吸调匀，再度慢慢抬起头，已是一脸打定主意的坚定。"我……不在意你姓柳还是司马，或是别的什么，不在意你是庶族还是士族。我只希望抹平你眉间的哀伤，为你找到母亲，陪你一起照顾妹妹。"

献容退开一步，举手齐眉，缓缓鞠躬至四十五度，两臂自眉下移至胸部。这是极隆重的场合，对着极重要之人，才行如此庄重之礼。献容做得宛若行云流水，尽显世家大族闺秀风范。

阿曜不由呆住。

献容行完礼，起身定定看着他。阿曜逆光站着，周身似笼上了一层彩色光晕。那一身他嫌弃碍事的宽袍广袖，高冠博带，穿在别的士族身上是俗气，他却生生穿出了神采皎皎的风华。

献容眼里闪耀着一抹异常明亮的光芒，声音虽轻却是字句清晰："若公子不弃，献容愿效孟光，举案齐眉，伺奉终身。"

面对心仪的女子，再明确不过的承诺，阿曜怎可能忍住。上前轻轻拉起她柔软的手，那触感细柔，似一支羽毛在逗弄着心脉，缠绵悱恻的感觉涌遍周身。他微微颤抖着声音，情难自禁地轻唤："献容……"

这是阿曜第一次唤她的闺名，虽然他心中已无数次这样唤过她了。有那么一瞬间，他真心希望这场求婚是真的，他愿意娶她。他眼前飞快闪过诸多美好的画面：与她新婚缠绵，与她延绵子嗣，与她相依相偎一起老去。而杨嫣，毕竟那时年少。已过了五年，一切都在变化，她亦要嫁人了。他想去晋阳看看她，只是以朋友的身份，祝福她得到幸福。然后回来，守着眼前人一世安宁。

"那，司马公子明日可有空？"

献容满怀喜悦的声音打断了他美好的思绪。他看向献容，她正一脸娇羞，双目明亮，声音温柔而清澈："我想带你去见我母亲。"

阿曜握着献容的手突然一紧，随即放开。

献容并未注意到阿曜的情绪变化，仍在说着自己的计划："父亲希望我嫁给琅琊王，能劝得了他的唯有母亲。所以我想让母亲见你，她若对你有好感，定会帮我争取幸福。"

阿曜将手负在身后，黑不见底的双眸中蹿出一簇火焰，不停翻滚，燃烧。

第二十五章

纨绔

“你可以置灵儿于不顾，但别连累我的族人！”望着他的眼，她一字一顿咬牙说出，“你跟我一样，没资格奢望爱情。”

第二天下午，羊献容在约定时间约定地点焦急等待，足足过了一个时辰，司马明公子始终没有出现。眼见得天边的彤霞将云朵染出血一般的色彩，献容终于按捺不住，坐上马车来到曾经的“柳府”，如今的“司马府”。她一心以为，明公子定是有什么要事耽搁了，不然绝不会忘记如此重要的约定。可在厅堂里接待她的却是阿乐。阿乐表示，公子一早就出去了，一整天不曾回来。

献容不由担心：“他会不会出了什么事？”

阿乐观察着她的神色，柔声安慰：“羊小姐别急，要不我陪你去找找吧。”

阿乐陪着献容满洛阳城寻找，茶坊酒肆，风景名胜，能找的地方都找遍了。天色已完全黑下来，华灯初上，沿街的商家挂起一盏盏灯笼，路上行人渐稀，献容腿累，心更累。

这样到处找寻不见，献容也不免死了心。时辰已晚，她也不该一直拖着阿乐，对他叹气道：“算了，不找了。我要回府了，你也赶紧回去吧。”

阿乐犹豫再三，嗫嚅着说出：“也许，还有个地方。”

献容眼睛亮了，急忙追问：“是哪里？”

阿乐躲闪着眼神，头垂得更低：“不过，女子去那里，不方便。”

献容先是一愣，转瞬便明白了。

万盏彩灯垒成灯山，街边巷角灯烛齐燃。中心一座绚丽的五色灯楼，如天上宫阙，美轮美奂。这里是洛阳城内最热闹的勾栏，洛阳城的繁华尽显其中。真真是风花竞入长春院，灯烛交辉不夜城。

为了出入方便，献容换上了男装。天蓝色的绸缎长衫，精美的云朵纹织锦镶边，加上以假乱真的易容术和修长匀称的身姿，俨然一位浊世中的翩翩俏公子，引得勾栏中众多女子频频回头，不住往她身上抛撒鲜花和鲜果。

幸好她身边有阿乐护着，那些眼冒红心的女子忌惮这个身形彪悍的仆从，才不至于直接扑上来。从最大最有名的几家勾栏院搜起，也只敢在大堂探头窥视两眼。献容不能随便乱闯包厢，能在这里消费的非富即贵，若是碰上熟人就尴尬了。这样的搜索效率其实很低，但献容运气好，只搜寻了两家，就在以歌舞表演闻名的金凤楼中碰上了苦苦寻觅之人。

彼时一楼大堂的歌舞妓们正跳得火热，献容在二楼楼梯口被一名老鸨缠住，非要让她留下。阿乐则是被几名女子挡着，落在献容身后不远处。阿乐想要推开那几名浑身浓郁脂粉气的女子，正纠缠间，楼梯上走来几个人，中间的赫然是阿曜。他脚步微有些踉跄，一左一右搂着两名浓妆艳抹的女子上楼，迎面撞上了献容。

甫一照面，两人错愕了好一会儿。献容看他左拥右抱，浑身散发的酒气隔了几步都能闻到。心口仿佛插入一把尖刀，那尖刀还在左右旋转，将她一颗心搅得失去了原形，连呼吸都是痛彻心扉。阿乐狠狠甩开纠缠他的女人，紧走几步来到献容身边。

阿曜的目光仿佛燃烧着无尽的火焰，又瞬间跌入无底的深渊，将左右两个女人搂得更紧，轻佻地调笑："你现在看到了吧，我就是这样的人。之前都是骗你的，我家中早已美妾成群。你的姿色只能算是中等，之前上门求亲不过是看在你这世家的门第罢了。"

献容脸色煞白，欲开口，却发现声音沙哑得只能发出嘶嘶声。如同受伤的小兽，只能呜呜咽咽，却毫无保护自己的能力。阿乐看着她，上前一步，却又硬生生忍住。

阿曜紧抿薄唇，不愿再说，搂住俩女子往包间走去。脚步踉踉跄跄，全靠俩女子搀扶着前行。阿曜走过献容时，献容没有回头。她右手紧紧绞着左边宽大的衣袖，唇抿成一线，眼睛瞪得极大。她不愿意眨眼，一旦眨了眼，泪水便会容纳不住滚落下来。

阿曜闭着眼，任由俩女子将他搀扶着，走近包厢门口，身后传来一声嘶哑的低吼："那就不要给我看这样孤独的背影啊！"

阿曜浑身一个机灵，脚步如同被胶水黏滞住。两个女子想把他搀扶入包厢，却被他的力道带住，前进不得。

献容喘着粗气，大踏步走到阿曜面前。小巧的白皙面庞因着激动泛出红晕，乌黑晶明的眼眸里翻涌着滔天巨浪："我不知道你心里到底压抑着什么，我真心诚意想要为你解开心结。但首先你得愿意对我敞开心扉，而不是这样反复无常，甚至做戏给我看！"

阿曜目中似有道道电光劈闪不停。只一瞬间，那目光又变得浓黑幽深，如一潭深不见底的古井水，波澜不兴。他嘴角浮起一丝薄情的冷笑："羊小姐，你想得太多了。你才认识我多久，就敢说了解我？"

他伏在左侧女子肩上，挑着浓眉，挑衅似地盯着献容："男人嘛，这些都再正常不过。只要你能接受我家中的美妾，其余的，我对你全无要求。"

那俩女子已知献容是个女儿身，吃吃笑着，腰身像蛇一般扭动，更加紧贴阿曜。献容原本嫣红的双唇褪了颜色，抿成一线。泪水已然满眶，争先恐后滚下脸颊。阿曜目光闪烁一下，偏过头去不看献容，搂着两女走入包厢。那两个女人异常配合，进入包厢后，嬉笑着一左一右将门关上。

随着哐当一声，献容的身体似被重锤击打，浑身猛一机灵。阿乐走近她，刚想说什么，她吸了吸鼻子，用宽袖胡乱擦去泪珠，大踏步奔向楼梯。下楼时太急，差点跌落，幸好被阿乐搀扶住。献容稳了稳身子，恍惚劲儿过去了小半，勉强向阿乐挤出个笑容："我没事。"

看着献容惨白的脸上带着魂碎的苦涩，那一刻，阿乐真想狠狠揍阿曜一顿。

明月当空，倒映在水波微荡的湖面上，细碎了无痕。这里是洛阳城内极负盛名的牡丹园，栽种了万株牡丹，四月花开时万人空巷。如今早已过了花期，空余枝叶。夜晚辰时，游人寂寥，牡丹湖边唯有两个身影，一人寥落，一人忧虑。

献容立在湖边，带着近乎木然的平静凝视着水面。月光在她的头发上打出幽蓝的轮廓，微风拂起碎发，她苍白着脸，仿佛是被风雨碾落成泥的花叶。阿乐陪伴在献容身边，不时偷偷窥视她的神情。她身上有一股白兰花的幽香，长长的睫毛随着眼睛眨动会细微扇动一下，眼里黯淡的水雾更显朦朦胧胧。

阿乐叹气，憋了半晌却只是不咸不淡的一句："你别伤心了。"他从未有如此刻般痛恨自己不读书，不识字。若能饱读诗书，就可以有更多动听且有力的语言去安慰她，而不是像眼下这般，除了傻傻地陪着她，什么都做不了。

献容幽幽叹息，犹豫再三，终敌不过那挠心挠肺的痛，仍想再度确认："他说的那些话，是真的吗？"

阿乐苦笑一声："他哪有什么成群的美妾。"

献容愣住，急切地看向阿乐，眼里原本已经熄灭的火焰又重新燃起。

阿乐心里五味杂陈，虽不情愿，却知道此刻自己必须开始做戏了："只是，公子心中一直有个人……"

献容一把抓过阿乐的胳膊："阿乐，别对我隐瞒，好吗？"

她掌心的温度隔着衣物传导入内，不知怎的有一种熟稔感，似乎与深藏心中的某种触感有了些许关联。

献容追问："那姑娘……是与他一起长大的？"

阿乐回过神来，略带尴尬地抽回自己的胳膊："公子几年前受过一位姑娘的救命大恩，公子发誓，非她莫娶。"

献容恍惚间想起，在密室中为他拔出肩头毒箭时，他已神志不清，向她伸出手，欣慰地说出"你又来救我了"。当时她曾疑惑过这个"又"字。那时的他，虽身处危境自身难保，却在迷迷糊糊中对着她展露难得的温柔笑意。她一直有种直觉，他在透过她看着另一人。原来，是真有其人。

献容心神大乱，强忍着掩饰内心："原来如此……"

阿乐叹息："那位姑娘为公子牺牲太大，公子说了，他这辈子都不会辜负她。”

所以，今晚的一切都是为了让她死心吗？因为他早已承诺了另一位姑娘。那么，向羊府求亲，只怕是赵王授意，而非他本意。那他又为何会有那一番深情表白？难道是因为当时两人隔着士庶的鸿沟，他知道自己不可能答应，才随意敷衍她？

献容想起他质问的“你才认识我多久，就敢说了解我”，不由苦笑。他说得没错，她真的完全不了解他。一个冷热无常，心思过深的男人，她羊献容真心招架不住。

她从地上捡起一块小石子丢进湖面，看着泛起的涟漪发呆。阿乐朝她走近一步，柔声解劝：“羊小姐，夜深了，我送你回府吧。”

献容看向阿乐，那高鼻深目和深栗卷发总让她有似曾相识之感。她叹息一声：“知道吗，你长得很像我一位朋友。”

阿乐心脏猛一跳，紧盯着献容：“是什么朋友？现在何处？”

献容怅惋地摇头：“很久没见到他了，也不知道他究竟在何处，是否过得好。”她掉头往回走，一边招呼阿乐，“走吧。再晚回去，父亲要满洛阳城寻我了。”

阿乐一个箭步跟上献容，张嘴想说什么，话到嘴边终是咽了下去。别急，他告诉自己，现在还不是时候。万一她不是那个她，岂非自曝身份？如今是脚踩着刀刃步步前行，一步踏错便是满盘皆输，他阿乐承担不起如此巨大的代价。

离牡丹园不到三里地的金凤楼内，那间献容曾在门口驻足过的豪华包厢中，几案上摆满了佳肴瓜果，两个女人一左一右哄着阿曜喝酒吃菜。阿曜来者不拒，在一人手中的筷子上吃口菜，又喝下另一人递到唇边的杯中酒，全然是一掷千金的纨绔子弟形象。

“公子，喂奴家喝酒。”坐阿曜左手边的女人娇滴滴靠上阿曜的身子，面若桃花，含羞带俏。

阿曜倒个满杯，递到女人唇边。那女人却是摇头，直勾勾盯着阿曜吃吃笑道：“公子，你用嘴喂嘛。”

一股恶心的感觉涌上喉头，阿曜原本嬉笑的脸沉了下来，将靠在他身上的女人推开。那女人被推倒在地，惊呼一声，刚想娇嗔，阿曜已换上了绝情的冷脸：“滚出去！”

另一个女人还没适应他的瞬间转变，嘴里喊着“公子”，仍企图扑上他身子。阿曜一把扭住她手腕，不顾那女子疼得变色的脸，眼里满是冰寒：“不要让我说第二遍。”

他浑身的煞气彻底镇住了两个女人，哪还敢再纠缠，狼狈地从屋里退了出去。阿曜怔怔盯着几案，眼前闪过那张泪流满面的脸。这次，她是真的伤透心了吧。他发狠将盘碟扫到地上，乒乒乓乓一阵乱响，榻上地上汤汁横流，一片狼藉。

阿曜无力后仰，张成一个“大”字倒在榻上。是的，他故意没去赴约。他之前一直在犹豫，而促成他下定这个决心的，是一个人。

他在赴约前心情烦闷，出府在街上漫走，不料却被一个柔和的声音叫住。

“柳公子？”

他沉浸在心烦意乱中，仍继续往前。声音再度响起，这次换成了“司马公子”。随着这柔和的声音，一只手轻轻拍上肩膀，他这才回过神来。

转身定睛一看，他身后站着一名身穿缁衣的中年尼姑，仪态典雅，秀美端庄。阿曜急忙毕恭毕敬合十行礼：“无住师太。”

无住师太温和地笑了笑："司马公子怕是有心事，刚刚连唤了好几声都未听到。"

阿曜苦笑："在下失神了，请师太见谅。"

无住师太打量一下他的面色，关切说道："贫尼略通骨相之学，看司马公子眉目紧锁，只怕是为情所困，却又难以抽身。"

阿曜身子微震，神思有些凌乱。无住师太看向一旁的茶楼，微笑着做出请的手势："不如，贫尼请司马公子饮杯茶如何？"

对这突如其来的邀请，阿曜有些诧异。但他没有理由拒绝，更不会让出家人请客。于是，自然是他掏钱包下了最安静的包间。店小二烧好了茶水退出，室内只剩下两人静静喝茶。

不知为何，阿曜总觉得无住师太似在暗暗观察着他，眼神中含着他无法理解的深意。被人不住上上下下打量，令他微感不安，只好出声打破僵局："既然师太精通骨相，可否帮在下看看？"

无住师太放下茶盏，微笑着点头："请司马公子伸出手让贫尼一观。"

阿曜乖乖将右手掌心朝上，伸到她面前。

无住师太摇头："男左女右。"

阿曜换了左手。他的左手掌心有个奇怪的胎记，自他有记忆以来一直都在。是排成三角的三个小点，颜色青紫，就像三点极小的墨汁滴在手中，却永远无法洗掉。

无住师太打量着他的掌纹出了神，愣愣地不知在想什么。阿曜轻声提醒她："师太……师太？"

无住师太回过神来，神色旋即恢复正常，微微沉吟后说道："公子自小凄苦，命运多舛，身世飘零。"

阿曜心中一惊，随即释然。想必是羊献容将他之前讲述的身世告知了无住师太。

她微微叹息，脸上显出哀怜之色，犹豫片刻方才继续说道：“公子这命格……实在太过复杂。只怕公子走到哪里皆难被世人所容。日后仍要面对惊涛骇浪，终身难得安宁之所。”

阿曜不由自主地将背挺直，口中的茶水竟品出极苦的滋味来，酸涩地笑道：“也不知前世做了什么孽。”

无住师太看向他，目光里满是悲悯：“公子不必感伤。‘因缘’二字，有因有缘，方为因缘。所谓个人劫数，是因缘果报的轮回。但你依然可以依靠自身力量改变命运，所谓信命而不认命。”

阿曜身子微震，不置信地看向对面那张慈悲的脸：“我还能有改变命运的机会？我连自己是谁都不知道。”

无住师太沉默片刻，不再看阿曜的掌纹，淡然道：“公子心中所想，不日都能揭晓。”

阿曜收回左手放在几案上。不知怎的，无住师太总会对他的左手有意无意瞥几眼。

阿曜想了想又问：“那烦请师太再看看，在下这几日运势如何。尤其是……今日。”

无住师太举起茶碗，姿态优雅地轻呡一口，抬眼犀利地看向阿曜：“公子问的是情缘吧？”

阿曜以沉默作答。

无住师太放下茶碗，轻描淡写说道：“男人要拒绝一个女人，不一定非得用言语。有时，行动更伤人。伤透心的人，自然不会再来纠缠。”

阿曜心里苦笑。看来，无住师太并不赞同他与献容的婚事。但眼前这女人极聪慧，她不会直接点明。今天来找他也绝不是为了给他看相，最后这句话才是重点。而他，也需要一个人帮他明确接下来的举动。

阿曜站起，拱手深深一鞠："多谢师太指点。"

因着这个决定，阿曜走进了金凤楼，安排阿乐带献容前来参观他的丑陋。他知道这场面会极难堪，但没想到竟会如此难熬。他只能一杯杯灌着酒，让酒精将他的神经暂时麻痹住。可无论他多不情愿，第二天一早仍要面对残酷的现实。当他跌跌撞撞带着宿醉后的头痛走回"柳府"，第一个不放过他的，就是古丽。

"啪！"

狠狠一巴掌甩在阿曜脸上，火辣辣的痛感即刻游走至全身，瞬间治愈了他的头痛。

古丽秀目圆瞪，呼之欲出的胸前曲线随着急促的呼吸一上一下，更添魅惑。但此时的她早已没了平日的妖媚，一把扯住阿曜胸前的衣襟，撕声大吼："所有人守在那里等你出现，所有人都以为我们已接近成功，可你竟然公然抗命，连累大家走上死路！"

以阿曜的身手，怎可能让古丽一巴掌甩在自己脸上，只是心怀歉疚罢了。古丽拽着他的衣领，他呼吸有些不畅，忍着不舒服说道："我喝醉了，都不记得了。"

古丽凑近他，漂亮性感的脸庞扭曲着："这一次，我绝不再姑息纵容你。我会上报大单于。接下来会怎样，你就等着吧。"

古丽放开他的衣领，气冲冲扭头准备离开，手臂却被拉住。她回头，阿曜脸上闪过一丝悔意，低声嗫嚅，算是哀求："别……这样。"

看着他紧锁眉头，高瘦的身躯却要承载如此多的重负，有那么一刻，古丽觉得自己的心酥软了一下，有些把持不住。她甩了甩头，将这些不该有的情感抛却，恢复成那个算计精明的妖娆女子，鼻子里哼着气冷笑："你可以置灵儿于不顾，但别连累我的族人！"望着他的眼，她一字一顿咬牙说出，“你跟我一样，没资格奢望爱情。”

阿曜回望着她，良久。古丽眼中再没有一丝妩媚，也没有分毫讥诮，而是沉肃落寞，宛如一根随风飘荡的羽毛，无力掌控自己，更是无力对抗大风。这样的古丽，阿曜之前从未见过。

阿乐匆匆走来，打断了两人的思绪：“羊府送来请帖，让阿曜无论如何都要去一趟。”

古丽从阿乐手中拿过请柬，顿时喜笑颜开：“太好了，羊玄之说他愿接受你送纳彩礼，聘媒人上门正式提亲。”她瞪一眼阿曜，刚刚的落寞已全然不见，“你即刻去羊府，羊玄之在等着你商议婚事。”

阿曜垂着眼帘默然点头。

古丽仔细叮咛：“去洗个澡，换身衣服，别让他闻到你这满身的酒气。”阿曜正要离去，她又将他叫住，“这次再搞砸了，你该知道会有什么后果。”

阿曜似已麻木，眼神空洞地盯着她：“你放心。为了灵儿，我会做任何事。”

古丽闪了闪眼神，还想再说什么，一名舞团成员跑来禀报：“夫人，羊献容又去了广化庵，我们还要再继续盯梢吗？”

古丽思索一下：“眼下最急迫的是赶赴羊府，羊献容那里，不盯也罢。”

阿乐赶忙毛遂自荐：“我去吧。万一，能听来些有用的消息呢。”

这句话倒是打动了古丽。阿乐这样的悍将跟着阿曜做贴身奴仆太浪费了，还不如让他去盯着羊献容。

第二十六章

收　网

●

孙秀正要审问，那人只吐了几个字，立即让孙秀脸色变了。

他说的是："白羽舞团。"

碧空如洗，干净得没有一丝云彩。金色阳光下，静谧的庵堂隐在郁郁葱葱的林木之间。献容下了马车，正要抬步走向庵堂，一旁的廊下转出一个身影。玉白色广袖长袍，墨黑长发以羊脂玉绾成髻，另一半散在身后，眉目温柔，笑容和煦，端得是风流天成的高贵公子。

献容见到他，不由心里哀号一声，表面还得装作讶异，上前行礼："琅琊王怎的到这儿来了？"

"实不相瞒，是小王刻意为之。"司马睿颇有些局促地回礼，"羊小姐，可否一谈？不会耽搁你太长时间。"

献容看向春儿，春儿只顾低头扭衣角。献容怎会不明白，定是这丫头泄露了她的行踪。春儿私底下大着胆子劝过她好几次，相比司马明公子，还是司马睿更靠谱些，奈何献容听不进。献容隐约能猜到司马睿来找她的目的，她也想将话对他说明，于是带他来到庵堂侧边的竹林。

就在十来天前，司马明公子，那时他还叫柳光明，在这竹林中向她大胆表露爱意，让她纠结得要死要活，肝肠寸断。不过短短半个月，又是各种跌宕起伏与纠缠不定，简直比杂耍戏还狗血。她站在凉亭里，心里百转千缠。柳光明，司马明，无数张脸庞在眼前飞旋，最后强制着自己将目光定睛在司马睿身上。

微风吹拂，竹叶沙沙作响，他此刻逆光站着，光线勾勒出的折出淡淡光华。他折下一枝竹叶，轻声叹息："山有木兮木有枝，心悦君兮君不知……"

温润的嗓音念诵出哀伤的情诗，杀伤力特别强。献容不知该如何回应，嗫嚅说出："琅琊王……"

他定睛在她脸上，眼里燃烧着灼灼光芒："此生，我没有什么野心与抱负，只想娶到心悦之人共度余生，延绵子嗣。与她一起春日煮茶烹汤，夏日泛舟采莲，秋日登高赋诗，冬日踏雪寻梅。"他微微退开一步，举手齐眉，缓缓鞠躬至四十五度，两臂自眉下移至胸部。

献容不由愣住。这么隆重之礼，就在几天前她刚对着另一个男人做过。

他的双眸一瞬不瞬凝视着献容，生怕遗漏任何表情："献容，我知道你对我至今仍未生出情意，可我会努力。我已说服了母亲，此生绝不纳妾。相信我的诚意，可好？"

如此热烈的情话，从这位洛阳第一美男子口中说出，不知能让多少怀春少女的心房小鹿乱窜。可献容却满心悲凉，她想到自己也是满怀热忱向另一个男人说出同样的话，可结果如何？他用狠狠打脸的方式，让她认识到了自己的可笑与一厢情愿。

她看向司马睿，一缕阳光穿透竹叶照射在他脸上，柔和的光晕衬出亮泽滑润的肌肤。这么漂亮的男子，为何就是无法有心跳的感觉？

为何总嫌弃他阴柔的脸庞，温吞的性格，还有瘦削的身板。可是，这些并不重要，真的不重要。世间女子能有多少嫁给心仪之人？更何况她这样的身份。他真的是自己最好的选择，不必忤逆老父，不必与一堆小妾争风吃醋。献容有种强烈的冲动，只要点个头，她的一生就算留有些许遗憾，终归能过得顺风顺水。

“琅琊王……”

他满是期待地等着，可话在嘴边徘徊许久，她却仍是鬼使神差地说出：“对不起……”

司马睿离去时仿佛丢失了魂魄，连走路的步态都失去了往日风采。她想安慰他几句，可她知道，自己无论说什么都不会是他想要听的。看着他失魂落魄离去的背影，献容长长叹了一口气。

屋内干干净净，除了少量用具，朴素得只有灰白两色。檀香燃着，袅袅升起青烟。

“我终究，过不了自己这一关。”

献容凄婉的声音透过纱窗传出，让阿乐确定了她的方位。阿乐如狸猫一般悄无声息贴近僧房后门，透过窗纱往里偷窥。献容昂头坐在榻上，左眼附近的穴道上插了好几支金针。无住师太正捧着她的脸，慢慢将金针捻出。

“你啊，这么执拗的性子，真是像极了你父亲。”无住师太的语气里不无埋怨，“你非要坚持一个看不见的未来？非要撞得头破血流才肯回头？你从不肯让我和你父亲为你省心。”

无住师太说得急了，下手不免有些重，献容疼得龇牙咧嘴。

“我若嫁给他，你跟父亲就能省心吗？我若答应他，对他才是太不公平。他这般优雅高洁，值得更好的女子。”献容以双手圈住无住师太的腰，埋头撒娇，“母亲，别逼我，让我再多些跟你和父亲在一起的时间。”

无住师太把她推开：“要死了，眼睛上还有金针呢。”

她小心翼翼将金针全部取下，献容慢慢张开左眼。无住师太用手在她眼前挥了挥，紧张问道：“怎样？”

献容眼珠子转动了几圈，摇了摇头。

无住师太脸上闪过一丝失望，又强打精神：“别急，慢慢来，已经伤了这么多年，总得费些劲才能治好。”

献容又一把抱住无住师太的腰，贴在她小腹上：“母亲，别费神了，随它去吧。”

“献容，这是母亲对你最大的遗憾。”无住师太爱怜地抚摸着她的秀发，长叹一口气，“你可有后悔？为了两个素不相识的人……”

窗外的阿乐心头一跳，呼吸顿时屏住，支着耳朵不漏过一个字。

献容娇俏地笑了，好似枝头绽开的明艳繁花：“怎会不相识呢？我至今记得他们的名字。”她水波盈盈的眼眸微微眯起，唇角浮起一丝调皮与欣慰，“一个叫阿乐，一个叫阿曜，一个是羯人，一个是汉人。不过，如今他们已经是大小伙子了。就算此刻出现在我面前，十有八九也认不出来了。”

阿乐浑身震颤，无力地靠上冰凉的墙壁。那十天里，他没有回老家，而是星夜奔驰去了晋阳。他按照阿曜给出的信息，找到了晋阳长史杨泚嫡长女杨嫣。她的确长得不错，面貌甚至与五年前的女孩也有那么几分相似。精通医术，心地善良，在晋阳城颇有美名。可是，最大的疑点是：她左眼完好无缺。他用同样的招数假扮劫匪试探过，她非但视力无损，连一丝伤疤都没有。那一刻他已确信杨嫣绝不是她，可并不代表一定就是羊献容。昨夜在牡丹园，他几乎确定就是她了，可仍不敢轻易相认。直到今天听到这番对话。

无住师太叹息："世间一切皆是因缘和合所生，缘起而有，果从因生。只是不知，你以一只眼为代价种下的因，会结出怎样的果，又会再生出何种因？"

屋外的阿乐闻言，心颤抖得更厉害了。原来冥冥中早有安排，让他们在五年后再度相遇。只是，谁能料到，竟是这样的相遇。

献容靠在无住师太肩上幽幽叹息："我这只眼，只希望为他们换得自由，从此摆脱做奴隶的命运，自由自在去做想做的事。那这只眼，就有了价值……"

阿乐觉得浑身所有的力气都被抽走，只剩下满腔的心跳声，咕咚咕咚鼓着他的耳膜。献容如天籁的声音，飘飘荡荡不似在人间，再度传入他耳中："我从不期望他们来报恩，这辈子也没必要非得再见到他们，但我会为他们在佛前焚香祈祷，祈求他们平安自由……"

是她，再无任何理由怀疑了，果真是她！屋外，阿乐昂头看向天空。白云如絮如棉，随风缓缓飘动，一行白鹭列队飞过，自由自在。阿乐欣慰而笑。他所有的感觉都是对的，他对她的暗中保护也是对的。可是，他还能护住她多久？

天色慢慢暗了下来，远处天边乌云涌动，阿乐慢慢捏紧了拳头。一想到古丽布下的网已越收越紧，阿乐不由心烦意乱。

羊府的锦献山房内，阿曜正与羊玄之对坐饮茶，凉风隐隐，确是个清幽的好处所。阿曜从未来过这里，但早已熟知羊府地形，他知道，锦献山房是羊玄之的私人会客之地，能被请入此处的客人必定为羊玄之所看重。可见，羊玄之的确是认真考虑招他做女婿的，连待他的态度都明显热络了许多。

阿曜放下茶盅，小心询问："在下三日内便请媒妁正式纳采择之礼，羊侍郎以为如何？"

羊玄之捻着山羊胡子微微颔首："只要司马公子不嫌弃小女鄙陋，羊某愿随时恭候媒人大驾光临。"

这意外来得太突然，就在几天前阿曜还是处于劣势前途不明呢。虽隐隐有丝疑惑和不安，但阿曜此刻必须表现出惊喜，站起拱手行礼："谢羊侍郎。"

羊玄之也站了起来，将双手搭在阿曜两腕上，破天荒第一次搀扶他，而不是像之前的虚扶。他手劲很大，不愧是带过兵练过武的，阿曜在他的力道下站直了身子。可羊玄之却没有放开阿曜，一股大力逼来，他必须以强力稳住下盘，才不至于狼狈后退。

阿曜心中微震，这搀扶是有意试探。他用力撑住胳膊，手臂若是垂下，那就失了礼仪。瞬间的发力让左肩传来隐痛，他强忍着，额头很快冒出了细汗。羊玄之紧盯着阿曜的表情，通过短暂的较力已知对手虚弱处。他突然放开阿曜双手，以迅雷不及掩耳之势突袭对手左肩。阿曜一个箭步后退，正要提气，却发现浑身虚脱了一般，所有力气一下子似被抽空。

阿曜跌倒在榻边，惊愕地看向羊玄之。对面那双老辣的眼里已无丝毫热络，此刻闪着寒光，透出风暴即将来临的气息。

这是一场鸿门宴！

羊玄之冷冰冰地开口："请司马公子解释一下，你左肩上的伤是从何而来？"

阿曜想站起，脑中却阵阵晕眩。他看向几案上的茶水，羊玄之替他作了答："羊某为了让公子说实话，的确添了些东西。"

阿曜知道自己落了他的套，忍住眩晕，有气无力回答："前段时间，在下练剑不小心伤了左肩。”

“哦，是吗？司马公子确定医治之人不是我家献容？”羊玄之冷笑一声，对屋外挥了挥手，羊府护卫首领羊勇押着一个人进来。阿曜一见便知不妙。那女子哭得双目红肿，正是献容的贴身丫鬟春儿。

羊勇跟着羊玄之打过仗，是羊玄之一手调教出来，果然侦查能力极强。阿曜扮成献容车夫逃离羊府后，羊勇一直觉得有疑点，便顺着这条线索追查起来。跟春儿串谋的管家羊喜和他儿子羊军死不松口，说那日为小姐驾车的车夫是刚招入府，因品行不好，早已辞退。这条线索算是断了头。但羊勇查出羊喜在外欠下许多赌债，竟有神秘人替他还债，这绝对有问题。羊玄之亲自出马拷问羊喜，羊喜受不住，便将春儿交代了出来。

羊玄之凛冽的目光向春儿一扫，她便哆哆嗦嗦全都交代了出来。包括小姐跟司马明公子相识，帮他寻母，为他疗伤，就差说出两人几乎私订终身了。阿曜软软地靠在榻边，没有丝毫力气，连听着春儿的话都得付出顽强的毅力，克服阵阵袭来的眩晕感。他心里越来越凉，羊玄之果然是个狡猾的老狐狸，不动声色间便将他网住。他究竟是从何时开始起疑，还知道些什么？此刻最要紧的已不是自己安危，而是阿乐、古丽和白羽乐团。一旦羊玄之察明他们的来历，所有人将死无葬身之地。

待春儿磕磕巴巴讲完，羊玄之瞪她：“还有什么？”

春儿吓得摆手，声音里带着浓浓的哭腔：“奴婢怎敢隐瞒，就知道这些了。”

羊玄之点头：“今日之事，若是守口如瓶，你还能好生伺候小姐。否则——”他不需要再说下去，只那威严的语气配上吓人的眼神，足以让春儿心惊胆战。

羊勇带着春儿出去，屋内只剩下羊玄之与阿曜两人。羊玄之蹲下身，目光在阿曜身上打量：“你是来寻母？还是来杀人？”

阿曜头晕眼花，睁着迷蒙的眼，仍想竭力挽回败局：“羊侍郎误会了，在下……是真的寻母……”

羊玄之眼里射出冰寒的目光，突然厉声喝道：“你是刘渊的什么人？！”

只这一句，阿曜便知自己已一败涂地。古丽张网以待，没想到对手布下了更大的一张网。如今只剩下一条路可走。他颤抖着手，费力抓住衣领引向嘴角。羊玄之觉察出他的用意，轻而易举拦住他的手，在他衣领处摸索几下，掏出一颗药丸。

“还想庇护你的同伴？”羊玄之盯着掌心中的黑色小药丸，嘴角带着一丝冷酷的笑意，“晚了。”

他站起身，将手背在身后，走到窗边看向天空。墨色的浓云层层挤压，远处劈过一道闪电，接着是轰轰的雷声滚来，闷热的空气令人狂躁。一阵狂风拍打窗棂，他的宽袍广袖被风吹得鼓起。他将身子挺得笔直，眼里是咄咄逼人的寒光，轻声道：“刘渊，这次咱们又得好好斗上一番。”

狂风暴雨将至，几里外的“柳府”正是天翻地覆。白羽舞团的成员们竭力反抗，却因只有三十来人，势单力薄，难敌京兆尹府的数百兵丁。一人站在京兆尹身边气定神闲地看着，眉宇间有种悠然却神秘的艺术家气质。如此喧闹的场景中，唯有他一人独享极致的宁静。仿佛古潭中的水，任它狂风骤雨，不起一丝波澜。

阿乐从广化庵回来，正撞见所有成员，包括古丽皆被五花大绑押出。阿乐机灵，远远看到府邸门口有许多士卒挺刀持矛，急忙隐身入一旁的巷子。古丽和舞团成员一个个被押上囚车，他仔细点数，心中大石越落越重。除了身在羊府的阿曜，还有侥幸逃脱的自己，一个不落全部被抓。而阿曜，也必定是凶多吉少。

一道闪电划破天际，头顶砸下一声闷雷。狂风大作，乌云密布，密集的雨点如无数条鞭子，狠狠抽打在阿乐身上。阿乐任由暴雨将他裹挟住，看着囚车一辆辆从他身边经过。而他只能装作小老百姓，躲在那些好奇的吃瓜群众中。

最后一辆囚车上装着一级要犯——古丽。大雨磅礴中，古丽傲然挺立，浑身被雨水淋湿，尽显玲珑起伏的身段。长长的乌黑秀发一直垂落到翘起的玉臀上，引得路边男人们甚至官府兵丁的频频窥视。就算如此狼狈，她也带着傲人的媚态，对男人们的眼光视而不见。唯独当目光瞥见人群中的阿乐时，她眨了眨眼，无声做了个嘴型。

囚车消失在道路尽头，吃瓜群众皆已散去。夜幕降临，大雨滂沱中，一个身影迅速往相反方向奔去，激起地上一摊摊水花。

当晚酉时二刻，赵王府仆役们四处点起蜡烛，挂上灯笼，一群群奴仆提着食盒在游廊中行色匆匆。赵王正边用晚膳边看歌舞表演，这可是个不能出差错的时刻。谁都没料到，一个满面凶煞的健硕男子浑身湿淋淋直冲入赵王府，嚷嚷着要见赵王。这不是笑话吗，此人身穿仆役服饰，又不肯说明来意，怎有资格面见赵王。没想到此人一言不合便开打，十多个赵王府兵丁居然打不过他一人，愣生生被他闯入了花园。

这还了得，赵王府的兵丁们几乎倾巢而出，在花园里打成了一锅粥。大雨倾盆而下，那人一脸凶煞，大喊着要见赵王，不管不顾非要往里闯。在打趴下数十号人后，终因力竭，被十几个壮汉合力拿下。当此人被押到赵王心腹孙秀面前时，满身的泥浆都看不出面貌了。孙秀正要审问，那人只吐了几个字，立即让孙秀脸色变了。

他说的是："白羽舞团。"

第二十七章

谋　逆

●

她朝殿外走了几步，突然她的心腹小黄门连滚带爬冲进来，一见到贾南风便跪着爬行到她脚边，颤抖着身子大哭："皇后娘娘，他们……他们攻进来了……"

漆黑的夜，瓢泼大雨中高大巍峨的皇城笼罩在一片萧杀的气氛中，寒意森森。偌大的皇后寝殿内，羊玄之立在前殿中央，正对着一张黄花梨木制的豪华大榻。大殿上除了他，只有几名内侍屏息垂头站在一旁，静得一枚针落地也能听见。这栖凤宫是整个皇城最富丽堂皇的殿堂，虽然不如傻子皇帝住的崇光殿大，却处处显摆着"这里由我说了算"的气势。

羊玄之心下焦躁，不住腹诽。他一再向皇后的心腹小黄门强调，有极为机密紧急的国事，必须立即面见皇后。可他都等了半个时辰，仍未见到皇后踪影。

他怎会不知皇后这会儿正在做什么，肯定有个年轻力壮的帅小伙在后殿帷帐之中竭力伺奉着她。这位矮丑黑皇后平生最大的痛处便是：即便她垄断了傻子皇帝所有的床笫时间，即便她有旺盛的生育能力一口气生了四个女儿，却生不出个儿子来。贾南风固然强行将妹妹的儿子冒充成自己儿子，并顺利害死了太子，可她做得太跋扈，朝臣们都憋着一肚子气。天下又没有不透风的墙，这冒充来的儿子究竟是谁的种，现在连洛阳城的百姓们都知道了。贾南风要想稳稳坐住皇后位，还是必须凭儿子说话。

如今皇帝已四十一岁，皇后还比皇帝大上两岁。皇帝这岁数上要有个继承人还不难，可皇后早已过了生育年龄。嫉妒心极强的皇后不愿意开放皇帝的床笫给其他嫔妃，还抱着幻想自己生养。于是干出了更为荒淫之事：让心腹内侍们出外搜罗年富力强的美男子，趁夜偷偷送入宫中与她春宵一度。为了瞒人耳目，这些美男子第二天都会被秘密杀害。皇后这么干已经有一段时日了，自觉瞒得滴水不漏。可此事怎么会被羊玄之知晓？

其实不光是羊玄之，估计整个洛阳城内都传遍了。

事情源于十来天前，有位长相异常俊美的小吏失踪了好几天，回来后变得极为阔绰，穿着绫罗绸缎招摇过市。邻居们去告官，说他是偷盗所得。这小吏在官府上供出了自己的离奇经历：他被秘密送往一处豪华的亭台楼阁，与一位老丑又黑胖的女人缠绵了好几晚，得了这许多好处。根据他的描述，谁都猜得出女主角是哪位。至于为何他没被杀人灭口，估计是颜值高功夫好，贾南风动了恻隐之心。可这么一闹，皇后那点丑事又是路人皆知，人品值已经跌到了史无前例的最低点。

身受正统世家教育出身的羊玄之，对当今皇后的鄙夷程度绝不亚于任何一位正义之士。羊家在朝堂上从不逢迎，所以全族无一人身居显位。可如今事情火烧眉毛，傻子皇帝任由皇后摆布，也唯有向皇后汇报这一条途径。羊玄之偷眼看向案桌上的沙漏，显示是亥时一刻。之前审讯费了足足两个时辰，如今为了等皇后又白白耗去了半个时辰。羊玄之越来越心焦，已经到了刻不容缓之时，皇后再不出现，他都想闯宫了！

终于响起了一阵环佩叮当之声，沉沉的脚步声伴随着浓郁刺鼻的香风，皇后贾南风在一群内侍宫女环绕下从后殿走出。她上着明黄锦衣，下配大红宫裙，云鬓高耸手臂里还挂了块披帛。穿着配饰极其华贵，可惜压在她矮胖的身材上，怎样都显不出美感来。

羊玄之急忙低眉敛目行大礼："臣羊玄之参见皇后娘娘。"

贾南风让羊玄之起身，在宫女搀扶下坐上榻，语气很是不悦："羊侍郎有何要事，非要在深夜面见本宫？"

羊玄之没有直接回答，对周围人等瞥了一眼。贾南风知道他意思，挥手让所有人下去。等到只剩两人，羊玄之不兜圈子，从袖袋里拿出一叠纸，拱手递上："赵王与匈奴人勾结谋反，这是臣收集到的证据。"

贾南风吃了一惊，肥胖身躯"噌"地站起，接过那叠纸一张张翻看。羊玄之在一旁说明："三个月前，洛阳城内来了一个西域舞团，他们以演出为名，在城内到处收集我朝情报，密报给匈奴大单于刘渊。"

贾南风看着供词，有些疑惑："那你怎知是赵王与刘渊勾结？"

"赵王前段时日刚收了一名义子，谎称是赵王妃婚前所出。臣拷问舞团成员，查出此人真实身份是刘渊的义子，他跟随舞团潜入洛阳，伺机行动。"

贾南风不是脓包，敏锐地看到了疑点："整整三个月，他伺机行动，行动的目的是什么？又是如何被你查出？"

羊玄之沉默片刻，眼里闪过一丝愠怒："他接近臣的女儿，企图暗杀臣的妻子。"

"羊夫人？"贾南风沉思一下，突然想到了，"先帝驾崩前曾留有遗训，让陛下务必保羊夫人安全。"

羊玄之向贾南风跪下："皇后娘娘，臣的妻子已隐姓埋名多年。但若真的难逃追杀，还望皇后娘娘念在先帝嘱托的分上，保全臣妻一命。"

“当年之事，本宫也略有所耳闻。放心吧，刘渊虽号称大单于，不过是匈奴五部之首，成不了什么大气候。”贾南风满脸横肉的脸抖动着，重重唾了一口，“倒是赵王这老狗，都七老八十了还贼心不死，勾结外贼来祸害朝廷，当初真不该一时心软饶了他。”

白痴皇帝即位之初，朝政把持在皇帝外公杨骏之手。贾南风挑拨汝南王司马亮杀了杨骏，转头再让楚王司马玮杀了司马亮，最后自己出面杀掉司马玮收拾局面。这司马亮就是赵王司马伦的亲哥哥，当初贾南风想把兄弟俩一锅端了，没想到赵王立刻认尿，举白旗投诚。贾南风不敢开滥杀宗亲的风气，收了他所有权位，只保留了赵王的名头。没想到司马伦蛰伏整整十年，又开始折腾幺蛾子了。这次，她绝不饶过他！

贾南风走向摆放文房四宝的几案：“本宫即刻拟份诏书，废除赵王名号，关押入天牢！”

羊玄之不由着急上火，脑门子满是黑线。他焦急催促道：“禀皇后，诏书后发也来得及。当务之急是派宿卫军即刻封锁赵王府，收捕赵王与全部党羽。一旦他得知白羽舞团被抓，会铤而走险。”

没想到贾南风跋扈惯了，压根没迫切感，还破天荒招呼羊玄之坐下：“怎能不发诏书？诏书乃是陛下之意，陛下之意就是本宫之意。羊侍郎稍安毋躁。”

她慢悠悠写诏书，全然不管羊玄之已是急得满额头冒汗。好不容易一笔一画写完了，从锦盒中拿出最高权力的象征，享受一下按玉玺的快感，才威严地冲殿外大喊：“来人——”

话音未落，一阵嘈杂的脚步声传来，似有许多人在到处乱跑，还间杂着尖厉的惨叫声。羊玄之疑惑地看向贾南风，见皇后也是一脸茫然。贾南风继续大喊“来人”，却无人应答。

她朝殿外走了几步，突然她的心腹小黄门连滚带爬冲进来，一见到贾南风便跪着爬行到她脚边，颤抖着身子大哭："皇后娘娘，他们……他们攻进来了……"

贾南风拎住小黄门的衣领，不耐烦地问道："他们是谁？"

小黄门气喘吁吁爬起，结结巴巴禀报："他们……他们……"

一箭射来，将小黄门穿心而过。他张了张嘴，一口血喷在贾南风胸前，直直倒在她身上。贾南风被他的重量推倒，压在地上，愣了几秒钟，才惊惶地推开尸身，缩起身子瑟瑟发抖。

凌乱的脚步声越来越响，有许多人朝这里冲来。情形不明，羊玄之只能挡在贾南风身前。入宫时已经上缴了兵器，如今他只有一双赤手空拳。可再怎样看不惯贾南风，这种时刻他身为男人必须站出来。

大门被哐当一声大力推开，一名身穿黄金甲胄的年轻男子手执钢刀，雄赳赳走入，身后跟了数十名铁甲将士。他这一身金灿灿的甲胄闪瞎了在场所有人的眼睛，由黄金、黄铜和皮革打造，装饰着繁复的夔龙纹，胸前还点缀着丝绸织就的花朵。男性时尚的制高点是军装，穿这么一身拉风的甲胄，身材样貌都无所谓了，瞬间秒变型男。何况他皮相长得本就不错，人靠衣装佛靠金装，乍见之下真有种驰骋沙场，攻城略地的王者风范。

"司马颖？"贾南风惊叫，"你怎会在这里？"

那器宇轩昂的型男看到了缩在角落的贾南风，大喝道："有诏令逮捕皇后！"

贾南风和羊玄之都认出这是成都王司马颖。他此刻本该在五百里之外，却不知何时潜回洛阳，为司马伦打起了头阵。看他那一身精心装扮，肯定花了不少心思。即便是如此紧急时刻，也不忘树立他的时尚标杆。

贾南风躲在羊玄之身后，挥舞着她刚刚写成的诏书大喊：“陛下所有诏书都是从本宫手中发出，你奉的什么诏？”

司马颖掸了掸甲胄上根本不存在的灰尘，斜眼睥睨：“当然是陛下手书。不过你秽乱后宫，已是废后，无权查看。”他将尚在滴血的钢刀指向羊玄之，“羊侍郎，六军皆已奉诏，废后一党伏诛。羊家乃京城大户，亲族上千，难道要为这无良妖后陪葬不成？”

羊玄之审时度势，知道自己已是晚了一步，被司马伦抢了先机，再无挽回之可能。贾南风自己贻误了最佳时机，还能怪谁。羊玄之本不是皇后一党，犯不着为她殉葬，他还有妻女要保护。于是他伸开手臂，示意投诚，大步离开了贾南风。

贾南风面色瞬时变得惨白，想要避开司马颖伸过来抓她的大手，口里嚷着：“本宫无罪！”

司马颖一把揪住她的头发，那高耸的云鬓被他猛力抓住，痛得贾南风嗷嗷直叫。“擅废太子又害死太子一家，何谓无罪！”他凑近贾南风疼得抽搐的大饼脸，冷酷地笑着，“再告诉你一声，贾府完了，你父母兄妹已全部受死。你那好侄儿贾谧，就是本王亲手所杀！”

他因得罪贾谧被遣去北方戍守，恨得牙痒痒，今天总算是亲手报了仇。贾南风受此重击，身子往下瘫软，但因头发握在司马颖手中，疼得鼻涕眼泪大把横流。

她破口大骂：“拴狗当拴颈，我反倒拴其尾，也是活该如此。只恨当年没杀了司马伦那老狗，没把你削去爵位封地，才落得今日的下场！”

司马颖才不管她骂什么，拖着她的头发往外走。屋外狂风暴雨，贾南风在泥地里被拖行，一路哀号，好不凄惨。被拖到惠帝寝宫崇光殿附近，她费力抬起肿胀的眼，雨夜中隐约可见崇光殿大门口有一群人影，宫灯照亮了被围在中间的胖胖身影，那是司马衷！

贾南风如同溺水之人捞了根救命稻草，大声号呼："陛下，救我！"

那群人只是远远看着，没有任何动作。

贾南风绝望了。是啊，这个傻子，连杀亲生儿子的诏书都任由她签字盖章，换个人让他签字盖章杀他老婆，自然一样无动于衷。她凄厉地尖声大叫："您今日能眼睁睁看着自己的皇后被废，朝堂一旦落入这群虎狼之手，明日就轮到陛下您被废了！"

崇光殿前的那群人终于动了，却是转身簇拥着行动迟缓的胖身影回到大殿，只余下冰冷冷的殿堂在瓢泼大雨中露出狰狞的面目。贾南风凄厉的声音被隔绝在宫门之外。大雨很快冲刷掉地上的血迹，一切重归平静。

羊玄之失魂落魄走出栖凤宫，却被一群兵士围住。领头的将领表面客气，却是语含威胁："羊侍郎，赵王有事与您商议。"

羊玄之当然知道自己不会有好果子吃。他挺直腰背，无论怎样都不能失了大家风范，镇定地点了点头："那就走吧。"

谁都知道皇后被废只是一个开始，朝堂之上将会掀起更大的腥风血雨。可那时谁都没料到，接下来局势会是如此可怕。每个人都被裹挟进历史的巨轮之中，再也无力逃脱……

凌晨寅时，最是好梦时分，羊府上下近三百人却突降噩梦。数百兵卒冲入府中，挨个房间搜索，将所有人从被窝中挖起，连衣服都不让穿戴整齐，赶着押去正堂集中。一时间，哭泣声，呵斥声，哀号声，责打声，混着风声雨声，不绝于耳。谁都不知道发生了什么事，兵卒们只管清点人数，准备将人犯押上囚车，送往京兆尹府大牢。洛阳七大世家之一的羊府，何尝受过如此羞辱。

阿曜和阿乐赶到羊府大门前，看到的正是这番景象。阿乐刚刚将阿曜、古丽和舞团成员从京兆尹府大牢里释放出来，这群羊家人又将要被押往同一个地方。一夜间的乾坤倒转，让阿乐和阿曜至今仍有些晕头转向。可他们眼下最重要的是救出羊献容，这是阿曜重获自由时唯一的念头。

阿曜冲入崇正堂，那里正在造册清点人犯。他亮明赵王义子的身份，故意说是赵王派他前来督工。领头的官员倒也没有怀疑其他，赵王妃认子之事洛阳城内人尽皆知。

阿曜看了看厅堂中那些哭哭啼啼的羊府中人，装作漫不经心问道："羊家大小姐羊献容可曾找到？"

官员翻了翻花名册，摇头："尚未登记，恐怕还在搜索。"

阿曜偷偷松了口气："这样吧，我带人去找。"

官员却是拒绝："赵王亲自吩咐过，羊家大小姐身份不一般，必须找到。下官已派了一整队人去搜索，很快就会有消息了。"

阿曜和阿乐心里均是一沉。正在暗自焦急，一队兵卒押着一名女子走入，领头一人高喊："羊家大小姐找到了！"

两人急忙望过去。一袭淡碧色上衣，下配散花如意嫩黄长裙，一头长发来不及梳，垂在胸前。看这身衣饰，分明就是献容！

阿曜觉得自己的心似被一只无形之手紧紧揪住，疼得他喘不过气来。女子被押到官员面前，那官员以手撩开挡住脸面的长发，露出一张俏生生的娇嫩小脸。官员回头问羊府众人："这是大小姐吗？"

羊府中人皆垂头不语。

官员眼珠转了转，拖出两名离他最近的羊府仆役，吩咐手下将两人各自带入一个单独的房间审问。这官员分别走入两个房间，不到一盏茶的工夫便走出来，胸有成竹地揭了谜底："这不是羊家大小姐，是她的丫鬟春儿。"

在场的羊府中人皆是吃惊，愈加惶恐。阿曜和阿乐自然是早已认出了春儿，本希望羊府中人能为小姐隐瞒，不料连拷打的声音都没传出，这么快便出卖了主子。

阿曜装作感兴趣，问官员究竟用了什么妙方，官员呵呵一笑："不过是些审讯的小伎俩罢了。"

原来官员对两个仆役都说了同样的话：你们俩说的若都一样，那便是真话。若是有人说是有人说不是，那必定有一人在撒谎。也没必要辨别谁真谁假，两人一起杀掉。

两人被关在不同地方，无法互通信息，要在极短时间内迅速做出选择：说真话，还是说假话。想要活命，必须是两人同时说真话，或者同时说假话。即便两人都有心为小姐隐瞒，焉知对方是否跟自己是一条心呢？所以，最佳的选择是，两人都说真话，活命的概率最大。

阿曜听得目瞪口呆。如此不费吹灰之力就拿到想要的情报，汉人的手段比匈奴人高明太多。

阿乐趁着阿曜与那官员说话之际，拿眼神暗示春儿，春儿却不肯看他。偶尔瞥过，也是满眼的憎恨。阿乐只得死了心。他知道，无论春儿还是羊献容，此刻肯定对他和阿曜恨之入骨。

那官员走到春儿面前，毫无怜香惜玉之情，一把掐住春儿的下巴，恶狠狠发问："你家大小姐在哪里？"

春儿的小脸被掐得变形，眼露惊恐，结巴着回答："大小姐跟奴婢换了装，从后门逃出去了。"

那官员凶狠地斥责："胡说！这府里所有门我都已派兵把守，一只苍蝇也飞不出去！"

春儿颤抖着身子，吓得起了哭腔："是真的。后门旁边有个小暗门，府里只有几个人知道。奴婢可以带官爷去看。"

春儿带着那官员去堆放杂物的后门，在墙角处一棵大樟树后堆放着柴火，搬开柴火果然有个很窄小的门，仅容一人弯腰侧身而过。那官员沉下脸色，立即吩咐全城搜捕，掘地三尺也得挖出羊家大小姐来。羊献容可是赵王指名要抓的，绝不能让她逃出去！

当最后一辆囚车离开，灯笼的亮光被风吹灭，偌大的羊府一下子变得冷气森森，鬼影幢幢。更夫敲梆子的声音单调响起，已是卯时，天边显出一线光亮。雨势渐收，湿气更浓，在仿佛失了一切的昏暗里，唯有风声呜咽着穿巷而过。

第二十八章

真　名

●

阿曜扭过身迎向献容的眼，一字一句言辞真诚："刘曜，这是我真名。这一次，我没骗你。"

赵王府书房内此刻却是灯火通明。赵王部署了一整夜，此时洛阳城中的一切已尽在他掌握之中。贾南风被关入金墉城，这只母老虎人心尽失，再无翻身之力。傻子皇帝还在皇城中傻乐着，全然不知天已变了。身为司马懿唯一仍在世的儿子，司马伦早就不满自己的侄孙了。这皇位既然连个傻子都能坐得，凭什么他坐不得。他知道自己活不了几年了，他要趁着还有口气在，尝尝那座椅的滋味。

他看了看窗外，天快亮了。捶捶老腰，揉揉昏花的老眼。毕竟快七十岁的人了，这么折腾了一整夜，虽然神经仍在极度亢奋中，身体却已力不从心。但他还不能休息，还有一桩极重要而机密之事必须完成。

孙秀将一张扇面大小的牛皮递给司马伦，他接过，眯眼费力地阅读牛皮上的小字。孙秀体贴地将蜡烛的灯芯挑亮，小声说道："属下已经看过，条款均无问题。"

司马伦点了点头，将牛皮递还给孙秀，用细弱蚊蚋的声音叮嘱："务必谨慎收藏。"

孙秀心照不宣接过牛皮，转身看向灯影下那个坐着的高大身影："另一份，也请您保管好。"

那人一袭黑衣，戴着一个狼脸面具，唯露出两只老辣的眼睛，令人一触之下便生出心惊胆寒之感。他开口说话，声音冰冷无波："那是自然。这东西对你我来说，都是一把头上悬着的利剑。唯其如此，方能长久。"

赵王走向那人，仍有些顾虑："那，成都王司马颖那里……"

黑衣人站起，个子足足高了赵王一头。他将手背在身后，气势逼人："我会牵制住他，令他无暇顾及洛阳。赵王只管放开手脚做你想做之事便可。"

司马伦笑了。他可不傻，知道司马颖主动投靠他想要的是什么。司马颖年轻有实力，又是当今天子的亲弟弟，可比他这个族叔爷爷更名正言顺。司马伦必须留一手去牵制他，方能为自己的子孙清扫障碍。

赵王松了一大口气，风干柚子皮似的脸上露出满意的笑容，对黑衣人伸出右手："以你们的方式，是否还要击掌为盟？"

黑衣人看了看伸到面前的那只手，苍白，干瘪，槁枯。他犹豫片刻，终还是与这只手击掌。虽只是轻轻一触，那股子死人般的干冷从掌心蹿到周身，令人极不舒服。

赵王其实也不舒服。从黑衣人跨入书房的那一刻起，空气中便有一股森森的杀戮之气从四面八方逼人而来。而那张狼脸面具更添恐怖，眼神如刀锋一般，似乎随时准备择人而噬。

黑衣人准备告辞，赵王忽然想起一事："对了，如今羊玄之在本王手中，如何发落，悉听尊便。"

黑衣人已走到了书房门口，闻言顿住。他轻轻呢喃，看不见他的表情，语气却是意味深长："羊玄之……"他似是笑了一下，回身对司马伦躬身行礼，"那就烦请赵王代为照顾。待我想好了该如何处置，自会向赵王讨要。"

黑衣人说罢便转身离去。赵王看着此人矫健的背影，即便身着夜行服，也掩不住强大到令人窒息的气场。赵王暗暗吐了口气，心中盘算：此人太过危险，待他再无利用价值，必得斩草除根。

此时的羊府静得令人窒息，所有物品都安放在原位，唯独缺了人的味道。地面升起一层薄薄的雾气，风在巷子里打卷，呜呜咽咽，好不凄凉。巷口出现两双男人的脚，快步疾行，却又落地无声。熟门熟路来到一处雅致的庭院，匾额上书"日曜阁"。

门发出"吱呀"一声，在寂静的黎明显得格外刺耳。两双大脚轻巧跨入，后一人将门轻轻掩上。

屋内暗得伸手不见人影，阿乐压低声音："你确定她还在这里？"

阿曜点头道："这叫声东击西，别忘了她有多狡猾。"

阿曜快步走到纱帐后，扶住墙体，巧妙地推开了一扇暗门。刚要入内，眼前闪过一道极其微弱的亮光，直觉有锐物迎面刺来。阿曜敏捷地侧身，一手制住来人的肩膀，另一手只轻轻一转，那件闪着微微亮光的东西便已到了他手中。感觉一下，竟是把菜刀，想必是她平日里切药用的。

来人在他怀中拼命挣扎，阿曜急忙贴在她耳边轻语："献容，是我！我是来救你的。"

听出了他的声音，她不再挣扎，只是身子仍在颤抖不休："外面究竟发生了什么事？"

献容从广化庵回来后，始终有种怪怪的感觉，家里似乎发生了什么事。她到处去问仆役，问羊勇，却什么都问不出。只有羊军偷偷跟她说，司马明公子下午曾来过。走时坐在轿子里，由老爷亲自送出府。之后老爷就去了宫里。

她回到日曜阁，看见春儿有些神思恍惚。她盘问春儿，春儿却说与羊军拌嘴了，心情不好。献容诧异，她可没觉出羊军有什么不对劲。可是春儿死活不肯再说什么。

献容一直等到亥时，父亲还没从宫中回来。她怀着满腹心思睡下，却是辗转反侧。担心父亲，又为那阴晴不定的司马明公子肝肠寸断，睡得极不踏实。也亏得她未曾熟睡，才能听到外头的异常响动。她叫醒春儿，两人偷偷溜出去查看。见到身穿官服之人在府里到处抓人，两人吓得魂飞魄散，她第一个冒出的念头便是：父亲出事了！

这忠心的婢子非要与她换装，让她从后面的暗门逃走。她只逃出一小段距离便回来了。一队官兵正往日曜阁奔来，哪里逃得出去。春儿让她躲入暗室，她则假扮献容躺上床装睡。眼见得官兵的火把在屋外越来越近，献容无奈之下只得躲进暗室。

贴在墙壁上，她能听到官兵跟春儿的对话，他们将春儿当作是她带走了。她在黑暗中大气也不敢出一声，竭力分辨墙外任何一点点声音。她告诉自己要冷静，心中做着各种分析与判断，却是杂乱无章，毫无头绪。

不知躲了多久，外头已经毫无声息。但她不敢出去，神经高度紧张，以至于暗门被推开时本能地反抗。她无法理解为何此时出现的是司马明，但无疑，这熟悉的清朗声音让她有一种安心的感觉。

阿曜放开她，焦急地低语："这里不便解释，我们得赶紧出去。"

献容点了点头，想要走出暗室。不料脚步瘫软，竟是一步都迈不出去。浑身竖起的刺放下来后，她一下子失去了全身力气，只得靠墙喘息："司马公子，你让我歇一歇，一会儿就好。"

阿曜焦急地朝暗室外看了看，天色已微亮，半个时辰后天光就大亮了。若是贻误时机，再难带着她离开。阿曜想了想，俯下身说了一句：“得罪了！”

献容还未反应过来，已是整个身子悬空，她被抱了起来。她又羞又尴尬，想要挣扎，阿曜却是正色说道：“你我已在议婚，可不必顾忌男女大防。”

献容目瞪口呆。怎么又是个一百八十度大反转？两天前那一副纨绔子弟的模样，不就是想让她打消跟他结亲的念头吗？这会儿羊家落难，他反而又郑重其事提起议婚了？

她靠着他坚实的肩头，任由他抱着走出暗室。心里又是忐忑，又是不安。他的出现绝不会无缘无故。这个对她忽冷忽热的男人，到底在羊家落难这件事上，扮演了什么角色？

清晨时分，地上被初升的太阳蒸腾起一片氤湿。垂挂在树叶边缘的露珠被疾步走过的身形带落，沾湿了来人的衣襟。山腰处有座废弃的小屋，极为偏僻。之前阿曜和阿乐绑架琅玡王府王太妃，就是藏身于此。他们早已踩过点，知道附近只有少数村人，故而熟门熟路将献容带来此处。

阿乐去收集献容所需的生活用品，阿曜则在屋中帮献容整理。简陋的房子里只有一张木板可以当床，到处是灰尘。阿曜生怕娇滴滴的羊府大小姐住不惯，勤奋地打扫着，一边安慰她：“只需在此熬上几天，等外间风声过了，我再给你安排好些的住处。”

献容却是完全没在意这周边环境，她急切问道：“贾皇后被废是赵王所为？”

阿曜点头。

献容的心提到了嗓子眼：“那我父亲呢？他出事，是跟皇后被废有关？”

献容虽对朝政没兴趣，但政治敏感度却颇高。羊府上下全部被抓，肯定是因为羊玄之出事了。而在这个节骨眼上，必定跟废后有关。羊玄之入宫后再没回来，他去见的肯定是皇后。不过献容想不明白，羊家向来不是后党。父亲究竟跟皇后扯上了什么关系，以至于殃及羊府上下三百人？

阿曜用一块湿布卖力擦着床板，含糊答道：“暂时被赵王羁押，可能是想收买他。”

献容担忧地摇头：“父亲只尊正统，绝不会被赵王这样的谋逆之人收买。”

阿曜走到献容面前，柔声安慰：“你放心，你父亲是朝堂高官，又是七大世家之一。即便收买不了，赵王也不敢对他怎样。否则，会让其余世家寒心。”

献容凝视着阿曜，他仍穿着一身夜行黑衣，紧身的剪裁将俊美的身形勾勒得极为诱人。若是在平日，她定会被这具美丽皮囊诱得失去判断能力，他说什么，她都会相信。而今，经历了一夜剧变，她已无法再随意轻信任何人。她看着他，一字一句问出：“你跟赵王究竟是什么关系？”

阿曜的心紧了一下，勉强扯出个笑容：“你不是知道吗，我是他的义子。”

她紧盯他的脸，不放过任何细微表情：“赵王废后只是第一步，接下来他会做什么，你身为他的义子，肯定知道吧。”

阿曜沉默。他自然知道，可他不能说。事实上，但凡有点政治头脑的人，都能猜得出。可眼下，谁都不能公然说出那个猜测。

献容越想越怕，身子不由自主颤抖起来：“父亲肯定不会效忠赵王，而赵王要进行下一步动作，必定得扫除一切障碍。”

阿曜上前一步握住她的手，想将自己手中的温暖传导给她："献容，别担心，我一定会护你父亲周全。"

献容却是甩开他的手，急速后退一步："我为什么要相信你？"她双眸之中满是警觉，凌厉至极，"知道我被春儿送入暗室之前，她对我说了什么？"

那时，窗外急促的脚步声越来越近，火光在窗纱上闪动。春儿身子抖动得如同筛糠，却是毫不犹豫将她推入暗室。即将关上暗门之际，她突然扶住门，带着哭腔低声说道："小姐，不知还能不能活着再见到你。若是最后一别，有件事一定要告诉你。"

春儿以飞快的语速告诉献容：羊玄之诱捕司马明，逼她说出了两人所有来往。献容还来不及震惊，重重的砸门声已响起。好在门被闩住，一时还打不开。春儿不敢再说话，将暗门推上。门被合上的那一瞬间，借着窗外火把的亮度，献容看到春儿脸上的内疚，更有诀别之意。献容这才明白为何春儿如此坚决要救她。这傻姑娘，她以为自己出卖了主子，想要赎罪啊。

献容一步步向阿曜走去，语气咄咄逼人："父亲为何要抓你？抓住你之后，父亲又为何去宫里？羊家出事，赵王废后，你在这其中，究竟是什么角色？"

阿曜从未见过如此气势的献容，在她的步步逼近下，竟心慌起来，只能狼狈后退。他不知道自己能否再找出什么理由。既然献容已经知道他曾被羊玄之抓捕，又推导出这一系列事情的关联，他扯什么谎都难以说服她了。

献容看着自己曾经为之神魂颠倒的俊颜，那眼里满是躲闪与回避。她悲从中来，嘴里涌起一股苦涩滋味："在暗室里，我想了很多。想起父亲对我的忠告，他让我警惕你。回想与你的初见，之后的相识，每一次都那么巧。而后发生的每一件事，细细回想，似乎都有蹊跷之处。司马公子，请你看在我一直以诚心待你的分上告诉我，这一切不会真的……是你的设计吧？”

阿曜抬起一直躲闪的眼。一贯让人看不出深浅的双眸中流露出一抹怅然若失。他稳了稳心绪，竭力让声音温柔平缓：“献容，日后我会向你解释这一切，但现在最重要的是你的安全。赵王在到处找你，若是被他抓住——”

献容打断他：“那我起码可以跟家人在一起，而不是跟一个对我不知报有何种居心的人相处。”她声音里带着一股失望的冷，苦笑着看他，“我连你叫什么名字都不知道。柳光明，司马明，只怕都不是你的真名罢。”

阿曜张了张嘴，又无力地合上。他凝望着她，两人仿佛不是隔着几步距离，而是无法逾越的汪洋大海。两人脚下各自只有一叶扁舟，在惊涛骇浪中挣扎颠簸，却越离越远。四周一片静寂，只剩两人在对望。随着时间流逝，望着无言的他，献容心底深处原本燃着的小小希望在一点点熄灭。果然，这一切的甜蜜与温柔都是自己的幻象，他只是在利用自己。可是，为何非得是她？

阿乐走入，打破了两人间仿佛凝滞的空气。他身上背着一个大麻袋，看了看两人的神情，阿乐没说什么，掏出麻袋里的东西。有各种盥洗用具，干净的床单，足够几天吃的干粮，甚至还带了女子用的胭脂粉饼。三人就这样奇怪地沉默着，直到阿乐摆头示意阿曜该走了。

阿曜收起尴尬的神情，细心叮嘱献容：“我们还有事，先走了。你哪里也别去，我们有空就会来看你。熬过这几日，我会另想办法。”

献容面无表情，一声不吭。阿曜叹了口气，与阿乐一起往外走。刚要踏出门槛，阿曜扶住门框停下了脚步，轻轻吐出两字：“刘曜。”

阿乐吃了一惊，愕然看向他。献容则是一脸莫名。

阿曜扭过身迎向献容的眼，一字一句言辞真诚：“刘曜，这是我真名。

这一次，我没骗你。”

献容这才反应过来，心中五味杂陈。整整三个月，一颗心早已交付与他，却在此时此刻才知道他的真名。可笑否，可悲否？可是，好歹他没再撒谎，他心中对自己可还有一分诚意？

阿曜与她对视片刻，不再言语，转身打算离去。身后传来一声喊：“等等！”

阿曜与阿乐再度回头，见她向两人走来。在他们面前站定，她脸色有些苍白，眼里闪着不安与无奈，犹豫片刻才下定决心说出：“我还能再相信你一次吗？”

她一整夜担惊受怕，加上没好好吃东西，憔悴了许多。原本大而明亮的眼睛布满血丝，困倦不已。阿曜心生怜悯，郑重点头。阿乐抬眼看向阿曜，再看向献容，也点了点头。

献容在两人面前扑通跪下，眼中噙泪，满含期望：“请你，再救一个人。”

这一天早上的朝会，朝臣们惊异地发现，陪伴皇帝上朝的居然不是皇后，而是皇帝的叔祖赵王司马伦。司马伦以皇帝之名高声宣布了贾南风的罪状，清算皇后一党，又让自己的子孙亲信掌管宿卫军。一夜之间，皇权尽落于赵王之手。司马颖自以为立了大功，得意扬扬地等待封赏，没想到司马伦只给了个大将军的虚衔，仍让他出镇邺城。司马颖表面顺从，心底里的不满可想而知。

废后的消息被公布出来，自然引起了轩然大波。后党们被抄家，被砍头，一时掀起多少腥风血雨。有识之士深深忧患，接下来怕是很快就要变天了。可对洛阳百姓们来说，昨夜里发生的庙堂之争与他们毫无干系，一切看起来都与平常日子没有两样。

阿曜回到大本营“柳府”已近巳时。他从后门的墙角偷偷跃入，匆忙奔回自己房间，小心翼翼不让任何人看见。将外套脱下，躺上床榻，刚刚合眼做沉睡状，响起了敲门声。他故作睡眼惺忪地开门，是一名舞团成员，来通知古丽要见他。

古丽住在后院一处三进院落内。这院落位于府邸最深处，极为偏僻，古丽向来不许人靠近。舞团的人对古丽唯唯诺诺，能随时进出的也只有阿曜和阿乐了。阿曜走近院落时隐隐听到惨叫声，他心下诧异，疾步走入，那惨叫声却是戛然而止，仿佛从未响起过。

阿曜推开房门，古丽果然在里面。她垂首站在帷幔边，平日曲线优美的背影不知怎地多了些许瑟缩的感觉。博山炉内香烟袅袅，帷幔被微风吹拂，将室内笼罩出一层诡异神秘的气氛。

阿曜向古丽走去，问道："刚刚是什么声音？"

古丽仍是垂眸敛颜，没有回答，只用眼角频频瞪他，似在暗示什么。阿曜不明白她的意思，走到她身边继续问："你接到命令了？接下来我们该怎么做？"

"接下来该去抓沈锦绣。"

一个冰冷的声音响起，是个低沉的男声。阿曜大惊，蓦地抬头。帷幔后转出一人，身材高大，一袭黑衣，戴着一个狼脸面具。面具后露出两只老辣的眼睛，透着风雨欲来的冰寒气息。黑衣人满手是血，古丽慌忙将怀中帕子抽出，恭恭敬敬递上。他接过帕子随意擦了擦，将面具摘下，露出一张令人生畏的面容。高耸的颧骨，粗浓的长眉，如刀切削过的凌厉五官，正是阿曜噩梦中经常出现的那人。

阿曜颤抖着，双膝跪下，声音不由自主起了战栗："大单于。"

"没用的废物！"刘渊将帕子丢还给古丽，冷冷俯视跪在地上的阿曜，"整整三个月都找不到一个女子，而我只用了一个时辰。"

阿曜心中腹诽：你是用最简单粗暴的逼供。但他不敢回嘴，只是将头垂得更低。

古丽壮着胆子问："大单于审出沈锦绣的下落了？"

刘渊冷笑一下。他有赵王手谕，让人从京兆尹府大牢里提出羊玄之弟弟一家，这是跟羊玄之最亲近的人。他弟弟倒是硬气，可惜看着自己骨肉受折磨，仍是扛不住，一五一十全说了出来。

他看向窗外，眼里闪着令人生畏的光芒："郁山，广化庵，无住师太。"

阿曜呆住，眼中骤然射出一道难以读懂的亮光，瞬间又隐没在沉沉的浓黑眸子中。

第二十九章

单　于

“……皇嗣延绵，螽斯衍庆，现羊氏女献容恭谨谦让，仁德善良，貌和德嘉。立为后，永终天禄。”

拷问出沈锦绣的下落，刘渊立即换了汉人装束，带着阿曜等人赶去广化庵。可他万万没想到，他动作已如此迅疾，却仍是扑了个空。

佛殿上的香仍在燃着，佛经翻到一半，甚至连垫子都还存有一丝余温，可整个庵堂空无一人。他们将能找到地方都找遍了，屋外的林子也不放过，连个鬼影也没找到。阿曜本是提心吊胆，怕刘渊等人撞见阿乐，好在他们搜索时阿乐并不在现场。

刘渊气急败坏却又无可奈何。撤回“柳府”后，刘渊冷冷发问：“沈锦绣为何会消失不见？”

阿曜垂头站住他面前，心中闪过一丝凄楚。刘渊这口吻分明是把他当贼一样审讯，哪里看得出对待的是亲儿子。阿曜又自嘲地苦笑。大单于虽然认了他，对外却只宣称是干儿子，仅有少数人如古丽和阿乐知道此事。大单于妻妾众多，光儿子就有十几个。长子刘和是大阏氏所生，若无意外会是他的继承人，次子刘聪也在军中委以重任。他刘曜自小被当作奴隶，母亲来历不明，这样复杂的背景都是大单于一手设置的，早已说明了他在刘渊心中是垃圾般的存在，他有什么资格要求父爱？

古丽和阿乐站在一边，皆是胆战心惊。他们回到“柳府”时，阿乐已经在府里了。好在阿乐只是个奴隶，刘渊没有深究他去了哪里。阿曜一直没机会跟阿乐单独说话，只能此刻装作不经意间瞥了瞥阿乐。阿乐接收到他的信息，微微点头。这些动作都太过细小，除了两人心照不宣，刘渊和古丽并没留意。

阿曜此刻的心情真是五味杂陈，难以言说。他受献容之托，让阿乐去广化庵通知无住师太逃离，自己则回“柳府”应对古丽。没想到他要应对的不是古丽，而是掌控了他前二十年生命的人。更没想到的是，无住师太便是他苦苦找寻的沈锦绣。居然是通过他的手让她逃脱了，这怎样都算是一种讽刺吧。

他思索片刻回答：“我不知道。”

刘渊脸色更为深沉，眼里散发着令人窒息的危险光芒。所有跟过他的人都知道，这是大单于极度不悦。古丽壮着胆子为阿曜开脱：“大单于，昨夜羊府被抄家，所有人被捕，动静如此之大，沈锦绣也许早得了消息逃走。”

刘渊如狼盯着猎物一般盯着阿曜：“好，就算你不知沈锦绣的下落，那你必定知道羊献容在哪里。”

阿曜和阿乐的心皆是沉了沉。阿曜仍是摇头：“我也不知道。”

“你该不是动了恻隐之心吧。”刘渊冷哼一声，眼里满是不屑，“别忘了，我们匈奴人以狼为尊，狼吃羊天经地义。”

阿曜仍是坚持：“我自昨日午后被羊玄之羁押，一直到午夜被阿乐从牢中放出。之后去羊府探查，但羊府里空无一人。后来我就回了府里睡下，再然后见到大单于。此事前后经过皆有人证，大单于一问便知。”

阿曜的说辞滴水不漏，刘渊知道多问也无益。他沉思片刻，转头看向古丽与阿乐，那眼神似能洞穿他们的身体，让他们现出原形。他冷笑一下：“你们俩自从来洛阳，日子过得太舒坦了。”

两人在犀利的眼神下心虚得无力站稳，阿乐还好一些，古丽直接就“扑通”一声跪下了，浑身战栗着说道：“大单于，是我们办事不力，请大单于责罚。”

阿乐见状，也顺势跪下，垂头不语。阿曜急了，跪下大声恳求：“大单于，是我太心软，错失机会，与他们无关。我甘愿领受所有责罚。”

刘渊鼻子哼气：“你以为我要拷打他们来逼你？”他蹲下身戏谑地看着阿曜，“阿曜啊，你还是太年轻，沉不住气。很多时候，要让人畏惧，不需要靠鞭子。”

他站起身，两手背在身后，一脸的胸有成竹。古丽跪在地上偷眼看刘渊，揣度着他的心思，进言道：“大单于可以让赵王下令，全城搜捕沈锦绣和羊献容。不过是两个锦衣玉食惯了的弱女子，定然逃不出大单于的手掌心。”

刘渊摇了摇头：“赵王心有大志。这两个人对他来说无足轻重，犯不上做出如此大的动静，反而树敌太多，得罪了城内的世家大族。”他眼里闪过凌厉之色，嘴角挂上冰寒的笑意，“要想逼出沈锦绣和羊献容，我有的是更巧的办法。”

阿曜与阿乐额头渗出冷汗来。他们不知道大单于会玩什么手段，他们只知道，被大单于看中的猎物，至今没有一个逃脱过他的掌心。

大单于午后去了赵王府，跟赵王躲在屋里密谋了许久才出来，心满意足回“柳府”用了一顿精致的汉式晚餐。看得出大单于心情很好，这让一直在“柳府”中待命的阿曜和阿乐愈加心惊胆战。为了避免被大单于怀疑，他们不敢离开片刻。虽没接到任务，但总有一种山雨欲来的气息。昏沉沉、黑压压的乌云让夜晚提前到来，空气中的闷热叫人窒息，那是暴雨来临前最难熬的一刻。

身在“柳府”中的阿乐和阿曜不知道，十里之外的金墉城中已是一片狂风骤雨，鬼哭狼嚎。

金墉城由三国时期魏明帝所筑，是个很小的城池，位于洛阳西北角，相当于是洛阳的卫城。城垣宽厚坚实，地势险要，北靠邙山，南依大城，是戍守洛阳的要塞。晋武帝统一了全国，洛阳已有好些年没有受过战争侵扰，这个小城当初的防御功能被废弃，转而变成高级监狱的功用：将被废的皇族关押在此。最早的“住户”便是被司马家废掉的曹家人。

如今这里关押着最重量级的人物：皇后贾南风。在她之前，则是太子司马遹。贾南风就是在这儿弄死了司马遹和他的长子。再之前，则是皇太后杨芷。她是晋武帝的皇后，晋武帝死后成为了太后，朝政全被她老爹杨骏把持。贾南风联合汝南王司马亮、楚王司马玮杀死杨骏，把太后废为庶人，丢进金墉城中活活饿死。

贾南风跋扈多年，在金墉城里弄死了不少政敌，却从未想过自己的结局也是在这座阴森寒冷的坚固小城内。明晃晃的火把照耀下，她跪在殿外空地上，仍穿着前一晚所穿的明黄锦衣，只是再珍贵的布料也掩不住浑身污秽。云鬓早已凌乱不堪，佩戴的珠翠七歪八倒，狼狈不堪。时时刻刻的担惊受怕让丑胖的脸浮肿如猪头，更显老态。

可眼下她已无暇顾及妆容，两手都被身强力壮的汉子扭在身后，怎么挣扎都无法挣脱束缚。一人手拿铜樽朝她走来，铜樽里晃着无色透明的液体。她闻到了一股辛辣的味道，这味道对她来说绝不陌生。在她四十三年生命中，她曾无数次用这东西铲除了想要往惠帝床上爬的狐狸精们，去掉了想在朝政上跟她夺权的男人们。如今，终于轮到她了。

天边劈过一道闪电，接着是轰隆隆的雷声。狂风裹挟着尘土刮过，带起一阵土腥气。贾南风瞪圆了眼看向对面的孙秀，徒劳挣扎着破口大骂：“司马伦那老狗，他以为能坐上皇位吗？也不撒泡尿照照镜子看看他那衰样。先帝封了那么多宗室诸王，个个手握兵权镇守一方。司马伦手中能有多少兵马，镇得住那些个心怀叵测的宗室子弟。”

一旁自有人为孙秀撑着伞。孙秀冷笑一声，悠然说道：“你已是废后，再多废话也保不住你的命，还是早死早超生罢。”

孙秀挥了挥手，一人上前按住贾南风的鼻子，掐住她下巴，强行掰开她的嘴。那手拿铜樽之人往她嘴里灌，贾南风不想喝，奈何无法呼吸，嘴稍一喘息，便灌进了一大口。铜樽里的酒被倒完时，她已被迫喝下了大半。那些人放开她，她倒在地上，只剩了喘息的份儿。闪电撕裂黑夜，照亮了贾南风苍白如纸的脸，狂风卷着雨丝，像无数条鞭子抽打着这垂死之人。

雨点打在地上噼啪作响，在她身上溅出数不尽的泥点子。贾南风捂着肚子，五官痛苦地挤在一处，额头上渗出豆大汗珠，喘息着大喊：“我贾南风再坏，好歹是先帝钦定的正统皇后，尚能撑得住局面。我死了，皇帝就成了任谁都能抢的香馍馍……”

她猛地吐出一口血，血里的黑渍散发出浓浓的腥味。她狰狞发笑，露出的满嘴黑血染在牙床上，颤抖着伸出手，指向孙秀：“晋朝大乱即在眼前，你们，都得意不了多久……”

随着一声轰鸣的雷声，她抬起的手颓然垂下，嘴里流出黑色的血渍，十分可怖。雨势太大，伞已经无法遮挡孙秀，连火把都快被浇灭。他嫌恶地捂住鼻子，挥了挥手，自有人来处理地上这具肥胖的尸体。孙秀完成了任务，走向金墉城的城门。风、雨、尘混在一起，整个天地成了混沌一片……

这天的后半夜，雨势已小了许多。气温却是骤降，十月初就已像是进入了冬季。风吹动竹林，叶片沙沙作响，在寂静的深夜显得格外狰狞。

广化庵中一片凌乱，这是白日里地毯式搜索过后的结果。阿乐和阿曜身穿黑色夜行衣，手中拿着一支点燃的蜡烛，小心穿过满地狼藉的佛殿，来到后院的厨房。

阿曜让阿乐带他来找无住师太时，阿乐曾有过犹豫，问他："你现在知道她就是沈锦绣，你想怎么做？把她交给大单于？还是杀了她？"

"我想见她。"阿曜眼里闪过一丝难解的困惑，低声感喟，"我想问清楚一件事。"

因着阿曜的执拗，阿乐还是带他来了。阿曜环视四周，这只是个普普通通的厨房，当时他们也曾来此搜索，舞团的人甚至还把炉灶旁的柴火堆搬开，却未发现有何处能隐匿人。

阿乐让阿曜拿住蜡烛，径自走向烟道。他用力往旁一推，烟道竟被打开，被烟熏黑的墙上，赫然有一道小暗门！

阿乐来通知无住师太时，她虽有些慌乱，却很快镇定下来。最要紧的是问明献容和羊玄之的情况，得知他们没有性命之虞，她便开始处置自己这摊子事。先是通知庵里的其他尼姑尽快逃离，逃得越远越好。又去自己房内将可能暴露身份的东西能带走的带走，不能带走的烧掉。一切都井然有序，高效又快捷。

待一切都安置好，阿乐想带她逃，无住师太却不肯离去。她让阿乐赶紧走，自己有办法逃生，却不肯说出具体办法。阿乐看她神情笃定，知道她必留有后招，不告诉他，是因她还无法信任他。于是阿乐明里告辞，却在离开后杀了个回马枪，偷窥到无住师太真正的藏匿之处。原来这不起眼的烟道后还有这番玄机！

阿乐和阿曜钻进那窄小的暗门，里面居然是个颇大的空间。布置着一张床榻，橱柜里放置着可供四五天的干粮和水。顶端有根管道通往地面，用以通气。阿曜想起了羊府内重重机关和多处暗室，这广化庵也布置着难以察觉的暗室。看来羊玄之的防范意识超强，处处设防以备不时之需。只是，他如此谨慎小心，究竟是何原因？

屋内明显有人待过，几案上甚至还摆放着几盘时鲜蔬果，有吃过的痕迹。只是，仍空无一人。阿曜疑惑地看向阿乐，阿乐只能耸耸肩表示自己也毫无头绪。

阿曜懊恼："外面如此危险，她会去哪里？"

阿乐张了张嘴，刚要回答，一个冷峻的声音从背后响起："你果然知道沈锦绣躲在哪里。"

听出那个声音，阿乐慌乱之下竟将手中的蜡烛掉落在地。一个高大身影手握火把走入暗室，火把的亮光勾勒出一个狼脸面具。那面具的影子投射在墙上，狰狞而恐怖。

广化庵佛殿，一地凌乱。佛像前的大油灯和一整排蜡烛点燃着，照亮了殿中两个人影。阿曜跪在蒲团上，任由鞭子狠狠抽打在背上。他疼得直抽气，浓眉紧皱，却是闷声不吭承受着。

"她在哪里？"

刘渊身穿一袭深紫色密纹长袍，如此厚重的颜色在漆黑的雨夜更显肃穆。

"我不知道，我也是来找她的。"阿曜深知自己藏匿沈锦绣的罪名已经落实，索性不再辩解，"大单于也见到了，她不在这里。"

话音还未落，背上又落下一鞭。火辣辣的疼痛传导到脑中，他疼得闷哼一声，身子不由自主歪了歪，又立即跪正身姿。

刘渊握着鞭子俯身，烛光拉出长长一道阴影，将阿曜整个笼罩住：“居然敢瞒着我藏匿她。知不知道只要我一声令下，灵儿从明日起便再也吃不上那些名贵药材。”

阿曜再难忍住，悲愤地看向自己的生父：“是因为我心中一直有个疑虑想要问清楚。”他深呼吸平稳一下心绪，“大单于若是能帮我解答这个疑虑，我将感激不尽。”

刘渊没有回答，幽深的眼眸里看不出任何情绪，唯有倒映着阿曜小小的身影。阿曜紧盯着刘渊的脸，咬了咬牙问出：“她究竟是不是我的母亲？”

刘渊漆黑如墨的眼眸仿佛万丈深渊，所有光线皆照不到底，连声音都不带一丝起伏：“不是说过吗，你想要的答案，唯有杀了她后才能得到。”

刘渊起身，抬腿要往外走，阿曜叫住他：“大单于，我若带着这疑虑，便不能痛快杀她。还请大单于给我个明示。”

刘渊顿了顿，没有回头，过了良久才回答，声音依旧无波：“她不是。”

阿曜紧绷的神经略略放松下来，这才觉出后背火辣辣的疼痛。

刘渊看向窗外，已是黎明时分，一丝微弱的曙光在树梢枝头隐隐显现。他冷笑一声：“阿曜，不必再费力气藏着这对母女。从今日起，她们迟早会自动送上门来。我为她们设定的命运，谁都别想逃脱！”

阿曜刚刚放松的神经瞬间紧绷起来。后背的痛感已然消失，唯有巨大的不安笼罩全身，将他压迫得难以呼吸。望着煞气冲天的高大背影，阿曜的心底压着块巨石：他究竟要做什么？

一个多时辰后，这个问题在今日的早朝得到了答案。

端坐在傻子皇帝身边的赵王司马伦，先是轻描淡写说了废后贾南风畏罪，已于昨日深夜服毒自尽。接着让皇帝的贴身内官魏太监宣读一份重要诏书。

“朕闻天地不变，不成施化；阴阳不变，物不畅茂。而皇后之尊，与帝齐体，供奉天地，祗承宗庙，母临天下。故有莘兴殷，姜任母周，二代之隆，盖有内德。皇嗣延绵，螽斯衍庆，现羊氏女献容恭谨谦让，仁德善良，貌和德嘉。立为后，永终天禄。”

这七拐八绕的诏书意思是：我司马衷现在老婆死了，是鳏夫啦。我看上了羊家闺女献容，立她为继任皇后，让她赶紧给我生个儿子。

年已四十二岁的傻子皇帝摇晃着肥胖的身躯，在皇座上直乐，差点鼓起掌来。他太多年没沾过年轻新鲜的肉体，就算没见过这位只比他孙子大十岁的姑娘，那也肯定比前任老婆强。

底下的朝臣们则是面面相觑。羊玄之被羁押，羊府上下被打入大牢，所有人都以为羊家从此完了，没想到还能飞出个金凤凰。下朝后许多消息灵通人士多方打听，原来赵王的心腹孙秀跟羊夫人的娘家山东孙家是同族，选立新皇后时孙秀极力举荐羊家大小姐，于是赵王拍板定了下来。大婚之礼定在一个月后，十一月初七，据说是最上等的黄道吉日。

消息瞬间传遍了整个洛阳城，一时间成了最劲爆的八卦，街头巷尾几乎人人都在谈论这位即将上任的新皇后。仅在两天之内，羊府的境遇天翻地覆，戏剧性转折着实令人应接不暇。羊府中人至今还在京兆尹府大牢里关着，没有任何消息说他们何时能被放出，可禄蠹之人已迫不及待想要巴结新皇后的娘家，唯有少数有识之士隐隐感到了不安。最不安的，就是“柳府”里那两个人。

阿曜终于明白了那句“她们迟早会自动送上门来”的含义。刘渊的老辣狠毒，心思之缜密，计谋之周全，司马家那一堆庸碌之辈真是望尘莫及。

献容被立为后，这关乎国家大事。若是到了册封典礼时她仍不肯出现，京兆尹府大牢里那三百号羊家人将会落得怎样的下场，是个人都能明白利害关系。她羊献容再自私，也不能拿着父亲和所有亲族的命去成全自个儿。所以，献容必定会被逼现身，去坐上那貌似无上荣耀的位子。可一旦坐上那位子之后会怎样，阿曜浑身战栗，他不敢再往下想了。

如今，唯有一个办法。

破屋子里，一盏如豆油灯照出昏暗的光线。献容和衣躺在门板做成的临时床铺上，盖着简单的寝具，正睡得香甜。阿乐蹲在她面前，静静凝视着她。献容素面朝天，肌肤宛若白瓷，虽有些憔悴，却不掩明媚的丽色。

阿乐见她睡得踏实，不由松了口气。他本以为献容会被吓得哭哭啼啼，毕竟这荒郊野外只她独自一人。她是大家闺秀，这几日没人伺候没热水热食没精良用具，她怎会不嫌弃？从他和阿曜走后，不知她是怎样一天天熬过来的。这几天她肯定心思很重，估计难以睡得安稳，此刻定然是倦极了，才好不容易睡着。床头那盏油灯一直亮着，可以窥见她内心其实也有害怕。阿乐看着她的睡容，有些犹豫。如果可以，他真想就让她这样一直熟睡，他愿意守护她一整夜。可是，眼下的局势连她安睡一晚都来不及了，他叹了口气，轻摇她肩头："羊小姐，醒醒！"

摇了几下，献容懵懵懂懂睁开眼，先是迷蒙，待认清阿乐后她猛地清醒过来，急忙坐起："阿乐，你怎么这时候来了？"

"白天脱不开身，只能这个时候来。"阿乐说得很含糊。事实是，阿曜背上有鞭伤，难以行动，只能阿乐一人深夜前来。为了不被跟踪，出城路上阿乐迂回了很久，各种声东击西，藏踪匿迹，直至确保无虞，才来到献容这里。

他谨慎地四顾一下，压低嗓音："羊小姐，你必须现在就走。"

献容讶异。她这两天消息闭塞，完全不知道外界发生了什么。

"不是说赵王一直在找我吗？我这会儿能去哪里？"

阿乐叹气："你留在洛阳，只会更危险。"

"我母——"献容急忙改口，"无住师太呢？"

阿乐站起身，看了看献容有哪些随身物品必须带的，一边帮她收拾一边说道："你放心，我及时通知了她，她已躲藏起来。现在最关键的是你必须走，离得越远越好。"

"这是司马公子——"献容想起了他的真名，改口道，"刘公子的意思？"

阿乐的手顿了顿，眼神躲闪片刻，咬着唇角说出："他不知道这事，是我私自来通知你的。"

"这是为何？"献容不肯去收拾东西，追着阿乐逼问，"你们究竟瞒着我什么？"

阿乐眼神躲闪得更厉害了："公子他……有不得已的苦衷。"

献容心中警钟大响，后退一步拉开跟阿乐的距离："我为何要相信你？"她可不认为自己跟阿乐有什么过硬的交情，值得他涉险相救，"你是刘公子最亲近的人，你为何要瞒着他帮我？"

阿乐见她戒备的模样，知道自己很难取信于她。确实，他是阿曜的心腹，于情于理都不该做任何阿曜没有嘱咐过的事。

"因为我是阿乐。"见献容一脸不解，他苦笑一声，"五年前在晋阳，你以一只眼睛为代价救出的小奴隶阿乐。"

第三十章

逃　离

他战栗着看向她……心中的惊涛骇浪翻滚着，千言万语涌到嘴边，只剩下两个沉重如铁石的字："母亲……"

献容惊呼一声，难以置信，上下打量着阿乐，企图从他脸上搜索出当年那质朴憨厚却时不时装凶狠的模样来。阿乐笑了笑，回忆道："还记得吗，你曾想趁着我去河边灌水，偷偷骑马逃走。你万没想到，我可是驯马高手，那马驮着你又回来了，你那时吓到了吧。"

这是只有两人才知道的细节，献容越听眼睛瞪得越大。加上他独特的高鼻深目和栗色卷发，已是确信无疑："阿乐！真的是你？"

阿乐用力点头。他将绑在额头的抹额解开，露出了那个他绝不愿让外人见到的"奴"字。献容喜极而泣，上前一把拉住阿乐的手："太好了，你们还活着。这些年，我一直在为你们担心呢。"她神经松弛下来，转而想起另一桩事，"那，阿曜就是……刘公子？！"

阿乐凝重地点了点头。

献容一时难以消化这消息，放开阿乐的手，后退一步，轻声呢喃："他说他叫刘曜，我还以为是荣耀之耀。原来，是日出有曜……”

他易装成她的丫鬟，为她送来衣裳时，曾想要试探她的左眼，却被她逃避了过去。为他疗伤时，他从不肯让她看到他的后背，原来是为了遮掩背上的“奴”字。他在昏迷之中对她说“你又来救我了”，那个“又”字，原来指的正是五年前的自己。一切的一切，都已说明他就是当年那个小奴隶，可是，她竟一次又一次错过了与他相认的机会。

献容不知心里该是悲伤还是高兴，只得一遍遍无意识般呢喃：“原来，他就是阿曜……”

她思绪万千，所有记忆全都涌回脑海，形成一幅幅清晰而完整的画面。

五年前匈奴再次作乱，围攻晋阳。羊玄之身为对匈奴部落最为熟悉的朝廷大员，被委以督查大任，押解在洛阳做人质的刘渊长子刘贺去晋阳。献容本该跟着沈锦绣留在洛阳家中，但镇守晋阳的高密王司马泰借机向羊玄之提出，想见见他女儿献容。

自从献容与司马冏的婚约被逼解除后，洛阳城内高门大族对向羊府提亲一事谨慎了许多，好几年未有媒人上门。献容长到十二岁时，好不容易又有了一家有意向之人。

高密王司马泰有意为自己儿子司马越提亲，想亲眼相看一下未来的儿媳妇。司马泰是司马懿幼弟的儿子，从血缘上来说与当今天子隔了好几层，只是旁支宗亲。他儿子司马越比惠帝司马衷小了近二十岁，但从辈分上来说还是皇帝的族叔。司马越少年时曾在后宫侍读，为人谦逊，名声极好。羊玄之对这年轻人很满意，也颇有结亲之意。虽然彼时献容年龄尚小，但可以先订亲，晚几年再嫁过去。

于是羊玄之带上了献容，留沈锦绣在洛阳。虽然去的是前线战场，但羊玄之并不担心，他们甚至没遭到什么阻力便进入了晋阳城。匈奴围攻晋阳的兵力并不多。晋阳城高墙坚，粮食充足，援军又源源不断而来，匈奴退兵是迟早的事。刘渊此举不过是刺激一下晋朝，因为朝廷有人谏言要停了与匈奴的边贸。双方其实心里都清楚，刘渊最终一定会退兵，而晋朝也一定会继续开放边贸，为匈奴提供茶叶、食盐、瓷器、布匹等必需品。

谁都没有料到，就在拜访高密王的当日，羊玄之被官署叫去，他吩咐车马先将献容送去高密王府。献容还没到王府，便在半路被劫持了。而后，当司马越听说献容眼睛受损，便向高密王提出不愿与羊家结亲。一年后，年满二十的司马越娶了当朝最炙手可热的大司马王衍的幼女。高密王司马泰没过多久便死了，司马越承袭王位，被封为东海王，封地也换到了更富饶的山东。这都是一门好亲事带来的。

司马越还算有点良心，没有对外说出献容左眼受损之事。此事只有羊府极少亲近之人知晓。但司马越的含糊其词更增加了神秘色彩，两次亲事都因奇奇怪怪的缘由失去机会，这不由让好事之人猜测，莫不是羊大小姐命中带煞，不利男方？从那之后登门提亲者更少了，献容倒是乐得又多几年自在。

沈锦绣曾经惋惜献容失去了一门好亲事，羊玄之却是嗤之以鼻：“此人没有悲悯仁厚之心，那些谦逊的名声都是做出来的。献容不嫁此伪饰之人，乃是大幸。”

失去这门亲事她从不可惜，她与父亲的想法一样：东海王司马越绝非可依托终身的良配。而她自己挑选的人呢，又是如何？

阿乐在她愣神的当口已经收拾妥当，背上包裹对她示意：“羊小姐，走吧。”

献容回神，对阿乐露出勉强的笑容：“别再叫小姐了，叫我献容吧。”

阿乐摇了摇头：“我只是个奴隶，哪有资格叫小姐闺名。”

献容真诚地看着他："阿乐，你跟别人不一样。我们有那样难忘的过去，怎可以再区分什么小姐、奴隶？你若不习惯，就私下无人时叫我献容。"

献容的脸在烛光照耀下透出琥珀般透明的嫣红色，长长的睫毛偶尔一闪，眼睛里如水雾般波动。阿乐心里钻入一股异样感觉，脸颊开始温热起来。刚刚被她握过的手上，她手心的温度像藤蔓一样蜿蜒着钻入他的心脏。

他不自然地扭开脸颊，嗫嚅道："献容……"他心里已无数次这样唤过她。没想到，真正叫出口时，感觉竟是如此大不相同。

献容深呼吸一口气，勉力让自己阴霾的心境转成晴天，对他伸手要包裹："好了，我该走了。"

他吹灭油灯，抬脚往外走，边走边说："我跟你一起走，保护你。"

献容难以置信，急忙小碎步跟上："你要离开阿曜？"

他的脚步停顿下来，回身面对着她，声音铿锵有力："还记得当年我曾说过的话吗？我愿当你的左眼，一辈子守护你。"

献容看向他，月光将他高大的轮廓染出一层幽蓝，深邃的五官有着隐隐的逼人气势，一双眸子炯炯有神，锁定在她身上。那一瞬间，献容似乎感受到他眼眸中有着某种难言的异样情愫。这感觉是如此轻微缥缈，转瞬便被他垂下的眼帘遮挡得严严实实，再也看不清虚实。

日光初升，万丈光芒从天空中铺洒下来，穿透过密林，在崎岖山路上撒下点点金光。人迹罕至的小路上偶有鸟鸣声掠过，阿乐和献容骑马艰难行走着。为躲避搜查，更为不让献容听到被册封皇后的消息，阿乐不走官道，只捡林间野地穿行。这样行程虽慢，但好歹安全。至于去哪里，阿乐自有一番说辞。

"无住师太让我转告你，她会在建邺等你。"

献容正在努力控制马匹爬坡，闻言愣住："为何她去建邺？"

献容心想，母亲娘家是山东，那就该往东走。建邺得一路向南，而且无论羊家还是孙家，都没有亲戚在南方。虽说这是三国时孙吴的都城，可彼时的长江以南大都是蛮荒之地，跟富庶的长安、洛阳根本没得比。

阿乐拿出早已准备好的说辞："那里朝廷管不到，容易躲藏。"往北走有匈奴，往东往西都是晋国最严控的地界，唯有往南才没人追踪，且越往南越安全。

献容想想也对，暂时放下了对母亲的担忧。前方的路好不容易出现了一道缓坡，献容挪了挪坐得酸胀的屁股，问道："五年前，你们可成功逃离了匈奴？"

阿乐骑马跟在她身边，摇头答道："当天我们便被抓了回去。之后，一直在匈奴。"

献容惊讶："所以，你们仍是匈奴这边的？"

阿乐默然点头。

献容小心翼翼问出："那你们……还是奴隶吗？"

阿乐苦涩地咧了咧嘴："我是，阿曜不是。"

献容立即敏感地联想到："那你们来洛阳做什么？"

"为了完成任务。"阿乐早已下定决定，关于此事他绝不会再对献容隐瞒，虽抱有歉疚，却是语气平静，"刺杀你母亲。"

献容一个愣神，没留心马正要涉入一条小溪流，没有坐稳，人往前扑倒。眼见得即将落下马来，阿乐从自己的马上纵身跃到献容的马上，坐在她身后，以手挡在她身前，止住了下跌的趋势。献容得幸没有落马，却羞得满脸通红。阿乐起初不解，待细细回想刚刚入手的柔软触感，顿时心脏一通狂跳。

阿乐忙不迭从马上翻身下来，脚却踩入了水中。只是一条浅浅的溪流，水只没到小腿肚处。如今已是深秋，河水虽不算刺骨，毕竟颇冷。可阿乐似乎忘了水的冰冷，只顾踩着水大踏步往对岸走。献容有些莫名其妙，冲着他的背影大喊："你干吗不骑马？"

阿乐这才想起他还有一匹马。尴尬地转身回来，走到自己的马旁，整个过程不发一言，唯有耳根处那一抹红晕揭示他的异样从何而来。

两人无言蹚过小溪，来到对岸。阿乐还在直愣愣往前走，献容在他身后叫道："赶了两个多时辰的路，歇一歇吧。"

阿乐为献容找了一处树荫坐下，从马上摘下水壶和干粮袋递给她，自己坐在另一头脱下靴子。为防献容闻到什么不好的味道，他特意离开一段距离。

献容喝了几口水，情绪缓和下来，看向阿乐："你们究竟是什么身份。"

"我？"阿乐将靴子翻转过来倒水，苦笑道，"我不过是个羯人奴隶罢了。有身份的是阿曜，他是大单于的儿子。"

献容难以置信："大单于之子？那怎会做了奴隶？"

阿乐用力拧着袜子，叹息道："也不知为什么，大单于不肯认他。他不知自己身份，在单于王宫里做了多年的奴隶。我们被抓回后，大单于才跟他说了真相，但对外仍只说是义子。"

献容想起那孤独的背影，仿佛背负着难言的沉重，在人群中无论怎样笑着，却抹不去眼底的哀伤。一时之间竟忘了此人是自己该恨的，心里涌出一股怜惜，喃喃念叨："天底下哪有这样的父亲……"念及这位匈奴大单于刘渊，这是个在晋朝朝堂也令人胆寒的名字，献容百思不得其解，"大单于为何要刺杀我母亲？"

阿乐摇头："大单于对阿曜也不肯说缘由，只说阿曜若杀了你母亲，便对外认他是亲生儿子。"

献容这才回过神来，为自己刚刚居然有怜悯之心起了寒战。这人步步设计，诱她入情网，唯一目的便是接近并杀了母亲，用以取得他匈奴王子的身份！

“若不是在跟踪你时，无意中发现你就是当年救我们的小女孩，只怕你和你母亲此刻早就……”

献容浑身打起寒战：“你们一直在跟踪我！”刚吃进嘴的干粮仿佛嚼出了苦涩之味，“所以，你们早已知道无住师太就是我母亲……”

阿乐垂下眼帘，套上拧过水的鞋袜，说得不动声色：“我在广化庵听到你跟无住师太的谈话。因你当年的救命之恩，我没有告诉任何人，包括阿曜。所以，无住师太能侥幸逃过一劫。”

献容只觉得周遭阴风阵阵，不敢想下去，所有杂乱的思绪只汇成喃喃一句：“阿乐，谢谢你……”

献容拿起水囊狂灌水。她嘴里满是苦味，喝多少水都难以除去。曾那样念念不忘的身影，如今只要跃出脑海，竟涌出一股恶心的苦味。胃里的翻江倒海让她再难忍住，俯身呕吐起来。

阿乐吓了一跳，急忙到她身边为她轻轻拍背，慌乱地问：“这是怎么啦，是太累了，还是吃坏了？”

将吃下去的食物吐得干干净净，献容喘息了许久才缓过劲儿来。动作机械地喝水漱口，她眼神呆滞，全然忘了自己置身何处，脑中只有一个念头：羊献容，你为何这么傻，竟如此不设防，心甘情愿走入那温柔的层层圈套，一步步将父母家人置于危险之境。如今家人遭难，父母离散，归根结底都是你的错！

阿乐知道她的呕吐是伤心过度加上身体疲劳所至。他不擅言辞，不知该如何安慰她，任由她坐着发呆许久，他只在一旁默默作陪。

眼见日头已偏西，阿乐叹了口气，站起身套马：“走吧，我们得赶去龙门坐船，从那里去江南。”

两人不敢走官道，只在偏僻山路行进，脚程自然不快。原本一个白天能赶到的路程，如今得在山林子里过上一夜，第二天才能到达。若无阿乐，献容独自一人是绝不敢在僻静山中走夜路的。阿乐为了令她开心起来，时不时聊起五年前在晋阳初相识时的趣事，也会聊到在匈奴当奴隶的经历。这些献容难以触及的荒蛮之地和异族风情，倒是分散了些她的愁苦郁闷。

阿乐野外露营经验丰富，甚至还打了只野兔给献容当晚餐。阿乐的贴心让这段路程不至太辛苦，而这段独处经历，更是让两人的心灵距离加速靠近。当献容在火堆边沉沉睡去，阿乐静静凝视着她恬淡的睡容，想起了之前听过的一个词：岁月静好。若能这样一直陪着她，就叫作岁月静好吧。他一直咀嚼这个之前被他讥讽为酸腐的词，嘴角噙着笑进入梦乡。

此时的洛阳，羊府后院。围墙内的高宅大院被如漆如墨的深夜勾勒出冷峻的轮廓，格外森然。偶尔的夜枭鸣叫和远处的梆子声，更显出夜的寂静。围墙阴影处潜伏着一个消瘦的人影，此人背了个小包裹，浑身黑色，又是蒙面，看不出男女。在墙体上偷偷捣鼓几下，出现一处能容人侧身进入的缝隙。此人悄无声息隐入，四周始终无人觉察。

此人熟门熟路走到一处朴实无华的庭院前，庭院的牌匾在暗夜中只能模糊辨认出三个字——“思过居”。细微的脚步声在空旷的厅堂内穿行，到前方轻纱帐处停了下来。正要按墙体，突然觉察出身后一股快速迫近的寒风，一只手搭在了肩上。不及细想，此人迅即转身，袖中机括声连响。来人极为敏捷，显然早有准备，竟在暗夜中接连躲过袖箭，一声暗叱响起：“无住师太，是我！”

火光亮起，点燃了室内的烛台，照亮两名身穿黑衣的蒙面人。两人一高一矮，默默对视，千言万语在眼神中流淌。高个之人将面巾取下，露出鬼斧凿刻的帅气五官，正是阿曜。

阿曜正要开口，无住师太却是警觉地嘘了一声，拿上蜡烛，在纱帐后的墙体一按，露出一处暗门。直到进入暗室，无住师太方才摘下面巾，露出秀美悲悯的面容，温和地看向阿曜："你果然来了。"

阿曜吃了一惊，她语气中没有半点意外，似乎一直在等着他的到来。而他能猜到这藏身之处，只因古丽貌似不经意的一句话："最危险之处反而最安全。"

如今回想起来，古丽说这句话是当天一早。周遭无人，古丽犯愁完不成搜寻羊献容和沈锦绣的任务，长叹一口气，闷声说出了此言。说者无心听者有意，阿曜立即想到，既然广化庵的暗室已曝光，沈锦绣绝不可能再回去，她必定有更隐秘的藏身之处。阿曜猛然想起了沈锦绣在羊府的居所"思过居"，自己曾在这屋子里差点丧命，幸亏有献容相救。最危险的地方反而最安全，这屋子里既然有层层机关，也必然有不易觉察的暗室。果然，只守了一夜便等到了她！

阿曜尚在思索中，无住师太已迫不及待问道："献容在哪里？"

"放心，我已命可靠之人送她去江南。"

无住师太忧心忡忡："她封后之事……"

"她不会知道的。"阿曜顿了顿，又补充道，"江南蛮荒，消息闭塞，等她知道，已是好几年之后了。"

无住师太松了口气，嘴角浮起由衷的笑容："谢谢你救了献容，我和她父亲感激不尽。"

阿曜却觉得这句话对他是无比的讽刺。献容逃脱，意味着羊府所有人都将陷入绝境，尤其是羊玄之和眼前的沈锦绣，等待他们的是生死未卜。这种情形下，她竟还能感激他，他有何资格承受这谢意？阿曜垂头，声音极轻："是我害了你们……"

无住师太摇了摇头，声音平静，充满悲悯："你是被逼无奈。"

阿曜猛地抬头，愣愣看向无住师太。他与她交集不多，每次只有只字片语的交谈，可每次他都有种强烈的感觉，她能一眼看到他内心最深处。他深呼吸几次，努力克制自己颤抖的音调："那你知不知道，我是来杀你的。"

"很多年前就知道了。"她说得轻描淡写，仿佛与己无关，"我一直盼着这一天到来。"

阿曜紧盯着她的眼："你知道？"

无住师太迎上他的目光，眼里闪动着晶莹的泪花："唯有如此，我才能见到你。可惜，死之前再也见不到灵儿了。"

她竟知道灵儿！阿曜笼在袖子里的手紧紧握住，指甲掐进掌心，哑着声音问出："你究竟是什么人？！"

"你左手掌心有排成三角的三点疤痕，颜色青紫，一辈子无法洗掉。这颜色，是我先以狼牙簪子刺破你的皮肤，拿紫草挤汁渗入伤口形成。"

阿曜伸出左手摊开，掌心中果然有排列成三角形的三点青紫色。

无住师太颤抖着伸手，握住阿曜的手掌，声音起了哽咽："我一见到你，见到你的掌心，我就知道是你来了……"

阿曜那一直深压在心底的疑问已跃到喉头，他想开口，可喉咙里似乎堵了个巨大的塞子，让他怎样都发不出声音。

无住师太已是泪流满面，用力抑制住放声大哭的欲望，继续说下去："而灵儿，她是在右掌心，只有一点。她还太小，又在病中，只刺了一下，就哭得厉害，我实在舍不得……"

似有重锤砸在阿曜头顶，他已知晓答案了。果然是她，那个他在心底诅咒过无数次，却又想象过无数次的人。

他战栗着看向她，满眶泪水中她原本秀美的脸扭曲变了形。原本陌生的一个人，却能从脸庞上看到与自己和灵儿相似的眉目。心中的惊涛骇浪翻滚着，千言万语涌到嘴边，只剩下两个沉重如铁石的字："母亲……"

（未完待续）